Rosario Ferré

Kristallzucker

Roman

rotpunktverlag

Sonderausgabe für

Der ANDERE Literaturklub

Postfach 100116
D 6000 Frankfurt/M 1

Postfach
CH 8031 Zürich

fracción mágica 20

Rosario Ferré

KRISTALLZUCKER

Roman

Aus dem
puertoricanischen Spanisch
übersetzt und mit einem Nachwort
versehen von
Wolfgang Binder

rotpunktverlag

Die Originalausgabe erschien im April 1986 unter dem Titel »Maldito Amor« bei Editorial Joaquín Mortiz, Mexico.
Das Nachwort hat Wolfgang Binder für die deutsche Ausgabe verfasst.
Speziellen Dank an Geri Balsiger und Rolf Dreja!

Die Deutsche Bibliothek – CIP-Einheitstitel:
Ferré, Rosario:
Kristallzucker : Roman / Rosario Ferré. Aus dem puertoricanischen Span. übers. und mit einem Nachw. von Wolfgang Binder. – 1. Aufl. – Zürich : Rotpunktverl., 1991
(Fracción mágica ; 20)
Einheitssacht.: Maldito amor ‹dt.›
ISBN 3-85869-070-8
NE: GT

Erste Auflage, Oktober 1991 – Satz: gesetzt in der Garamond auf Optipage (FVA); Lektorat und Korrektorat: Geri Balsiger, Andreas Simmen, Monique Jaquet; Umbruch, Gestaltung und Umschlag: Heinz Scheidegger; Titelfoto: Bernd Böhner (Design: José F. Santiago Morales); Druck und Bindung: Fuldaer Verlagsanstalt, Fulda. Adressen: rotpunktverlag, Postfach 397, CH-8026 Zürich, Tel. 01/241 84 34; Auslieferungen: Schweiz: AVA/buch 2000, Postfach 89, 8910 Affoltern a. A.; Deutschland: Prolit, Postfach 9, 6301 Fernwald (Annerod); Berlin, Brandenburg, Mecklenburg-Vorpommern: Rotation, Mehringdamm 51, 1000 Berlin 61; Österreich: Karl Winter, Liebiggasse 3, 1010 Wien.
ISBN 3-85869-070-8

Für meine Eltern
und deren Eltern

Für Gautier Benítez
und Juan Morel Campos

KRISTALLZUCKER

Es hielo abrasador, es fuego helado,
es herida que duele y no se siente,
es un soñado bien, un mal presente
es un breve descanso muy cansado.

Francisco de Quevedo

Perla que el mar de entre su concha arranca
al agitar sus ondas placenteras,
garza dormida entre la espuma blanca
del níveo cinturón de tus riberas.

José Gautier Benítez

GUAMANÍ

Die Bewohnerinnen und Bewohner von Guamaní waren früher immer stolz auf ihre Stadt und auf ihr Tal gewesen. Wir liebten es, von den roten und ockerfarbenen Felsen, die jeden Nachmittag um drei, wenn die unvermeidlichen Regenschauer auf sie niedergingen, ihr Blut über das Tal ergossen, unsere Stadt zu betrachten, wie sie sich eng an die silbrigen Ränder der Ensenada Honda Bucht schmiegte. Nach der Arbeit fuhren wir gerne hinauf zum Aussichtspunkt, den wir Falkennest nannten, und sassen dort eine Weile, bewunderten die blitzblanken Strassen, die Häuser, die ihre Veranden an die Hügel schoben wie die farbenprächtigen Röcke einer Debütantin, die hellgelbe Kathedrale mit ihrem schimmernden Hahn auf dem Kirchturm und dem Ziegelrot ihrer Dachkuppe, die wie ein sich putzender Paradiesvogel in der Mitte sass, während die Stadtbewohner aufgeregt hin und her rannten in ihrem Bemühen, dem Platzregen zu entgehen, der aus den tieftreibenden, taubenbrüstigen Wolken fiel.

Zu jener Zeit, vor vielen Jahren, waren wir überzeugt, dass Guamaní die schönste Stadt auf der Insel sei. Sie war an die sanften Hügel des Berges Guamaní gebaut und blickte auf eine Ebene mit unglaublich fruchtbarem Lehmboden, dessen dunkle, umgepflügte Krume als eine der reichsten der Welt gilt. Unsere Stadt hatte bis zur Jahrhundertwende vom Ertrag dieses Bodens gelebt, den ihre Bewohner hoch achteten und mit grösster Sorgfalt behandelten, und der ihnen als kostbarstes Geschenk von ihren Vorfahren, den Taíno-Indianern, vererbt worden war. Nach den Legenden der Taínos wurden alle Lebewesen auf der Insel, Menschen, Tiere und Pflanzen in den heiligen Grotten von Cacibajagua im Berg Guamaní, dem Ort des Gottes Yuquiyú, geboren. Weil die Bewohner von Guamaní sich als Kinder ihres Berges verstanden, der von fern wie eine riesige, grüne Samtbrust aussah, waren sie friedliche Leute, mieden Krieg und waren bereit, das wenige, das sie besassen, mit ihren Nachbarn zu teilen. In alten Zeiten hatten sie den Berg, der über ihnen aufragte, verehrt, und zu Zeiten der Spanier hielt jeder Einwohner von Guamaní zu Hause ein poliertes steinernes Götzenbild versteckt, das diesem glich. Der Taíno-Name des Steins war Cemí, aber da die Spanier seine Anbeter mit dem Tode bestraften, nannten die Guamaneños sie »Gewittersteine«, und wenn sie von der argwöhnischen Guardia Civil oder von Klerikern in ihren Häusern gefunden wurden, schworen sie, sie wüssten nicht, woher diese kämen, und sagten, dass sie ihnen mit jedem Regen vom Himmel auf die Köpfe fielen. Als die Zeit verging, vergassen die Guamaneños selbst, dass der Name der seltsamen Steine Cemí war, und dass sie Gottheiten des Hauses waren, die ihre Vorfahren als Wohltäter des Heims verehrten. Aber sie warfen sie nie weg, sondern bewahrten sie halb vergessen unter bunten Schals auf dem Grund ihrer Sandelholztruhen auf oder hielten sie wie seltsame, gleissende, tintenfarbene Diamanten hinter Gläsern mit Koriander und Basilikum, Ajilímójili-Sosse und Alioli, süssen Pfefferschoten, Nelken und Knoblauch, hoch oben auf den hintersten Regalen ihrer Schränke versteckt.

In Guamaní wurde schon immer vor allem Zuckerrohr gepflanzt, und die Stadtbewohner lebten vom regen Geschäft, das rund um ein halbes Dutzend Zuckerfabriken gedieh, die während des neunzehnten Jahrhunderts aufgeblüht waren. Aber Zuckerrohr war nicht die einzige Ware, mit der sie handelten. In unseren Obstgärten und Gemüsebeeten wuchs, wie in den naiven Paradiesen, die der Zöllner Rousseau auf seine Leinwände malte, eine dickblättrige, üppige Fülle an Früchten und Gemüsesorten, die unsere Tische schmückte und unsere Abendessen mit den zart gedünsteten Varianten ihrer Wohlgerüche verschönerte. In ihnen wuchs die roséweinfarbene Yautiawurzel ebenso wie die bleiche sherryfarbene, die samtene, die es in Vieques gab, und die struppige, bärtige, die dem Kinn eines kämpferischen Conquistadors ähnelte und deren Gaumenfreuden von Gonzalo Fernández de Oviedo in seiner *Historia natural de las Indias* besungen wurden. Die Guamaneños bereiteten sie in ihren weltberühmten Teigschnitten zu, die in ihren Mündern zu lautem epikuräischem Lachen zergingen; die stürmischen tom tom taro Wurzeln, die von afrikanischen Sklaven auf den Klageschiffen des Todes mitgebracht wurden und die sie Nañigo und Farafanga, Mussumba und Tomboctú nannten, zu Ehren ihrer riesenhaften pechschwarzen Könige, die stets in vollem Kampfschmuck dastanden; wir ernteten sie in aller Unschuld in unseren Gärten wie man einen schneegefüllten Mammutfuss ausgräbt; der winterweisse Maniok und jener, der unsichtbar unter der Erde brannte, der unter unseren Füssen zu den Rhythmen von Yucuba und Tubaga, Diacana und Nubaga, kongolesischen Gottheiten aus lange verlorenen Wäldern, Funken schlug und den die Guamaneños zu den duftenden Laiben kneteten, die ihr Heim segneten; der giftige, verräterische, mit purpurfarbenen Orchideenadern durchzogene Maniok, den die Taínos und die afrikanischen Sklaven dann tranken, ehe sie von den Spaniern gefoltert wurden, und den wir heute in kobaltblauen Gläsern an der Rückwand unserer Mahagonischränke als letzte fromme Zuflucht versteckt halten; die honigsüsse Yamwurzel und die dicklippige, die dich mondsüchtig macht, wenn du sie nachts verzehrst; den geheimnisvoll den Geschlechtstrieb steigernden Ingwer, mit smaragdgrünen blanken Schwertern und blühenden, blutig geschürzten Lippen, der uns das ganze neunzehnte Jahrhundert hindurch einen einträglichen Schmuggelhandel ermöglichte; die Kochbanane, die in ihrer Reife goldgelb war, und die grüne mit den Silberspitzen, die auf den Zweigen der Mafafo- und Malango-Bäume zitterten, die unbestrittenen Monarchen des Tisches bei den Guamaneños und Ahnen des heiligen Piónono ebenso wie des ungläubigen Mofongo, des Tostón und der Empanada; die exotische Alcapurria, jene schmackhafte muselmanische Königin, die, in ihre goldenen Moriskenschleier gehüllt, auf der Zunge schmolz; die Paradiesananasfrucht und der Zuckerberg, jener, der aus Yayama stammte und der aus Yayagua kam, den die Spanier aus reiner Rachsucht *piña* nannten, weil sie zu Hause nie etwas ähnliches gehabt hatten, er glich dem Pinienkolben wie eine Ente dem Schwan; der persische Avocado und die malayische Brotfrucht, die reife Guavabirne, die hoch oben auf dem Zweig singt, »ein eifersüchtiger Mann schläft nie, er wacht über sein schönes Weib«. Und über allem herrscht das duftende Spanferkel, das sich langsam auf seinem wohlriechenden Zweig über der rauchenden Glut dreht; eine goldene Gottheit, einem noch grösseren Ruhm der Sinne geopfert, eine knusprige, brutzelnde, barbarische Köstlichkeit, deren Ohren, Rüssel, Ringelschwanz, die labyrinthartigen, mit Hottentott-Pfefferkörnern gewürzten Blutwürste waren der Schrecken unserer ausländischen Besucher und der kostbarste Teil unserer Feiertagsfestlichkeiten.

Unser Stolz und unsere Zufriedenheit gründeten sich nicht nur auf die Fruchtbarkeit unseres Tals. Wohlhabende Familien lebten in eleganten Häusern, in denen handgeschnitzte Ventilatoren die Strahlen der Nachmittagssonne über den Türeingängen filterten, und in denen mit Marmorbalustraden gesäumte Veranden die frische Brise hereinliessen, in Häusern mit gewienerten Parkettböden. Damals gehörten alle Guamaneños aus der Oberschicht ein und demselben Clan an. Es existierten Blutbande zwischen den entferntesten Familien, und wir gewährten uns gegenseitig immer finanzielle und moralische Unterstützung, um auf diese Weise unsere Zuckerrohrplantagen besser zu verwalten. Unsere Söhne studierten in Europa, und unsere Töchter wurden in den heiligen Tugenden des Heims unterwiesen. Unsere gesellschaftlichen und kulturellen Aktivitäten waren stets vom feinsten: Die Männer gingen nie zur Kirche, ritten auf ihren feurigen Poloponies und übten sich jeden Nachmittag im Schiessen, abends pflegten sie das Casino in Guamaní zu besuchen, wo sie Domino, Roulett und Bakkarat spielten; die Frauen gingen täglich in die Messe und besuchten sich gegenseitig zu Hause, wo sie Rommé, Fan Fan und Dame spielten. Sie waren ständig dabei, im Waisenheim sowie in den Alters- und Blindenheimen Gutes zu tun. Vulgarität und Mittelmässigkeit waren aus unserer Mitte verbannt, und wir waren stets zugegen bei den Liederabenden von Adelina Patti, der berühmten italienischen Opernsängerin, auch bei den Abenden der berühmten Schauspielerin Eleonora Duse und der Tänzerin Ana Pavlova, die in regelmässigen Abständen im Athenäum Guamanís gastierten. Wir spielten ausschliesslich klassische Musik auf Banketten und Tanzabenden, und unsere Töchter schwebten anmutig wie Gardenien aus Gaze auf den Wellen der »Blauen Donau«, wenn sie mit ihren Partnern unter den Sternenhimmeln unserer tropischen Nächte tanzten. Es war ohne jeden Zweifel eine unschuldige, schuldlose Welt, und so hat sie unser grosser Gautier Benítez in seinen Gedichten verewigt, und unser grosser Morel Campus sie in unseren *danzas* besungen. Eine Welt strenger Vergnügungen und anstrengender Unternehmungen, mit Fahrten auf der silbrigen Oberfläche der Esenada Honda, Picknicks an den blauen Abhängen des Guamaní-Berges und wehmütigen *danzas*, zu denen man unter den versonnenen Schatten einer raschelnden Pinie Walzer tanzte. Eine glückliche Welt, auch wenn sie anderweitig arm und rückständig war, in der man allem, was nicht edel, aussergewöhnlich oder wunderschön war, als unverzeihliche Beleidigung der eigenen Würde abschwören konnte.

Heute ist all das anders. Guamaní ist weit davon entfernt, paradiesisch zu sein, es ist zu einer Hölle geworden, zu einem monströsen Malstrom, dessen schreckenerregende Schornsteine der Snow White Zuckerfabrik Tag und Nacht Zucker nach Norden ausspucken.

DIE HEIRAT DOÑA ELVIRAS

Die Heirat zwischen Doña Elvira De la Valle (in Guamaní auch bekannt als Doña Elvira der vier Des: Del Roble, De la Cerda, De la Valle und De Juan Ponce de León) und Don Julio Font fand bald nach Doña Elviras Rückkehr aus Europa, wo sie studiert hatte, statt. Sie war ein Einzelkind gewesen, hatte ihre Eltern früh verloren, und ihre unverheirateten Tanten, Doña Emilia und Doña Estefana, hatten sie aufgezogen. Sie hatten es irgendwie geschafft, genug Geld aufzutreiben, um sie nach Paris zum Studium zu schikken, wo sie einen ausgeprägten Geschmack für alles Feine entwikkelt hatte. Doña Elvira begegnete Don Julio, einem gut beleumundeten Spanier, der vom Import haltbarer Waren wie Reis, Hartwürsten, Kabeljau und Bohnen jeglicher Farbe und Grösse lebte, bei einer Pferdeschau mit *paso fino* Pferden in Guamaní. Die Stadt war berühmt für ihre Pferdeschauen, den *bellas formas* Tournieren, bei denen unsere Guanameños sich mit gekonnten Schaustükken hervortaten. So ritten sie etwa ihre feurigen Stuten mit so vollendeter Beherrschung, dass sie Becher aus Kristallglas, die bis zum Rand mit Wasser gefüllt waren, in der Hand halten konnten, ohne einen Tropfen zu verschütten, oder sie hatten ihre Hengste so trainiert, dass sie sich stets vor den Damen verneigten und damit den Regeln der Etiquette unseres Casinos und anderer vornehmer

Clubs der guten Gesellschaft Genüge taten. Die Jury hatte soeben den Ersten Preis der Stute Don Julios zuerkannt, als sie vor der bunten Zeltplane der Zuschauertribüne anhielt und sich weigerte, weiterzugehen. Don Julio, der Doña Elvira seit geraumer Zeit auf der schattigen Tribüne beobachtet hatte, stieg von seiner Stute ab und löste die blaue Seidenschleife, die die Juroren soeben an ihr Saumzeug geheftet hatten. Dann ging er mit der Schleife in der Hand auf Doña Elvira zu und sagte laut, so dass alle es hören konnten: »Wir alle wissen, wer die wirkliche Gewinnerin heute ist, meine Damen und Herren. Piel Canela weiss dies ebenfalls, und deshalb geht sie nicht von der Stelle.« Er übergab Doña Elvira die blaue Schleife und bat sie, diese für ihn an einem sicheren Ort aufzubewahren, bis sie sich wiedersehen würden.

Doña Elvira blickte ihn verwundert an: Don Julios freche Attacke, die die übertriebenen Verzierungen, wie sie in der guten Gesellschaft Guamanís üblich waren, völlig vermissen liess, gefiel ihr, sie war augenblicklich von ihr erobert worden. Don Julio war in den unwirtlichen Weidegründen von Lérida aufgewachsen. Sein Wesen, das so verschieden von den filigranartigen Verbeugungen und den Kratzfüssen ihrer bisherigen Verehrer war, erschien ihr sehr anziehend. Doña Elvira lachte also mit ihren Freundinnen über Don Julios Witz, nahm errötend sein Geschenk an und ging nach Hause wie im Traum.

Versponnen in die Welt ihrer Phantasie, lief sie durch die Gänge und Räume des Hauses ihrer Tanten, träumte am hellichten Tag von Don Julios bernsteinfarbenen Augen und kehrte erst in die Wirklichkeit zurück, wenn sie sich ans Klavier setzte und ihre Lieblingsdanzas spielte und sang. Sie spielte vor allem Juan Morel Campos' »Maldito Amor«, und nachdem sie Don Julio kennengelernt hatte, sang sie es mindestens zehn Mal pro Tag und freute sich an den klagenden Arpeggios, die über die hohe Einfriedung des Gartens hinausdrangen:

Denn die Liebe ist jetzt
Ein Vogel ohne Gesang
Deine Liebe, mein Schatz, ist in meinem Herzen verloren
Ich weiss nicht warum
Deine Glut mich welken lässt
Und warum sie nie Flammen schlug!

Doña Emilia und Doña Elvira beschlossen, Don Julio zu einem Besuch in ihrem Haus einzuladen, da sie über den anämischen Zustand ihrer Nichte besorgt waren. Sie waren entschiedene Verfechterinnen ehelicher Liebe und deren Vorzüge und förderten deshalb die Liebesgeschichte von Anbeginn, und es verstrichen nicht mehr als zwei Monate, bis ein Datum für die Hochzeit festgesetzt war. Don Julio war nicht nur ein gutaussehender, sondern auch ein fleissiger Mann, und er könnte eines Tages doch ein fähiger Verwalter der Diamond Dust Zuckerfabrik werden. Beide alten Damen waren völlig von dem Einkommen aus der Fabrik abhängig und machten sich Sorgen, weil die Firma schon viele Jahre ohne einen Mann an der Spitze nicht gut lief.

Don Julio nahm seine Arbeit als Verwalter von Diamond Dust ernst. Nach der Heirat bestand er darauf, dass sie das bequeme Haus der Tanten in der Stadt verliessen, um sich auf dem Land niederzulassen.

»Wenn du eine Firma besitzt, musst du dich entweder drum kümmern oder sie verkaufen, es sei denn, es ist dir gleich, dass ein anderer für dich den Gewinn einstreicht«, sagte er zu seiner Frau mit einem gutmütigen Lachen, als sie sich wegen der Entscheidung, die er getroffen hatte, beklagte. Er war nie einer von jenen feinen Landedelleuten gewesen, die gerne in der Stadt auf grossem Fuss lebten, während sie von ihren Verwaltern auf der Hacienda betrogen wurden, und er wollte selbst die Zuckerrohrernte und den Beginn der Mahlsaison überwachen.

Elvira sagte ihren Tanten Lebewohl und fügte sich den Wünschen ihres Gatten ohne weitere Klagen. Nachdem sie einmal in das Haus auf dem Land gezogen waren, konzentrierte sie sich mit aller Kraft auf ihre schwere Arbeit. Sie war nur eine kleine Frau von zarter Konstitution, aber sie hatte eine leidenschaftliche Seele. Als sie sicher war, dass sie dort bleiben würden, sagte sie zu ihrem Gatten: »Ich habe deinen Wünschen in allem entsprochen, jetzt bist du an der Reihe, mich glücklich zu machen. Ich möchte einige Verbesserungen am Haus vornehmen, damit ich nicht glauben muss, wir lebten wie Lumpen am Hintern der Welt.«

Elvira hatte gute Gründe für ihre Forderungen. Das Haus war sehr alt und liess selbst die elementarsten sanitären Einrichtungen vermissen. Es gab kein Spülklosett und kein fliessendes Wasser, man musste sich auf einer seltsamen, luftigen Latrine erleichtern, die sich am Ende einer mit einer Balustrade versehenen, in die zugigen Zuckerrohrfelder hinausragenden Veranda befand. Sie war von einer Jalousie aus blauem Glas umgeben, die ihre Abgeschiedenheit gewährleistete und die für die Familie der De la Valles von einem französischen Architekten vor mehr als hundert Jahren gebaut worden war.

»Ich verstehe nicht, warum du dich immer noch so beklagst«, sagte Don Julio im Scherz zu ihr, als sie zusammen die Latrine aus Sandelholz ansahen und ihren Deckel aus Perlmutt bewunderten. »Schliesslich ist es ein aristokratisches Vergnügen, sich über den Zuckerrohrfeldern zu erleichtern; seinen Arsch den wohlriechenden tropischen Brisen anzuvertrauen und gleichzeitig die Ernte zu düngen, kann doch eine bezaubernde Erfahrung sein.«

Doña Elvira presste die Lippen zusammen, kehrte zu ihren Hausarbeiten zurück, war stumm und verbittert. Einige Tage danach erwähnte sie Don Julio gegenüber dieselbe Angelegenheit ein weiteres Mal, während sie im Schaukelstuhl neben ihm auf der Veranda sass und sich Luft zufächelte. Sie sagte, sie müsse unbedingt ein Bidet und ein Waschbecken haben, ebenso eine Badewanne, in der sie jeden Tag ein anständiges Band nehmen könne. Sie schäme sich, ihre Freunde einzuladen, wenn sie nicht einmal eine weisse Badewanne aus Porzellan mit den Griffonfüssen und der mondförmigen Duschdüse aus Silber habe, die jetzt so modisch sei. Aber Don Julio beachtete ihre Bitten noch weniger als zuvor.

»Wir leben hier wie die Könige, aber du nimmst alles für selbstverständlich«, sagte er übelgelaunt zu ihr. »Diese Insel ist ein Paradies, und du nimmst es nicht einmal zur Kenntnis. In meiner Heimat muss man ohne all diese Bequemlichkeiten auskommen, und wir klagen darüber nie. Im Winter verwandelt die Kälte deine Knochen zu Eiszapfen, und im Sommer muss das Wasser fünfundzwanzig Kilometer weit mit Maultieren hergebracht werden. Das ist die Heimat der Conquistadoren, denn das Land hatte sie durch Opfer und Entbehrung abgehärtet, was immer gut für die Seele ist. Deshalb besteht der feine Landadel dieser Insel aus nichtsnutzigen Lebemännern, denn sie sind durch Luxus und Faulheit und von den warmen tropischen Lüftchen verweichlicht. Sie sind gewohnt zu leben, ohne dafür arbeiten zu müssen. Wie deine eingebildeten und liederlichen Freunde in der Stadt zum Beispiel, deren grösster Ehrgeiz darin besteht, Autoritäten in Kunst, Musik und Literatur zu werden, während sie ihre Ländereien, die sie von ihren Vorfahren geerbt haben, brach liegen und vor die Hunde gehen lassen.« So musste Doña Elvira weiterhin auf ihrem Kohleofen kochen, mit Öllampen die dunklen Gänge im Haus erhellen und sich jedes Mal, wenn sie ein Bad nehmen wollte, das Wasser aus der nahegelegenen Quelle in grossen metallenen Schmalzeimern holen.

Eines Tages beschloss Don Julio, dass es höchste Zeit sei, die Zuckerproduktion zu erhöhen, und so befahl er, dass auf jedem unbestellten Stück Land, auf jedem Gemüsebeet und Gartenstück, das von den Taglöhnern, die in ihrer freien Zeit ihre eigene Ernte einbrachten, beharkt wurde, ein neues Beet mit Zuckerrohr angelegt werden müsse. Es war unter den alten Besitzern von Diamond Dust Sitte gewesen, jene Felder, die am weitesten von der Fabrik entfernt, am Rande der Hacienda, lagen, den Tagelöhnern zu überlassen, so dass sie ihre armseligen Ziegen- und Viehherden in den schmalen, salzigen Marschen des Hinterlands grasen lassen konnten. Dort bauten sie auch ihre exotischen Lebensmittel an, wie die goldene Yamwurzel und die schneeweisse Tarowurzel, die sie langsam zu ihrem traditionellen *sancocho* Eintopf verkochten. Die De la Valles waren Loyalität gewohnt, für sie war die Treue ihrer Kleinpächter etwas Selbstverständliches; aufgrund dieser Situation hatten sie immer wie Grafen gelebt. Aber sie hatten auch durch ihren Sinn für Loyalität und gerechten Lohn eine anständige Balance zwischen Vassallentum und Herrschaft eingehalten. Deshalb wurden sie von ihrer Dienerschaft und ihren Arbeitern verehrt, blieben diese ihnen auch in den schlimmsten Krisen treu. Die De la Valles waren zum Beispiel Paten aller Kinder ihrer Abhängigen und waren stets bei deren Taufe, Heirat und Totenwache anwesend, legten dazu ihre beste Kleidung an, waren von einer Aura der Würde umgeben. Bei diesen Anlässen bewiesen sie ihre Grosszügigkeit, indem sie ihnen grosse Tüten mit Münzen und bunt eingepackte Geschenke überreichten.

An dem Tag, an dem Doña Elvira von Don Julios Anordnung erfuhr, dass man das Gemeinschaftsland den Bauern wegzunehmen und mit Zuckerrohr zu bebauen habe, suchte sie ihren Gatten im Keller auf, wo er den Humboldtsafe aufgestellt hatte, den man speziell für ihn in Deutschland angefertigt hatte. Sie musste mehrere Male anklopfen, ehe er sie hörte. Die Betonmauern des Safes waren vier Fuss dick, und die Tür bestand aus massivem Stahl.

»Die De la Valles waren immer ehrenwerte Landbesitzer, nie Sklavenhändler«, sagte sie, als er schliesslich die Tür öffnete. »Dein Geiz wird Unglück über uns bringen, und du wirst Diamond Dust schliesslich in einem Meer von Zucker ersäufen.«

Don Julio schaute sie durch die offenstehende Tür des Safes an, umgeben von den kühlen Dämpfen, die von den Säcken Gold, die er hinter sich in geordneten Reihen gestapelt hatte, aufstiegen. Er war über ihre Heftigkeit erstaunt; er hatte strikte Anweisung gegeben, dass ihn niemand stören dürfe, wenn er sich im Keller eingeschlossen hatte. Er sagte sich, er müsse geduldig sein, *paso fino* Stuten seien kapriziös und grollten wegen jeder Kleinigkeit auch dem erfahrensten Reiter. Er wartete einige Sekunden, ehe er seiner Frau anwortete. »Ich bin nicht schuld, wenn es in deinem Nachttopf von einer Stadt jeden geschlagenen Nachmittag um drei regnet, Elvira«, sagte er mit einem Lächeln. »Die Regenfälle haben mir sehr geschadet, und Gott wird mir meine Zinsen nicht zurückzahlen.«

Doña Elvira sah, dass ihr Gatte ein Geizhals mit eisernen Ellenbogen war und ging still in die Küche zurück, aber einige Tage danach trat sie ihm in einer anderen Angelegenheit mit Entschiedenheit entgegen. Don Calixto Díaz, ein alter schwarzer Arbeiter, der der Sklave ihres Vaters gewesen war, hatte seinen rechten Arm in die Eisenpresse eingeklemmt, und die Arbeiter waren einmal mehr zu ihr in ihre Zimmer gelaufen und hatten um Hilfe gerufen. Doña Elvira rannte mit bis zu den Knien hochgerollten Röcken durch den schlammigen Hof, der die Maschinenschuppen von dem zerfallenden alten Haus trennte. Als sie an Don Calixtos Seite stand, troff das Blut langsam von seinem Ellenbogen herab und färbte den dunkelgrünen Sirup des zermahlenen Zuckerrohrs auf dem Grund des Kessels hellrot. Sie verlor ihre Selbstbeherrschung nicht eine Sekunde. Sie befahl, dass die Presse langsam in die entgegengesetzte Richtung zu bewegen sei, dann half sie selbst, den zerdrückten Arm des Mannes aus seiner eisernen Umklammerung zu befreien.

In jener Nacht sagte sie zu Don Julio, nachdem sie ihren Rosenkranz an seiner Seite zu Ende gebetet und sich mit den schweren

Leinenbettüchern der Kathedrale, dem Ehebett der De la Valles, zugedeckt hatte: »Da du diesem Mann seinen Arm nicht wiedergeben kannst, lass ihm wenigstens eine Pension für den Rest seiner Tage ausbezahlen.« Und sie fügte hinzu, dass der Unfall seine Schuld gewesen sei, denn er habe Don Calixto, der alt und halb blind sei, zum Aufseher der Pressen in der Fabrik gemacht. Es folgte eine tiefe Stille, die nur unterbrochen wurde vom Spitzenbaldachin, der sanft über den Köpfen des Ehepaars raschelte, als wollte er sie friedlich in den Schlaf wiegen. Don Julios Geduld war seit Monaten strapaziert, und in diesem Augenblick war er mit ihr am Ende. Er setzte sich langsam im Bett auf und steckte den Gasleuchter an, der auf dem Tisch zu seiner Rechten stand.

»Wenn du morgen darauf bestehen würdest, dass der Familienname der Jungfrau Maria auch De la Valle lautet, würde mich das nicht überraschen«, sagte er, wutbebend, als er ihr den ersten Schlag versetzte. »Von heute an dürfen die Frauen in diesem Haus das Wort ergreifen, wenn die Hühner zu pissen anfangen, und ich verbitte es mir, dass du dich weiterhin in die Angelegenheiten anderer Leute einmischst.« Als er weiter links und rechts auf sie einschlug, fügte er hinzu, dass die ach so heiligen De la Valles, wie der Rest der alten Haciendabesitzer Guamanís, auch Sklaventreiber gewesen seien, und dass sie verrückt sei, wenn sie wirklich glaube, dass man wohlerzogene Mädchen zum Studium nach Paris geschickt habe, dass man in kaiserlichen Latrinen scheissen und Schaumbäder in echten, mit Griffonfüssen verzierten Marmorbadewannen nehmen konnte, die man beim Sieg von Samothrake errungen habe, indem man den Negern Golddublonen zugeworfen habe.

Von Don Julios Misshandlungen völlig erschöpft, verlor Doña Elvira jegliches Interesse an den lebhaften Aktivitäten der Hacienda. Sie vernachlässigte ihre häuslichen Arbeiten und versank in nebelartiger Stille, sie tauchte aus ihrer stummen Verzweiflung nur auf, wenn sie sich ab und zu ans Klavier setzte und »Maldito Amor«, ihre Lieblingsdanza, sang. Don Julio seinerseits ging in zunehmendem Masse in den Aufgaben, die ihm die Zuckerfabrik stellte, auf. Er war es bald leid, seine Mahlzeiten stumm einzunehmen und einer mürrischen Frau mit dunklen, tiefrot geränderten Augen gegenüberzusitzen, und begann seine primitiven Freunde, den Aufseher und den Vorarbeiter der Fabrik, zum gemeinsamen Essen einzuladen. Ihre kruden Witze und ihr lautes Gelächter schallten zu jeder Stunde durch das Haus, da sie die Flaschen Rum genossen, die sie gemeinsam schwarz brannten.

Doña Elvira hatte eben Ubaldino De la Valle, Guamanís bedeutendsten Staatsmann, auf die Welt gebracht und erfüllte im Bett die traditionellen vierzig Tage Rekonvaleszenz der San Gerardo Nachgeburt, als Diamond Dust von einem der fürchterlichsten Wirbelstürme des Jahrhunderts plattgewalzt wurde. Der Himmel öffnete sich und gab eine Kathastrophe aus Wind frei, der das von einem Hartholzgiebel gekrönte Dach des Hauses hinwegfegte, als wäre es eine Papiertüte, und eine Sintflut ergoss sich über sie. Die Familie hatte Zuflucht in den übelriechenden Tiefen des Kellers gesucht, wo sich die Moskitos zu Tausenden in der stickigen Luft paarten, während sie darauf wartete, dass der Wind abflaute.

Sie sah sich gezwungen, fast einen Monat lang dort auszuharren, da Don Julio sich nie die Zeit genommen hatte, das Dach ihres Hauses zurückzuholen, das in der Viehtränke eines Nachbarn, fünfundzwanzig Kilometer entfernt, niedergegangen war, während Diamond Dust auf allen Seiten brannte wie eine Filiale der Hölle. Er war zu sehr mit der Aufsicht des Abbrennens des Zuckerrohrs beschäftigt, das geschehen musste, ehe es zu verfaulen anfing, denn die Ernte lag unter einer Schlammlawine begraben. Doña Elvira, die auf ihrer Eisenpritsche lag und das Wasser aus der nahegelegenen Quelle, die trüb vor Schlamm geworden war, zu trinken gezwungen war, infiszierte sich mit Typhus und starb bald darauf. Auf ihrem Totenbett rief sie kläglich nach einem Priester, die Letzten Segungen unserer Heiligen Kirche wurden ihr aber nicht zuteil. Unter diesen Umständen wurde Ubaldino De la Valle, unser mutiger politischer Führer und Patriot, geboren und fand sich, nur wenige Tage alt, alleingelassen in den Armen einer Säuglingsschwester, Doña Encarnación Rivera, die ihn stillte und sich um ihn kümmerte, bis er erwachsen war.

DIE BERATUNG

Ja, mein Herr, es ist fünf Jahre her, dass Niño Ubaldino uns die Hütte versprochen hat, in der wir schon immer gelebt haben, weil wir seit dreissig Jahren für ihn arbeiten, und deshalb sind wir heute zu Ihnen gekommen. Das Haus ist ein schöner Besitz, es steht hinten im Garten des grossen Hauses, so dass wir nur ein paar Schritte bis zur Küche und zur Waschküche des Herrn gehn müssen. Es hat ein kräftiges Dach aus Wellblech und eine Veranda mit Balustrade, auf der wir unsre Kleider trocknen können, wenns regnet. Sie waren ihm immer ein guter Freund und kamen oft zu Besuch. Ich erinnere mich, dass ich Ihnen mehr als einmal eine frische Tasse Kaffee mit einem Schuss Rum drin serviert habe, und Sie waren immer sehr freundlich und höflich zu mir. Néstor hat zufällig das Türschild gesehn, als er an Ihrem Büro vorbeikam, vor ein paar Tagen, als er in die Stadt ging und Einkäufe machte: Don Hermenegildo Martínez, Notar und Rechtsanwalt. Er muss es vorher hundert Mal gesehn haben, aber er ist nie drauf gekommen, wer es war, bis er das zweite Schild gesehn hat, das neulich neben dem ersten angemacht worden ist: Präsident der *paso fino* Vereinigung. Da hat er gewusst, dass Sie es sein müssen, der Don Hermenegildo, der so oft mit Niño Ubaldino stundenlang über die Reiterei, über die schönsten Heldentaten der tanzenden Stuten bei der letzten Pferdeschau oder über die steigenden Kosten für reinrassige Pferde auf der Insel geredet hat, und da hat er sich entschlossen, Sie zu besuchen. Nur, er ist schüchtern, und im letzten Augenblick liess er mich kommen, weil ich Sie öfter gesehen hatte, als ich Ihnen Kaffee und Drinks im Haus serviert habe, obwohl ich gesteh, dass ich nicht überzeugt war, dass es zu irgendwas nütze wäre, wenn ich käme, weil Ihr feinen Leute immer höflich und angenehm zu den Bediensteten seid, weil Ihr aber auch immer Weisse bleibt, und Leute mit derselben Hautfarbe halten eben immer zusammen.

Sie wissen, wie grosszügig Niño Ubaldino immer zu allen war, und ich bin sicher, dass es Sie nicht überrascht, wenn ich Ihnen sage, dass er Nestor und mir das Häuschen mit Veranda versprochen hat, das hinten im Garten steht. Kurz nach dem Tod von Niño hat Doña Laura uns versprochen, dass sie seine Zusage einhalten würde, und sie hat geschworen, dass das Häuschen, wenn sie von uns gehn würde, uns gehören würde, weil sie immer die letzten Worte des Verstorbenen geachtet hat. Und so haben wir geduldig fünf Jahre darauf gewartet, und jetzt, wo Doña Laura schwerkrank ist, sind unsere Erwartungen natürlich höher denn je. Aber Dinge, die sich vor kurzem in dem Haus ereignet haben, lassen uns fürchten, dass man uns um unser Erbe betrügen will, und diesmal werden wir den Fuchs nicht mit der Gans im Maul weglaufen lassen, oh nein, mein Herr, wir werdens nicht zulassen, dass er unsren Vogel stiehlt.

Es ist als könnt ich sie alle noch vor mir sehn, wie sie nach dem Begräbnis ihres Vaters aus dem Haus gerannt sind, die vier Schwestern mit ihren Männern dahinterher und Arístides, der ihnen nachgerannt ist, und wie sie alle die Treppen hinuntergestolpert sind und aus vollem Hals geschrien haben, dass sie nie wieder in dieses Haus einen Fuss setzen würden nach all dem Unrecht, das man ihnen angetan hätte, und sie haben die rosa Pegonien und die Myrthebüsche, die an dem Weg wuchsen, der zum Haus hinaufführt, zertrampelt, sie sind in ihre schwarzen Limousinen eingestiegen, haben wütend die Türen zugeschlagen, damit es Doña Laura hören sollte, die arme Frau, die damals schon nichts mehr hören konnte, so wie sie halb ohnmächtig und zitternd in Glorias Armen gelegen ist. Es ist als könnt ich sie noch vor mir sehn, ja, mein Herr, die vier Schwestern und ihr Bandit von einem Bruder, wie sie sich ihre Haare mitsamt den Wurzeln ausreissen, wie sie sich über den Sarg beugen und ihre Backen und ihr Kinn zerkratzen und nach Gerechtigkeit rufen, und ihr Vater ist noch immer in seinem mit Seide ausgelegten Sarg gelegen und hat sie mit jenem ruhigen Blick angestarrt, den er zu seinen Lebzeiten nie hatte, weil seine Familie ihn immer in den Wahnsinn getrieben hat, aber jetzt, wo der Tod langsam seinen Mantel über ihn gebreitet hat, ist er über seinem ganzen Gesicht wie ein Balsam gelegen. Denn in dem Haus ist noch nie jemand eines plötzlichen Todes gestorben, Don Hermenegildo, sie sind alle Stück für Stück gestorben, lang bevor sie wirklich tot waren.

Néstor und ich können Ihnen darüber viele Einzelheiten erzählen. Zum Beispiel, wie wir die letzten fünf Jahre den Tisch decken mussten und den Teller von Niño Ubaldino wie immer am oberen Tischende hinstellten, so als wär er noch immer am Leben. Weil wir uns so schrecklich seiner Anwesenheit bewusst sind, geben wir uns allergrösste Müh, wenn wir bei Tisch servieren: wir heben unsere Wasserkrüge aus Kristallglas langsam über die in purpurroter oder rabenschwarzer Seide eingefassten Schultern der Damen als würden wir auch etwas in seinen Becher giessen; wir teilen das Huhn in Madrassosse oder Hummermayonnaise, das auf dem Grund der Servierschüssel liegt, so ein, dass es für alle reicht, dass es den Hunger von drei anstatt zwei Gästen fürs Abendessen stillt. Das ist der Grund, weswegen wir uns grösste Mühe geben, mit den Tabletts, die wir nah an seinem Stuhl, in den das Familienwappen geschnitzt ist, vorbeitragen, nicht zu dicht heranzukommen, denn die Erinnerung an grosse Männer spürt man noch viele Jahre, wie die Anwesenheit uralter Bäume, nachdem sie gefällt worden sind.

So viele Jahre Dienst, Don Hermenegildo, so viele Jahre in denen wir uns um Doña Laura Sorgen machten, einfach weil er sie uns auf seinem Totenbett anvertraut hat. »Kümmert euch um Laurita«, hat er gebeten, »verlasst sie nicht, wenn ich nicht mehr bin.« Der Preis, den wir für dieses Versprechen haben zahlen müssen, was uns das gekostet hat! Sie können sich gar nicht vorstellen, wie viele feine Damen aus Guamaní hier zu uns herausgefahren sind und gebettelt haben, für sie zu arbeiten und uns mit Haufen falschen Mohrengolds in Versuchung führen wollten, wohl wissend, dass wir Doña Laura nie alleinlassen würden, denn wir hatten unser Wort einem Toten gegeben, und es ist nicht recht, die Toten zu verraten, die Armen, weil sie so wehrlos sind. Wir hätten nie zu Ihnen kommen und uns beklagen müssen, wenn Niño Ubaldino am Leben wär, wir schwörns, denn er war jemand, dem man hat wirklich vertrauen können, und dann sässe Titina nicht hier und würde mit ihnen in diesem Augenblick sprechen.

Ich nenn ihn Niño Ubaldino, weil er mit der Milch einer schwarzen Frau gesäugt wurde, ja, mein Herr, Ubaldino hing an der Brust meiner Mutter, Encarnación Rivera, einer freigelassenen Sklavin, und so wurde er gross. Manchmal assen wir aus seinem Teller, schleckten die Eiercreme, die sein Lieblingsnachtisch war, von seinem Silberlöffel. Du musst das einfach versuchen, Titina, damit du weisst, wie ein Stück Himmel schmeckt, damit du weisst, wie sehr ich dich immer lieben werde, sagte er immer. Deshalb sind wir in dem Haus geblieben und haben die Familie dreissig Jahre lang für einen Hungerlohn bedient, obwohl wir natürlich immer an das Häuschen im Garten und an Ubaldinos Versprechen gedacht haben.

Ubaldino wars ja gewesen, der uns hierher gebracht hat, und wir haben immer gedacht, dass wir seine persönlichen Bediensteten sind, obwohl es schon wahr ist, dass wir in den letzten fünf Jahren direkt Doña Laura unterstellt waren. Wir sind aus Ehrgefühl bei ihr geblieben, aus Treue gegenüber denen, die sie uns aus dem Grab heraus anvertraut haben. Aber Gott sei unser Zeuge, für Doña Laura zu arbeiten ist kein Zuckerschlecken, oh nein, mein Herr. Bevor wir kamen, ist Ubaldino schier verrückt geworden, weil seine Dienerschaft nie lange geblieben ist, sie haben Doña Lauras Übellaunigkeit und ihre ständigen Ausfälle nicht ertragen. Er ist immer in seinem austerweissen Pontiac hinaus zu den Armenvierteln gefahren und hat nach Dienstmädchen und Köchinnen ausgeschaut, und nicht mal ihm zuliebe – denn jedermann hat ihn gemocht – sind sie ins Haus gekommen, um dort zu arbeiten.

Umsonst sind all die Jahre, die wir mit dem Abstauben leerer Räume verbracht haben, umsonst all das Teppichklopfen und das tägliche Überziehn von Betten, in denen niemand schlafen sollte, nur für den Fall, dass Zebeda oder Eulalia heute vorbeikommt, Titina, oder nur für den Fall, dass Ofelia oder Margarita sich entschliesst, uns zu besuchen; dabei hat sie die ganze Zeit gewusst, dass sie nicht kommen würden, dass keine von ihnen nach dem Tod ihres Vaters vor fünf Jahren je wieder auch nur einen Fuss in dieses Haus setzen würde. Sie haben sie natürlich übers Telefon angerufen, um zu erfahren, wies dir geht, Mütterchen, um rauszukriegen, ob du dich heut wohlfühlst. Denn seit sie gehört hatten, dass Ihr Vater sie aus dem Testament gestrichen hat, und dass Ihre Mutter damit einig war, riefen sie Sie an, um rauszukriegen, ob die Alte noch nicht abgekratzt war, ob sie noch nicht ihren Geist aufgegeben hat. Und Margarita ist die schlimmste von allen, denn die ruft nicht an, die schreibt nicht und kommt auch nicht zu Besuch, sondern steckt nur die Nase in die Luft seit sie Don Augusto Arzuaga geheiratet hat und in Santa Cruz lebt. Jetzt wo sie selbst Millionärin ist, lässt sie sich von niemand mehr Niña rufen, nur noch Doña Margarita, und sie lacht über Ihre Familie, wie die sich wegen ein paar Cents bis aufs Blut streitet.

Als Doña Laura eines Tags aufgewacht ist und sich schlechter als sonst gefühlt hat, sind Néstor und ich zum Arzt gerannt und haben ihn am selben Morgen ins Haus gebracht. Dann haben wir Doña Lauras Tischtuch aus venezianischer Spitze, ihr kostbarstes Erbstück, auf den Tisch gelegt, denn wir waren sicher, dass sie alle an dem Tag im Haus aufkreuzen würden, ja, mein Herr, und so wars auch. Sie haben etwas später geläutet und sind zusammen in das Esszimmer gekommen, haben fröhlich miteinander geredet und sich Drinks und zu essen bringen lassen, als wär im Zimmer daneben nichts besondres los. Ich hab sie da mit Néstor zurückgelassen, der ihren Launen zu Diensten war und ihnen Süssigkeiten und Kaffee auf Tellern und Untertassen mit Goldrand gebracht hat.

Sie müssen meine Direktheit in dieser Sache entschuldigen, Don Hermenegildo, aber ich habe bei der Familie so viele Jahr gearbeitet, dass ich mich als Teil der Familie betrachte. Und ich bin nicht nur aus Treue zu Niño Ubaldino hierher gekommen, um sicher zu sein, dass die Wünsche dieses grossen Mannes erfüllt werden, sondern weil ich auch sicher sein möchte, dass Gloria und dem kleinen Nicolás Gerechtigkeit widerfährt. Sie sind diejenigen, die eigentlich von Doña Lauras Erbe profitieren sollten, denn sie brauchen es am meisten, und es ist Gottes Wille, dass es so sein soll. Als Nicolás gestorben ist, ist sie dageblieben und hat sich Tag und Nacht um Doña Laura gekümmert, statt ihren Weg draussen in der Welt als Krankenschwester zu machen, was sie hätte leicht tun können. Seit Nicolás von uns gegangen ist, war Nicolasito, der kleine Cherubin, der uns aus den Wolken gefallen ist, um die Traurigkeit zweier schrecklicher Todesfälle aufzuhellen, Doña Lauras einzige Freude. Nicolasito wurde sechs Monate nach dem Ableben seines Grossvaters geboren und elf Monate nach dem Unfall seines Vaters, und deshalb hängt Doña Laura sehr an ihm. Aber trotz all dem, was Gloria getan hat, um Doña Laura zu helfen, obwohl sie all die Jahre damit verbracht hat, ihr Gesellschaft zu leisten, Sie wissen, wie die Leute in der Stadt über sie klatschen. Einfach, weil sie nicht wieder geheiratet hat und zuhause bleibt und an ihren toten Mann denkt, für den sie nie ihre Trauer abgelegt hat, und sie weint sich jede Nacht in den Schlaf, wenn sie an ihn denkt. Es genügt, wenn man sie jeden Tag früh aufstehn und in die Messe gehn sieht, in ihrem lavendelfarbenen Kleid, mit ihrer lavendelfarbenen Handtasche und ihren lavendelfarbenen Schuhen, und es krampft sich einem das Herz vor Mitleid zusammen, und wenns regnet oder die Sonne ist zu grell, dann öffnet sie ihren lavendelfarbenen Schirm und geht traurig hinunter an den Strand, bis sie zur Stadt kommt. Aber wer in Guamaní unverheiratet ist und die Strasse entlang geht, riskiert seinen guten Ruf, und jetzt verbreiten Arístides und seine Schwestern das Gerücht, dass Gloria es mit Männern hat, Gott sei ihrer Seele gnädig, dabei sind sie in Wirklichkeit hinter dem Geld her, das sie erwartet. Gloria merkt bisher nicht mal, was sie vorhaben, so verloren ist sie in ihrer Traumwelt.

Es ist schon wahr, beide Damen waren in den letzten paar Jahren vom Unglück verfolgt; ich möcht am liebsten weinen, wenn ich dran denke. Schauen sie nur, was Nicolás und dann seinem Vater passiert ist, es ist als hätte ein Geist dem anderen die Hand gegeben und ihn dankbar aus diesem Jammertal herausgeholt. Wir armen Leute erwarten nichts mehr vom Leben, Don Hermenegildo, wir sinds gewohnt, dem Tod ins Gesicht zu sehen. Aber wenn ein junger Mann wie Nicolás, der so freundlich und reich und gutaussehend war, so einen schrecklichen Tod stirbt, ist es sehr schwer, damit fertig zu werden. Wenns nicht zum Weinen wäre, die Ironie von all dem würde mich zum Lachen bringen. Wenn ich an das falsche Begräbnis denke, wie es den Berg heruntergekommen ist, mit Leuten, die Hunderte von Kränzen getragen haben, die mit smaragdgrünem Wachspapier umwickelt waren; der leere Sarg, der mal hierhin, mal dahin gerutscht ist, der Priester und die Messdiener, die brennende Kerzen gehalten haben und rote Priesterröcke und Spitzenschals angehabt haben, als sie ihre albernen Totengebete gesprochen haben; und die arme Doña Laura, die sich auf den Sarg geworfen hat, als wär Nicolás da drin, als wäre mehr drin als nur ein Schuh oder eine Hand, vielleicht eine Haarsträhne oder ein Stückchen vom Anzug, was alles war, was die Rettungsmannschaft unter den Bäumen im Wald gefunden hat, denn das war alles, was von ihm nach dem Unfall mit dem Flugzeug übrig war. Wenns überhaupt ein Unfall gewesen ist, Don Hermenegildo, denn einige von uns hatten unsere Zweifel, und wir haben den Verdacht, dass Nicolás absichtlich massakriert und in alle Winde zerstreut worden ist, dass irgendwer es von Anfang bis Ende geplant hat.

Ich bitte Sie, mich nicht misszuverstehn; bitte schauen Sie mich nicht so entsetzt wegen dieser Geschichte an. Ich bin nicht hierher gekommen, um falsche Anschuldigungen zu machen oder noch mehr Stoff für die Verleumdungen zu liefern, die jetzt schon wie eine Hundemeute auf die Stadt losgelassen worden sind. Die Wahrheit ist, wir haben geahnt, dass Nicolás nicht sehr lange leben würde, er war zu gut für diese Welt. Sein Vater hat sich geirrt, als er eines Tages gedacht hat, er würde aus ihm einen Zuckerbaron machen, wie er einer war. Nicolás hat sich für Gedichte interessiert und dafür, wie er seinen Nächsten Gutes tun hat können; wie der Heilige Martin hat er jedes Mal die Hälfte seines Mantels den Armen geschenkt, wenn er die Möglichkeit dazu gehabt hat. Deshalb haben sie ihn umgebracht, deshalb ist sein Flugzeug an der Bergwand zerschellt wie ein nutzloser Leuchtkäfer.

Niño Ubaldino war immer ein ehrenwerter Mann gewesen; er hätte lieber seine rechte Hand hergegeben, ehe er einen einzigen Hektar Land an die aus dem Norden verkauft hätte. »Manifest Destiny«, »Big Stick Policy«, das US-Army-Maultier, Palmolive Seife, Baseball, und die herrliche, komische Erfindung der Zahnbürste, die die Marines mitgebracht und in ihre Hüte gesteckt haben, als sie auf der Insel gelandet sind, all das waren für ihn hassenswerte Wörter, Teil desselben Vokabulars, mit dem er jeden Morgen den Himmel verflucht hat, als er sich rasiert hat, sich sein Gesicht gewaschen und sich die Zähne geputzt hat, ehe ich ihm den Spiegel vors Gesicht hielt. Er hats nie verstehen können, warum uns die Vorsehung diese bleichen Abenteurer, die weiss und kalt und säuerlich wie aufgeschnittene Palmenherzen waren, geschickt hat, um uns wegzunehmen, was uns gehörte. Als die Mädchen erwachsen waren und alle in jene Familien eingeheiratet haben (alle ausser Margarita, natürlich), die Aktien von Snow White hatten, wurde Niño Ubaldino krank und war mehr als eine Woche lang bettlägerig. Es war eine Chose, auf einem Hochseil zu tanzen und mal in diese, mal in jene Richtung zu flitzen, wenn man sein Land auf Teufel komm raus verteidigen wollte, es war aber etwas anderes, es auf einem Silbertablett zu überreichen, so hat er bei mir geklagt, während ich seine Stiefel geputzt habe. Es war eine Chose, sie zu unseren Feiern einzuladen, wo sie unter unserem Sternenhimmel tanzen und unsere Speisen essen konnten, und wo sie der Gitarre, dem Guiro und der Kalebassenrassel zuhören konnten, hat er gestöhnt, als ich ihm die Revers seines weissen Leinenanzugs abgebürstet habe, eh er zur Arbeit ging, und eine andere, ihnen ein Essen aus unseren eigenen Rippen zu servieren. Und als Margarita sich mit Don Augusto Arzuaga, dem Industriemagnaten aus Santa Cruz verlobte, hat das das Fass zum Überlaufen gebracht. Niño Ubaldino hatte eine Menge über Don Augusto gehört, und dass er ein grosser Freund der Leute aus dem Norden ist. Er ist auf der ganzen Insel dafür berühmt gewesen, mit welcher Leichtigkeit er sie eingesteckt und wieder losgelassen hat, und wie er dabei immer einen Vorteil erzielt hat. Aber Niño Ubaldino hat ihn deswegen nicht bewundert.

Und so sind sie alle ins Haus zurückgekehrt, wo Gloria, Néstor, Nicolasito und ich in den letzten fünf Jahren in Frieden gelebt haben und lachen über den letzten Atemzug Doña Lauras, summen wie die Fliegen um den einzigen Bruder, der übriggeblieben ist und hoffen, dass er ihnen aus der Patsche helfen wird. Aber wir wissen, dass er ihnen nicht helfen kann, denn Doña Laura hat sich entschlossen, alles, was sie besitzt, Gloria und Nicolasito zu hinterlassen. Und deshalb bin ich heute hier, Don Hermenegildo, um Ihnen zu sagen, dass wir wissen, dass es ein Testament gibt, denn wir haben es mit unseren eigenen Augen gesehen, in der Handschrift Doña Lauras. Und wenn Arístides es nach Doña Lauras Tod verschwinden lässt, werden wir ohne das Häuschen hinten im Garten sein, das uns Niño Ubalidino vor so vielen Jahren versprochen hat. Deshalb bitt ich Sie, uns zu helfen, zum Haus hinaus zu kommen und Doña Laura zu bitten, Ihnen die Urkunde zur Aufbewahrung zu geben, ehe sie von hinnen geht. Diesmal lassen wir den Fuchs nicht mit der Gans entkommen, nein, wir lassen ihn nicht mit unserem Vogel wegrennen.

Etwas Ausserordentliches ist geschehen. Gestern, als ich in meinem Büro sass und an meiner Biographie Ubaldino De la Valles, dem grossen alten Staatsmann Guamanís, arbeitete, kam Titina Rivera, die ewige Dienstmagd der De la Valles, ins Büro und erzählte mir eine Geschichte, die mich entsetzt zurückliess. Ich hatte vor vielen Jahren Gerüchte über Gloria Camprubí in der Stadt gehört, hatte ihnen aber keine Aufmerksamkeit geschenkt, da sie aus unzuverlässigen Quellen stammten. Es hiess, dass sie, als sie zuerst zu den De la Valles kam, die Geliebte des Arístides war, im Hause als Krankenschwester arbeitete und Laura bei der Pflege des armen Ubaldino, der damals so krank war, half, und dass sie später Nicolás heiratete, was eine Familienfehde auslöste. Der tragische Tod Nicolás' wenig später wurde der Eifersucht angelastet, die die Brüder entzweite, obwohl Selbstmord nie wirklich bewiesen wurde. Und nun ist Titina mit einer völlig anderen Erklärung für jene Ereignisse gekommen; sie vermutete nämlich, dass Nicolás in Wirklichkeit von seinem Bruder und seinen Schwestern beim Kampf um Diamond Dust ermordet wurde. Sie fügte unheilvoll hinzu, dass Laura ein neues Testament verfasst habe, das Gloria und ihren Sohn begünstige, und dass sie nicht dafür verantwortlich sei, was jenen zustossen könnte. Eine solche Anschuldigung kann nicht öffentlich gemacht werden, ohne dass unausweichliche Folgen entstehen, und ich habe mich entschlossen, den De la Valles einen Besuch abzustatten. Ich schulde es Ubaldino, seiner Familie zu helfen und auch seinen guten Namen zu schützen. Ich mochte Arístides und seine Schwestern nie recht leiden und lernte Gloria nie gut kennen. Aber ich achte Laura, sie war immer eine gute Gattin und Mutter. Jede Familie in Guamaní hat ein wohlbehütetes Geheimnis, und bei Ubaldinos Familie ist das wahrscheinlich nicht anders. Aber es ist besser, diese unglücklichen Ereignisse zu vergessen und sie mit den erbauenden Berichten seiner Heldentaten auszulöschen. Jedes Land, das eine Nation werden will, braucht Helden, herausragende politische und moralische Führer, und wenn es sie nicht hat, ist es unsere Pflicht, sie zu erfinden. Glücklicherweise ist das mit Ubaldino nicht der Fall, der wirklich ein Riese an ritterlichen Tugenden war und dessen Geschichte ich bereits begonnen habe, in meinem Buch zu erzählen. Ich glaube, es ist gut, wenn ich die De la Valles heute besuche. Auf diese Weise werde ich Laura meine letzte Ehre erweisen und sehen, ob ich in der Angelegenheit mit dem Testament nützlich sein kann. Der Anblick Titinas, die ich jahrelang nicht gesehen habe, hat einen tiefen Eindruck bei mir hinterlassen. Sie hat sich überhaupt nicht verändert. Sie muss mindestens fünfundsiebzig sein, aber ihr Haar ist pechschwarz wie eh und je, kein einziges Silberlöckchen, das ihre Schläfen traurig erscheinen liesse. Titina, die unsterbliche Dienstmagd der De la Valles, Guamanís letzte Sklavin; Titina, die Zeitlose.

DON JULIOS ENTTÄUSCHUNG

Nach Doña Elviras Tod wurde Don Julio Font von einer Unzahl von Schwierigkeiten heimgesucht. Eine Reihe mächtiger Banken aus dem Norden hatte vor kurzer Zeit Niederlassungen in Guamaní eröffnet, und ihre Paläste aus rotem Granit, die auf beiden Seiten von weissen Stucklöwen flankiert waren, erregten grösste Aufmerksamkeit in der Stadt. Diese Banken waren imstande, ohne jede Schwierigkeiten die neuen Zuckerfirmen zu finanzieren, die sich erst kürzlich in der Stadt etabliert hatten, sie begegneten aber Initiativen der alteingesessenen Firmen mit Misstrauen. Aus diesem Grund hatten die Portalatinis, die Iturbides und die Plazuelas, die Besitzer von so berühmten Zuckerfabriken wie Toa, Cambalache und Eureka, die bis dahin die Namen ihrer Plantagen wie Grafen ihre juwelenbesetzten Diademe getragen hatten, ihre Firmen in den Abgrund des Ruins stürzen sehen. Sie wurden gezwungen, einen Grossteil ihres Lands zu verkaufen, um ihre Setzlinge für die neue Ernte zu finanzieren, und sie besassen nicht genügend Zuckerrohr, um ihre Geschäfte mit Gewinn zu tätigen. Don Julio hatte sich geschworen, dass Diamond Dust nicht dasselbe Schicksal erleiden würde und sich geweigert, den Neuankömmlingen auch nur einen einzigen Hektar Zuckerrohr zu verkaufen.

Er war viele Jahre im Grosshandel tätig gewesen und hatte deshalb viele Freunde unter den spanischen Bankfachleuten in der Hauptstadt der Insel. Sie waren in Spanien geboren, betrachteten sich als Adoptivsöhne Amerikas und hatten in der Vergangenheit Diamond Dust grosszügig Finanzierungshilfe geleistet. Sie vertrauten Don Julio ebenso wie den kreolischen Landbesitzern und machten bereits seit vielen Jahren gewinnbringende Geschäfte mit ihnen. Aber durch die Ankunft der neuen Banken aus dem Norden und die neuen amtlichen Kreditbeschränkungen für Dollars waren sie nicht mehr konkurrenzfähig, so dass viele sich entschlossen hatten, die Insel endgültig zu verlassen. In den letzten Jahren hatte Don Julio heldenhaft seine Zuckerproduktion selbst finanziert, weil er sah, dass es seinen Freunden nicht mehr gut ging und sie ihm schwerlich helfen konnten. Es kam jedoch der Tag, an dem die letzten Goldbarren, die er in seinem Keller gestapelt hatte, verschwunden waren. Er entschloss sich, seinen alten Freund Don Robaldo Ramírez, Präsident der inzwischen aufgelösten Bank von Bilbao, zu besuchen. Er fand ihn entschlossen, mit seiner Familie die Insel zu verlassen und traf ihn an, wie er die viktorianischen Spiegel in seinem Wohnzimmer von den Wänden nahm und seine Buffets und Schaukelstühle an den Meistbietenden verkaufte.

»Ihr seid eben doch nur eine Bande von Verrätern, ihr lausigen spanischen Nichtsnutze«, sagte er halb in Wut, halb im Scherz zu seinem Freund, während er ihm mit dem Gepäck behilflich war und die schweren Überseekoffer zum Frachtschiff *Borínquen* bringen half. »Was Gott im Himmel zusammengeführt hat, darf kein Mensch hinieden trennen. Unser Schicksal wird auf alle Zeiten mit dem tragischen Schicksal der Insel verknüpft sein.«

Don Rodobaldo blickte ihn traurig unter den schneeweissen Bögen seiner Augenbrauen an. Sie stammten aus derselben Stadt und waren zusammen übers Meer nach Amerika gekommen; später hatten sie zahllose *cazuelas* aus Rinderkutteln und brutzelnden Kabeljau in Petersilie- und Knoblauchsosse miteinander geteilt, während sie Erinnerungen an ihre Heimatstadt austauschten und die Schönheiten der goldfarbenen Weizenfelder Léridas besangen.

»Tut mir leid, Chano«, antwortete er ruhig und nannte Don Julio mit dem Namen, unter dem er ihn seit seiner Kindheit kannte. »Du kennst das alte Sprichwort, ›Aus einem alten Heiden wird ein schlechter Christ‹, und in meinem Alter hätte ich angst, etwas anderes zu werden.« Don Rodobaldo bezog sich auf die hektische Kampagne des neuen Gouverneurs, der die Insel nur wenige Monate, ehe der Jones Act rechtskräftig wurde, amerikanisieren wollte.

»Du kannst deine Meinung später immer noch ändern«, sagte Don Julio zu ihm. »Jetzt musst du dableiben und mir aus der Klemme helfen. Gib mir ein Jahr Zeit, leihe mir das Geld, das ich für die Setzlinge meiner neuen Ernte brauche. Sobald unser neues Parlament wieder zusammentreten darf, sind alle unsere Probleme gelöst.« Don Rodobaldo schaute ihn an und schüttelte traurig den Kopf. »Es kann ja sein, dass sie einige unserer Landsleute in den Senat und in das Repräsentantenhaus schicken«, sagte er, »aber alles wird beim Alten bleiben. Von nun an werden die Amerikaner das letzte Wort haben, selbst wenn die Puertoricaner regieren dürfen. Und ich bin zu alt, um mich umkrempeln zu lassen.«

Die *Borínquen* segelte noch am selben Nachmittag, sie entschwand am Horizont wie eine kleine, hell beleuchtete Stadt, nachdem sie an den dunklen Kavernen der Bucht, an der die Befestigung *El Morro* stand, vorbeigezogen war. Don Julio kehrte entmutigt und verzweifelt am folgenden Tag nach Guamaní zurück. Er glaubte, dass sein letzter Freund ihn verlassen habe und dass er nun allein auf der Welt sei. Einige Tage nach diesem traurigen Lebewohl suchte ihn ein anderes Unglück heim. Die Einladung zur Einweihung der Snow White Zuckerfabriken, den ultramodernen Raffinerieanlagen, an denen die Neuankömmlinge seit Monaten gebaut hatten, erreichte ihn per Post.

Überall in Guamaní hatte man gemunkelt, dass die Neuankömmlinge einen Waffenstillstand im Krieg der Zuckerfabriken verkündet hatten und dass sie nun bereit seien, den kreolischen Haciendabesitzern zu helfen und mit ihnen ihre wunderbaren neuen Erfindungen zu teilen. Als Don Julio diese Gerüchte zu Ohren kamen, glaubte er, er würde bald seine Sorgen los sein und entschloss sich, an den Feierlichkeiten teilzunehmen, denn er war überzeugt, er könnte im Rahmen der Geselligkeiten die Pläne, die er sich für die Besitzer der Snow White Fabriken ausgedacht hatte, anbringen.

Am Tag der Einweihung strahlte die Sonne wie eine Golddublone. Hoch oben am Himmel war durch zerklüftete Wolken, die wie Guajanafedern von eiligen Alisiowinden vorübergetrieben wurden, ein riesiger Silberzeppelin zu sehen, wie er über das Tal von Guamaní glitt und die fieberhaften Aktivitäten überwachte, die am frühen Morgen dort unten begonnen hatten. Der Zeppelin war vom Einweihungskomitee gemietet worden, er kreuzte über den Zuckerrohrfeldern und zog einen langen Schwanz von roten, weissen und blauen Fahnen nach sich. »15. April 1918 – Folgt unserem Beispiel«, verkündeten die flammenden Banderolen jedes Mal, wenn sie vom Wind entfaltet wurden, während der Zeppelin mit seiner stumpfen Nase auf die neue Fabrik zeigte.

Das Luftschiff sollte den Weg zu den Gefilden der Festlichkeiten weisen, so dass die zahlreichen Gäste, die aus Ensenada Honda erwartet wurden, ihren Weg ohne Schwierigkeiten finden konnten. Das Einweihungskomitee hatte Telegramme an alle benachbarten Haciendas geschickt, in denen es deren Delegierte zu seinen Festlichkeiten einlud, und Don Julio, damals Präsident von Diamond Dust, war unter ihnen. Er ritt seine kastanienbraune Stute und gesellte sich zu der Karavane der leichten zweirädrigen Halbkutschen, der Einspänner und Hansoms, die sich an diesem Morgen auf die neue Fabrik zubewegten. Er fühlte sich glücklich und froh, überzeugt, dass dies ein grosser Tag für Diamond Dust sein würde, auch war er, wie alle Bewohnerinnen und Bewohner von Guamaní, neugierig auf das, was er dort zu sehen bekäme. Die Feiertagsstimmung, das Lächeln auf den Gesichtern der Zuckerfabrikenbesitzer, die an seiner Seite auf ihren temperamentvollen Pferden auf Example Mills zu galoppierten, nahmen ihm alle bösen Vorahnungen und gaben ihm sein früheres Vertrauen in die Zukunft der Insel zurück.

Als er auf dem Festplatz angekommen war, bahnte er sich seinen Weg durch die dichte Menge und ignorierte die hasserfüllten Blicke, die ihm die Kreolinnen und Kreolen von Guamaní zuwarfen. Die meisten von ihnen weigerten sich seit dem Tod Doña Elviras, mit ihm ein Wort zu wechseln, denn sie machten ihn für ihr tragisches Ende verantwortlich. Er ging mit geraden Schultern und stolzierte zwischen dem örtlichen Landadel umher, wobei er seine beachtliche Körpergrösse dazu benutzte, die Szene zu beherrschen. Die Nachmittagsunterhaltung war den Kadetten der Marines anvertraut worden, die in ihren Galauniformen, weissen Gamaschen und polierten Käppis im Licht der Mittagssonne im girlandengeschmückten Musikpavillon die Tubas bliesen, ihre Trommeln rührten, die Becken schlugen und in ihre Trompeten stiessen. Es gab so viele von ihnen, dass sie sich bei verschiedenen Pflichten ablösten: wenn sie nicht in der Band spielten, teilten sie den Punch aus, reichten den Gästen die Tabletts mit den Hors d'oeuvres und tanzten Walzer mit den Töchtern der kreolischen Landbesitzer. Don Julio schlenderte hinüber zur Punchschüssel und brachte es fertig, eine Tasse des purpurroten, mit Tee und Wein gewürzten Tipperary hinunterzukippen. Er konnte nicht begreifen, warum die Neuankömmlinge solch grauenhaftes Zeug mochten, wenn überall um sie herum einige der üppigsten Zuckerrohrfelder der Welt standen und im Innern eines jeden Zuckerrohrstiels goldene Fasern mit Rum verborgen waren. Don Julio trank wie die kreolischen Haciendabesitzer des Tals nur Rum, den sie seit Jahrhunderten selbst in groben Kupfergefässen destillierten. Dann ging er hinüber zum Lagerhaus, in dem die neuen Gerätschaften der Fabrik zur Schau gestellt waren. Die Maschinen hatte man für diesen Anlass geölt und poliert, und sie glänzten auf ihren Zementpodesten wie grossartige exotische Insekten, die niemand je vorher gesehen hatte. Statt der alten vertikalen dampfbetriebenen Fabrik Justicia, die mit ihren langsamen Hemmungsrädern und Schwingachsen aus Eisen ausgerüstet war, die er mit so grossen Schwierigkeiten vor vielen Jahren für Diamond Dust aus Frankreich herübergebracht hatte, besass die neue Fabrik ein horizontales Räderwerk mit massiven Stahlrädern und schnellen Winden. Statt der groben hölzernen Tröge, an denen seine Feldarbeiter geduldig Melasse schaufeln mussten, hatte sie atemberaubend schnelle Zentrifugalwalzen, die dieselbe Arbeit in Sekunden erledigten. Sein rudimentäres jamaikanisches Räderwerk, eine Folge von Eisenbottichen, in denen der Zuckerrohrsaft seit Jahrhunderten langsam gekocht wurde, erschien ihm nun wie eine hübsche Antiquität, wie ein kurioses Sammlerstück im Vergleich mit dem Mehrfachverdampfer und seinen wunderbaren Vakuumpfannen der neuen Fabrik, der auf magische Weise selbsttätig und ohne menschliche Aufsicht arbeitete. Er sah mit offenem Mund und mit Augen, die wie neue spanische Escudos leuchteten, wie die Mehrfachverdampfer arbeiteten, wie sie den Zuckerrohrsaft augenblicklich zu Melasse machten, sobald eine Handvoll Zuckerkristalle in die Bottiche kam, so dass sich die riesigen Zylinder voll kochender Flüssigkeit augenblicklich mit Snow White Zukker füllten.

Don Julio sah Mister Durham, den Präsidenten der Fabrik, auf der Ehrentribühne sitzen und ging näher, um ihm seine Aufwartung zu machen. Neben Mister Durham sass Mister Irving, der Präsident der National City Bank. Als er auf sie zuging, hörte er zwangsläufig ihre Unterhaltung mit. »Mit unseren modernen Maschinen wird die Company bald sechzig Tonnen Zucker pro Jahr produzieren, weit mehr als das, was der hiesige Landadel zusammen produzieren kann«, sagte Mister Durham. Don Julio war überaus erstaunt über das, was er gehört hatte, aber er verbarg seine Gefühle. Er grüsste beide Männer mit einem höflichen Lächeln. »Ich bin Ihr Nachbar, Don Julio Font«, sagte er zu Mister Durham. »Ich bin gekommen, um Ihnen zu Diensten zu sein.«

Mister Durham blinzelte mehrmals, bis er ihn erkannte.

»Natürlich, jetzt erinnere ich mich!« sagte er und sah überrascht aus. »Sie sind der Landbesitzer direkt neben uns, der Mann mit den unbezahlbaren Zuckerrohrfeldern!« Er schüttelte aber trotz des leichten Spotts herzlich seine Hand.

»Vielleicht hat er seine Meinung geändert«, fügte Mister Irving hinzu, der ebenfalls Don Julio begrüsste, den er vom Sehen kannte. »Wir brauchen alle Hilfe von den Alteingesessenen, die wir bekommen können, um Snow White zum Erfolg zu führen. Und dies nicht nur wegen der Karibik, sondern für den Fortschritt auf der ganzen Welt.« Mister Irving war ein wohlerzogener, weisshaariger Gentleman, und seine Herzlichkeit hob sich deutlich von der steifnackigen Aufgeblasenheit Mister Durhams ab.

Don Julio sagte sich, er sollte vielleicht nicht sofort über das sprechen, weswegen er gekommen war. Er blieb einige Augenblikke lang stumm und betrachtete das Spektakel unter sich mit einem milden Gesichtsausdruck. Die Band spielte gross auf, eine Kompanie uniformierter Kadetten marschierte in perfekter Formation unter ihnen, wozu sie mit ihren Silberbatons zu den Rhythmen von John Philip Sousas »Semper Fidelis« wirbelten. Überall wehten Fahnen; sie zitterten wie Bienenflügel an den Seilen, die als Geländer den Musikpavillon umgaben, sie hingen als dreifarbige Girlanden an den neuen Maschinen, sie waren sogar im Philadelphia Cream Cheese auf allen Tabletts mit belegten Broten, die die Marines den Gästen reichten.

»Man fühlt sich an eine Invasionsarmee erinnert, nicht wahr?« sagte unschuldig Don Julio zu Mister Durham und deutete auf das Schlachtschiffgeschwader, das in der entfernten Bucht von Ensenada Honda zu erkennen war, in der Mittagssonne glänzte, und auf dessen Stahltürmchen Tausende von Fahnen zitterten. »Man fühlt sich nicht an eine Armee erinnert, es ist eine Armee«, sagte Mister Durham und schaute belustigt. »Vor zwanzig Jahren brachte sie Ihnen Freiheit und Ordnung, dieses Mal bringt sie Ihnen den Fortschritt unserer Nation. Dank dieser Armee da draussen beginnt für Ihre Insel heute das moderne Zeitalter.«

Plötzlich fühlte sich Don Julio unwohl, und er lockerte die Krawatte an seinem Hals, um sich etwas Erleichterung bei der Hitze zu verschaffen. »Und was meinen Sie genau damit?« fragte er in leicht aufgebrachtem Ton und runzelte zum ersten Mal vor seinem Gastgeber die Stirn. »Meinen Sie, dass es unter spanischer Herrschaft keinen Fortschritt auf unserer Insel gab?»

Mister Irving hatte seine weissen Baumwollhandschuhe abgestreift und fächelte seinem transpirierenden Gesicht mit seinem Zylinder Kühlung zu. »Bitte seien Sie mir nicht böse, Don Julio, dafür ist es viel zu heiss. Herr Durham meinte lediglich, dass wir Ihrer Insel den Fortschritt des zwanzigsten Jahrhunderts gebracht haben. Der Fortschritt des neunzehnten gehört ohne Zweifel Ihnen.«

Don Julio nickte stumm und akzeptierte Mister Irvings feinsinnige Entschuldigung. Er erhob sich, so dass er beide Zuhörer überragte, und atmete tief ein. Sein Brustkasten hatte in den letzten Jahren erheblich an Umfang zugenommen, sein alter weisser Leinenanzug, der nun zu eng für ihn geworden war, war unkontrollierbar mit Falten übersät und hing feucht an ihm herab. Aber er machte noch immer eine eindrucksvolle, elegante Figur neben Mister Durham und Mister Irving, die schwarze Fracks mit Schwalbenschwänzen trugen. »Es gibt wirklich sehr geringe Unterschiede zwischen Ihrem Typ von einem Protektorat und unserem«, sagte er versöhnlich. »Ich stimme völlig mit Ihnen überein, dass ein so kleines Land wie dieses nicht ohne einen Mentor sein kann, und Spanien, unser Mutterland, war der grosse Beschützer der vernachlässigten Nationen dieses Kontinents das ganze neunzehnte Jahrhundert hindurch. Ihr Land muss man bewundern, denn es tut heute dasselbe. Deshalb möchte ich zu einem besseren geschäftlichen Einvernehmen mit Example Mills kommen.« Und er erklärte Mister Durham, dass er willens sei, ihm einen Teil seiner Zuckerrohrfelder zu verkaufen, wenn er Mister Irving und die Bank überreden könne, ihm das Geld zur Modernisierung seiner eigenen Fabrik zu leihen.

»Bitte missverstehen sie mich nicht«, fügte er mit einem Lachen hinzu und blickte zuerst dem einen, dann dem anderen direkt in die Augen, »ich möchte nicht, dass Sie mich für einen kreolischen Haciendabesitzer mit einer heruntergekommenen Fabrik, die nicht grösser ist als eine Olivenpresse, halten. Ich besitze ein komplettes Unternehmen, und ich möchte mein Vermögen nicht bis zum Sankt Nimmerleinstag mit einer Hypothek belasten. Wenn ich mich entschlossen habe zu verkaufen, muss der Kredit der City Bank gross genug sein, um Diamond Dust eines Tages zur legitimen Rivalin von Snow White zu machen.« Er hatte im Scherz gesprochen, mit einem schmeichelnden Klang in der Stimme und überzeugt, dass er ihnen ein Kompliment machte. Mister Irving starrte erst verblüfft auf die granitene Wolle seines Fracks, dann auf Don Julio. Plötzlich lachte er schallend: »Das ist es also!« sagte er zu Mister Durham. »Dieser Mensch glaubt, unsere Bank sei der Geschäftspartner von Snow White! Ich fürchte, da irren Sie sich, mein Freund. Wir haben absolut keinen Anteil an diesem Unterfangen, und Herr Durham kann uns in keiner Weise vorschreiben, was wir zu tun und zu lassen haben.« Er nahm Don Julio sanft am Arm und erklärte, dass die Rolle seiner Bank nicht darin bestünde, zwischen kreolischen und ausländischen Landbesitzern zu wählen, sondern Gelder zum allseitigen Wohl an solide Unternehmen zu verleihen.

Don Julio drehte sich langsam, wie sich ein Schlachtschiff nach Steuerbord neigt, um dem Feind frontal zu begegnen. Er starrte Mister Irving ungläubig an. »Wollen Sie wirklich sagen, es sei nicht wahr, dass Sie ausschliesslich Leuten aus dem Norden Kredit gewähren«, sagte er scharf und gab jede Vorsicht auf. »Wofür halten Sie mich, für einen leichtgläubigen Trottel vom Land oder für einen spanischen Einfaltspinsel? Es ist doch für niemanden hier neu, dass diese ganze Show heute von Ihnen finanziert wurde!« Er stand abrupt von seinem Stuhl auf, stieg wütend von der Tribüne hinab und bahnte sich, mit den Armen rudernd, seinen Weg durch die Menge.

Die Einweihung von Snow White war ein Riesenerfolg. An einem einzigen Nachmittag hatten ihre Besitzer die meisten der Patrizierschicht von Guamaní getroffen, so dass sie sich von nun an vertraut mit dem Vornamen anreden konnten. Am nächsten Tag verliess die Karawane von leichten zweirädrigen Halbkutschen, Einspännern und Hansoms die Fabrik in umgekehrter Richtung auf die Stadt zu. Ermutigt durch den herzlichen Empfang, der ihnen in Snow White bereitet worden war, und zu Taten durch die Wunderdinge angespornt, die sie dort gesehen hatten, war jeder kreolische Haciendabesitzer, jeder Besitzer einer mickrigen Zuckerrohrmühle, wieder voller Hoffnung für sein Unternehmen. Mit neu erwecktem Verlangen fielen sie wie Geier über Guamaní her und drängten sich in einer lauten Masse vor der First National City Bank, wo sie die selben finanziellen Privilegien wie die Investoren aus dem Norden forderten. An jenem Tag wurde ihnen die zweite Lektion in Militärwissenschaft gegeben. Sie wurden von den Kadetten des Marine Corps empfangen, die vor den roten Granittüren der Bank in Habachtstellung standen und ihnen grimmig den Weg versperrten; sie hatten ihre Gewehre wie Engelsflügel um die Schultern geschlungen und trugen dieselbe marineblaue Galauniform mit goldenen Knöpfen, die die Töchter der Landbesitzer am Abend fast in Ohnmacht hatte fallen lassen.

DIE BEICHTE

Ich danke Ihnen zutiefst für ihren Besuch, Don Hermenegildo, ich werde es Ihnen nie vergessen, dass Sie zu uns gekommen sind an diesem Nachmittag, an dem der Regen und die Tränen unsere Herzen überschwemmen, an dem die Winde die vier Ecken dieses Hauses heimgesucht haben, so dass es für alle Zeiten mit Trauer geschlagen ist. Was Titina Ihnen in Ihrem Büro gesagt hat, ist wahr: Mutter liegt seit gestern im Sterben. Ihr Tod wird jedoch nichts Aussergewöhnliches sein; wir betrachten ihn als eine beschmierte, verunreinigte Kopie einer grösseren Tragödie, des Ablebens unseres Vaters vor vier Jahren, als unsere Würde in Fetzen gerissen wurde.

Ja, das Dokument über das Sie mit uns sprechen wollen, gibt es, mein Freund, keine Frage. Ich werde es mit meinen eigenen Händen zerreissen, sobald unsere Mutter endlich ihre letzte Ruhe gefunden hat. Ich gebe Ihnen mein Wort, dass das raffinierte, ehrgeizige Ding die Gerechtigkeit der Diamond Dust Zuckerfabrik nicht zur Farce machen wird, nein, mein Herr, wir werden sie nicht mit ihrem Lügenbündel auf die Stadt loslassen, mit dem sie ihr Bestes tut, um uns zu ruinieren und uns mit ihren Beleidigungen zu bewerfen. Ja, es ist auch wahr, dass ich, wenn Mutter endlich den Weg allen Fleisches gegangen ist und diese ärgerliche Sache mit dem Testament geklärt ist, Diamond Dust an meine Schwager, die Besitzer der Snow White Zuckerfabrik, verkaufen möchte. Starren Sie mich nicht so zornig an, Don Hermenegildo, als wäre ich ein

Landesverräter. Ich habe Ihre leidenschaftlichen Romane gelesen, in denen Sie unsere Rechte als Nation einfordern, und ich bitte Sie inständig, meiner Geschichte zuzuhören, ehe Sie sich entschliessen und mich wegen meiner Handlungsweise verdammen. Ich bin sicher, dass Sie, wenn Sie sie gehört haben, meinen Wunsch, Diamond Dust nicht nur zu verkaufen, sondern das Andenken an dieses Haus und an dieses Tal zu verbannen und in der Hauptstadt zu leben, wohin die Nachricht von unserer Schande noch nicht gedrungen ist, verstehen werden.

Sie werden wahrscheinlich denken, es sei unnatürlich, dass meine Schwestern und ich zusammen um den Wohnzimmertisch sitzen, anstatt in Mutters Zimmer zu gehen und an ihrem Bett zu stehen, in dem sie ihre letzten Atemzüge tut, um ihr in ihrer Agonie Trost zu spenden. Der Grund, dass wir dies nicht tun, ist der, dass Gloria Camprubí, unsere Schwägerin, bei ihr ist, und es sich überhaupt nicht schickte, wenn wir Mutters Tod mit ihr teilen würden. Aber all das ändert die Dinge ja nicht, denn selbst wenn wir hier draussen sitzen, sind wir Zeugen ihres Leidens. Wir brauchen das Zimmer nicht zu betreten, um zu sehen, wie Mutter kaum noch atmet, wie sie in ihren besten Kleidern auf den spitzenbesetzten Kissen aus Madeira liegt, wie ihr Körper auf der tiefen Federmatratze kaum eine Vertiefung hinterlässt und sie von den vier Säulen aus Ebenholz ihres Baldachinbetts umgeben ist, die wie vier geisterhafte Posten über ihre Träume wachen.

Wir brauchen nur unsere Augen zu schliessen und können Gloria neben Mutter sitzen sehen, wie sie das Taschentuch an ihre Augen drückt, den Ellenbogen auf den Nachttisch stützt, ihren schweren Körper besorgt über die Unordnung von Medikamentenfläschchen, Einwegspritzen und schmutzigen Wattebäuschchen beugt, ein Anblick, der uns sofort von ihrer Schuld in dieser Angelegenheit von Anbeginn an überzeugt. Sie müssen sie nur genau ansehen, wie ich es hunderte Male getan habe, und Sie entdecken in ihrem Gesicht Spuren jener Traurigkeit, die sie die ganzen Jahre über zur Schau getragen hat und die sie mit dicken Kohlestiften über ihre Augen schmiert und in dunkel purpurnen, öligen Bögen zu tiefen Schatten unter den Augenhöhlen zieht, um ihre Trauer auszuschmücken, um sich als die ewigwährende Witwe ihres ersten Gatten und die treue Verteidigerin von Treu und Glauben ihres zweiten zu proklamieren, während sie die ganze Zeit heimlich nach mir lechzt. Um zu wissen, dass sie verrückt ist, hoffnungslos verrückt, brauchen Sie nur ihre Hand auszustrecken, ihr Gesicht berühren und die dicke Schicht Make-up ertasten, die sie über ihre Wangen und Stirn gelegt hat, Sie brauchen nur mit Ihren Fingerspitzen die billigen Ohrringe aus purpurfarbenen Plastikbällchen befühlen, die grell neben ihrem Lächeln baumeln oder die zerknitterten, verwelkten Seidenanemonen, die sie provozierend zwischen ihre Brüste oder in ihr Haar steckt. Sie brauchen dies nur ein einziges Mal zu tun, ich schwörs, und Sie verstehen von vornherein alles, was ich Ihnen erzählen werde, Sie verstehen, warum es unvorstellbar ist, dass irgendein Gericht heute Gloria Camprubí zur rechtmässigen Erbin der Diamond Dust Zuckerfabrik erklärt.

Meine Schwester und ich sitzen seit Stunden um diesen Tisch, Don Hermenegildo, und warten auf das unvermeidbare Ergebnis. Nur Nicolás fehlt, der arme Junge, der schläft noch immer den Schlaf des Gerechten unter dem Marmorengel, der nach seinem Bild geschnitten wurde, unter jener Statue, die Mutter in Italien anfertigen liess, um sie auf sein Grab im Friedhof vom Guamaní zu stellen, am Rande des Meeres, das einst sein Flugzeug verschlang. Wir fünf haben uns bereits über die Details des Begräbnisses geeinigt: wir haben die Todesanzeige für die Zeitung verfasst, wir haben einen Mietwagen, der ihre sterbliche Hülle zum Friedhof bringen wird, bestellt, wir haben das silberglänzende Leichentuch mit einem reichen Gebinde weisser Orchideen bestellt, das ihren Sarg mit der ihrem Rang gebührenden Würde bedecken wird. Und nun sind Sie zu uns gekommen, um uns beim Tragen dieser traurigen, verblassenden Würde zu helfen.

Der Tod meines Vaters lehrte uns etwas Schreckliches, Don Hermenegildo: Unsere Liebe für die Toten kann, wie ein dahintreibender Eisberg, nur an der Tiefe unseres Ressentiments gemessen werden. An der Oberfläche ist alles normal, wir segeln froh dahin, mit allen Mann an Deck und mit wehender Fahne, aber mit der Zeit greift die Erinnerung an die Verletzungen, die wir einst durch die Grausamkeit eines Menschen erlitten haben, nach uns wie die Hand eines Ertrinkenden, der vergeblich versucht, die Oberfläche des Wassers zu erreichen. Dann fangen wir an, über alles nachzudenken, das wir aus Bescheidenheit und Selbstachtung für uns behalten haben und worüber wir uns nie beklagten, als sie noch am Leben waren, und jene Wahrheiten beginnen auf dem Grunde unseres Herzens zu schwären, sie bilden allmählich hasserfüllte Eiterbeulen oder, was schlimmer ist, Wunden, die uns das Blut der Liebe absaugen. Wir, die wir noch am Leben sind, müssen dann anfangen, uns von unseren geliebten Toten zu lösen und für ihr mitleiderregendes Schnappen und Zähneklappern taub zu sein; wir müssen versuchen, sie zu vergessen und sie sanft auf die Seite zu drücken oder uns von ihrer eisigen Umklammerung loszureissen, mit der sie uns verzweifelt an ihre Brust drücken oder uns mit sich in die Tiefen des Vergessens hinabziehen wollen. Die Toten können ohne uns nicht leben, Don Hermenegildo, das ist die Wahrheit, sie nehmen ihre Nahrung und die Luft, die sie atmen, aus unseren innersten Gedanken. Wir haben alle einen oder zwei Tote auf diese Art und Weise im geheimen Schrank unserer Seele; Freunde und Bekannte, die wir einst innigst liebten, die unsere Liebe aber nicht erwiderten, die zu eifersüchtig oder zu misstrauisch waren, um unsere Zuneigung anzunehmen, unseren aufrichtigen Willen, mit ihnen den Reichtum des Lebens zu teilen. Die geliebten Toten sind, auch wenn es schmerzt, leicht zu vergessen, und wir setzen sie ohne grosse Umstände auf die Regale unserer Erinnerung, als wären sie mit Sägemehl und Wattierung gefüllte Puppen. Aber wenn die Toten uns näher stehen, Don Hermenegildo, wenn es sich zum Beispiel um einen Vater oder um einen Bruder handelt, ist der Schmerz, wenn wir in unseren schlaflosen Nächten in einem dunklen Gang auf sie stossen, viel tiefer, und er kann uns bedrohen wie ein klaffender Abgrund. Das ist in diesem Augenblick bei mir der Fall, und ich gestehe, dass ich seit dem Tod meines Bruders vor fünf Jahren in der Hölle gelebt habe, einer Hölle, die ihre Flammen elf Monate später noch enger um mich legte, als die Zeit für meinen Vater gekommen war. Weder mein Vater noch mein Bruder wollten mich je lieben, Don Hermenegildo, und jetzt bin ich dran, es ihnen in gleicher Münze heimzuzahlen. Das ist der Grund, weshalb ich die Diamond Dust Zuckerfabrik meiner Verwandtschaft verkaufen werde und das Testament meiner Mutter in Fetzen reisse, sobald sie aufhört zu atmen, und ich in ihr Zimmer gehen kann, mein Freund, denn es ist der einzige Weg, mich von der Erinnerung und den Verletzungen zu befreien.

Ich war der erste, der Gloria vor mehr als zehn Jahren, beim

Studium der Agronomie an der Universität der Hauptstadt kennenlernte. Nicolás war damals in Frankreich und studierte Literatur und Philosophie. Da er der Erstgeborene war und eines Tages den Direktorenposten der Diamond Dust Zuckerfabriken erben sollte, war keine Ausbildung diesseits des Atlantiks gut genug für ihn. Als einmal das Geld knapp war, verpfändete Mutter ihre Juwelen, um seine Passage auf der *Lusitania* zu bezahlen, damit er die Rückreise mit Stil antreten konnte. Als vernünftigen, pragmatischen Zweitgeborenen schickte man mich an die Universität, um Agronomie zu studieren, denn obwohl meine Ausbildung dem Prestige des Familiennamens keinen zusätzlichen Glanz verleihen würde, würde man meine Fertigkeiten eines Tages für ein effizientes Betreiben der Zuckerfabrik benötigen. Damals machten mir solch flagrante Benachteiligungen nichts aus, ich war die Extravaganzen meiner Familie gewohnt, fand sie bis zu einem gewissen Grad pittoresk und dass sie ihrer exzentrischen Verhaltensweise eine zusätzliche Note verliehen. Sie werden sich vielleicht daran erinnern, dass unser Grossvater, Don Julio De la Valle, in seiner Jugend einmal Kapitän des kleinen Vergnügungsschiffs *Ponce de León* war, kurz nachdem er aus Lérida angekommen war, um seine Militärzeit auf der Insel abzuleisten. Die *Ponce* war das einzige spanische Schiff, das der *Terror* und der *Yosemite*, die beide bis an die Zähne mit Zwölfzentimeter-Kanonen bewaffnet waren, während der Bombardierung der *El Morro* Befestigungen durch die Marines im Jahr 1898 die Stirn bot. Die *Yosemite* konnte es nicht fassen, dass so ein seltsames altes Boot seine Nordenfeldkanonen so mir nichts dir nichts gegen ein Schiff von der dreifachen Grösse abfeuern konnte, und sie hielt die *Ponce* irrtümlich für ein Torpedoboot, das zum Heck hin abdrehte und sich weigerte, den Kampf aufzunehmen. Mutters Vater, Don Bon Bon Latoni, hatte sich wahrscheinlich zur selben Zeit den Invasionstruppen vor der Plaza von Guamaní angeschlossen, wo er ihnen zeigte, wo die Spanier ihre Blasinstrumente aufbewahrten, und wo er sofort mit ihnen die *Gigue* tanzte und »Heut Nacht wird's was geben in der ollen Stadt« spielte, das für den Rest des heissen, staubigen Feldzugs zur Nationalhymne der Armee wurde. Er wurde zu einem der Hauptlieferanten für Nahrungsmittel und Nachschub der Truppen, während sie die Insel durchquerten und nach Norden marschierten. Solche Grosstaten, die in derselben Familie stattfanden, machten diese in so froher Weise exzentrisch, hob sie auf eine gewisse Art vom Rest der Familien in der Stadt ab; sie war stets bereit, die Gesetze von Sitte und Anstand zugunsten einer herausragenden heldenhaften Tat zu brechen. Und damals glaubte ich, dass die Tatsache, dass ich Agronomie an der Universität zu studieren hatte, Teil dieses Plans, Teil dieser seltsamen Art meiner Familie war, mich zu einem Helden zu erziehen, zu einem Mann, der mit all seinen Fähigkeiten später erfolgreich seinen Weg machen würde. Da ich immer ein praktischer Mensch gewesen bin und fest an die Theorie vom Überleben der Stärksten glaube, akzeptierte ich die Pläne meiner Familie ohne Murren. Aus demselben Grund versuchte ich später, einen tragbaren Kompromiss mit meinen mächtigen Nachbarn der Snow White Zuckerfabriken zu finden, indem ich, wie man sagen könnte, ihnen das Bein des Hühnchens anbot, um selbst die Brust zu behalten und ihnen für einen Hungerlohn die salzhaltigen, unfruchtbaren Stücke Land zu überlassen, die an unsere Ländereien angrenzten und die wir nicht wirklich brauchten. Während Nicolás auf Französisch Montaigne, Kant und Hegel las, angetan mit seinem glänzenden Zylinder und Frack und es sich in den fröhlichen Cafés der Champs Elysées gut gehen liess, lernte ich an unserer Universität, wie man Englisch ohne Akzent spricht und wurde in den uralten Fertigkeiten, wie das Land zu bebauen sei, unterwiesen. Ich lebte höchst bescheiden, wohnte in einer zerfallenden Pension, studierte bei Nacht im Schein einer Gaslampe und sammelte jeden Pfennig, der von meinen Ausgaben für Essen und Bücher übrig blieb, in einer Blechdose, auf deren Deckel ich in grossen roten Buchstaben die Maxime »Vade Retro« geschrieben hatte, um mich daran zu hindern, ihren Inhalt zu verprassen.

»Was dich nicht umbringt, macht dich stärker«, sagt ein bei uns beliebtes Sprichwort (Nicolás würde sagen, das sei von Nietzsche), und so begrüsste ich diese Folterungen als etwas, das meinem Familiennamen entsprach. Ich war überzeugt davon, dass ich damit die Ausdauer und charakterliche Stärke erreichen würde, um unsere Diamond Dust Fabrik vor dem Ruin zu bewahren. Ich nahm damals an, dass nach dem Ableben von Mutter und Vater die Zukunft der Fabrik auf meinen Schultern ruhen würde, und ich behielt Recht, wie überhaupt meine Entscheidungen in den letzten sechs Jahren, seit denen ich Präsident bin, sich als absolut richtig und wichtig erwiesen haben. Kein Mensch auf dem Festland war bereit, dreissig Cents pro Kilo für Kristallzucker der Diamond Dust zu bezahlen, während unsere Nachbarn von Snow White für fünfzehn Cents verkauften. Unsere Ware hatte allzu lange eine Aura von Luxus gehabt, ein seltsamer, altmodischer, brauner Zukker, der handgemacht war und in vererbten Kaffeetässchen aus Porzellan serviert werden sollte. Das Geheimnis des Betriebs bestand, wie ich es während des Studiums lernte, im Modernisieren, in Sparsamkeit und Freundschaft, darin, sich zum Verbündeten unserer amerikanischen Nachbarn zu machen. Deshalb lernte ich eifrig Englisch, bis ich alle Begriffe für die Maschinenteile in der Fabrik in jener barbarischen Sprache auswendig konnte. Meine Anstrengungen begannen sich schliesslich auszuzahlen, als ich anfing, auf Englisch zu träumen.

Ich war ein guter Student und wusste dies auch; und eines Tages war mein Glück vollkommen, als ich Gloria Camprubí an der Universität kennenlernte, eine jener schönen Mulattinnen, die es gewohnt sind, den Strassenverkehr aufzuhalten. Sie führte damals ein unbeschwertes Leben, sie wusste nicht, was sie wollte, das war ihr gleichgültig. Sie war in einem Vorort von Guamaní geboren, ihre Eltern besassen eine kleine Zuckerrohrplantage, aber als die Preise fielen, konnten sie nicht mit den Produktionskosten konkurrieren, verpachteten ihren Besitz zuerst und verkauften ihn später an meinen Vater. Als ihre Eltern verstorben waren, entschied sie sich, Krankenpflege zu studieren, bezahlte ihr Studium mit dem letzten Rest ihres Erbes und lebte in den Tag hinein. Als ich sie traf, veränderte sich mein Leben drastisch; wie Paulus sagte, wenn dich's juckt, ist's am besten, du kratzest dich, und so zog sie zu mir und besorgte den Haushalt, wurde ruhig und ernst, war mir in jeder Hinsicht gern zu willen. Als ich an der Universität abschloss, nahm ich sie mit mir nach Hause. Meine drei ältesten Schwestern hatten hervorragende Partien gemacht, indem sie die Söhne von Aktionären der Snow White heirateten, und Margarita, die jüngste, hatte Don Augusto Arzuaga, den Industriemagnaten von Santa Cruz, geheiratet. Unser Haus war leer geworden, Nicolás war noch in Europa, und Mutter fühlte sich einsam. Es war perfektes Timing, die Dienste eines fröhlichen, wohlerzogenen jungen Mädchens aus guter, jetzt verarmter Familie in Anspruch zu nehmen, die ihr Gesellschaft leisten und ihr bei der

Pflege von Vater, der damals schon krank war, behilflich sein würde.

Jene ersten sechs Monate nach Glorias Ankunft waren die glücklichsten meines Lebens. Kaum hatte sie begonnen, sich auf den umlaufenden Veranden, die auf die Zuckerrohrfelder und auf's Meer hinausgingen, zu sonnen, oder sich nackt im Regen zu baden, der von den Giebeln herab aus den Dachrinnen schoss, da änderten sich die Dinge im Haus. Wir schienen alle leichter zu atmen, von der Brise die ihr Körper auslöste, wenn sie ihre Hüften die mit blauen Fensterläden verschlossenen Gänge der Hauses entlang schwang, oder wenn sie wie ein in Eiche geschnitztes Götzenbild unter dem atmenden Moskitonetz lag, von dem langsamen, weichen Paddeln des Deckenventilators zur Siestastunde in den Schlaf gewiegt. Meine Mutter hatte eine besondere Freude an ihr, und sie pflegten stundenlang Blumen im Garten zu pflücken und sie in changierenden Glasvasen zu Bouquets zu arrangieren. Sie mochte es gerne, dass man ihr vorlas, und so bat sie Gloria, ihr Episoden aus *Maria*, dem Roman Jorge Isaacs', laut vorzulesen. Sie lachte sich kaputt ob der sentimentalen Gefühlsduselei und fand die Geschichte von Marias abgeschnittenen Zöpfen und keuschen Küssen, ihren traurigen, zwischen die Seiten eines angegilbten Briefs gelegten Rosen von allerschlechtestem Geschmack, das Ergebnis eines schwärmerischen Wahns, der schliesslich Efraín zugrunde gerichtet hatte. Beide kümmerten sich mit viel Geduld um Vater, der seinerseits so glücklich war, Gloria um sich zu haben, dass er seinen vor langer Zeit verlorenen Appetit und seine gute Laune wiederfand. Er schien sich endlich damit versöhnt zu haben, dass er alt wurde. Seine Arteriosklerose machte bedrohliche Fortschritte, wie die Ärzte diagnostizierten, und das System seines Kreislaufs würde eines Tages zu einem Salzstrauch kristallisieren.

Inzwischen arbeitete ich mich tagsüber für die Familie zu Tode, beklagte mich aber nicht. Die Nacht blieb mir, um das zu tun, was mir gefiel, und niemand schien sich darum zu kümmern, was ich dann tat. Sobald die Lichter im Haus ausgingen und der alte Hahn und die Hennen auf den Baum geflogen waren, ging ich still in den Keller hinab, wo Mutter eine kleine Wohnung für Gloria eingerichtet hatte. Jene nächtlichen Besuche schenkten mir ein Glücksgefühl, wie ich es nie zuvor gefühlt hatte. Bei Tagesanbruch, nachdem ich Gloria verlassen hatte, öffnete ich die Türen des Balkons und blickte auf das smaragdfarbene Meer, das hinter den Zuckerrohrfeldern glitzerte, blickte auf die Zuckerrohrfelder, die, soweit das Auge reichte, in einer Welle aus silbrigen Federn dahinwogten, blickte auf die gleissenden Sporen des Hahns, der in den Wipfeln der Palmen krähte, auf die weichen samtgrünen Hügel, die aufeinander zuwuchsen wie die Brüste einer verliebten Frau. Ich atmete tief ein, füllte meine Lungen mit der reinen Luft meiner Insel und stimmte mit Don Francisco Oller überein, der sagte, Puerto Rico sei kein Land, sondern eine Landschaft, und ich verstand vollkommen, warum er die Pracht von Paris und seine Impressionistenfreunde aufgegeben hatte, um heimzukehren und die Schönheit seiner Heimat zu malen, damit sie zeitlos bliebe. In jenem Augenblick fühlte ich mich in völliger Harmonie mit der Welt, bereit jegliche zukünftige Ungerechtigkeit, die die Welt oder meine Familie für mich bereithalten könnte, zu vergeben. Ich wusste in jenem Augenblick, dass ich nicht nur den Mut hatte, einer Kuh Geburtshilfe zu leisten und das Kalb am Schwanz zu packen und es aus der Gebärmutter zu ziehen, ganz blau und glänzend und bereit, von seiner Mutter zärtlich geleckt zu werden, ich konnte auch meine groben Arbeiterhände und meine abgebrochenen Nägel in meinen Taschen vergraben, mich gut anziehen und in die Stadt schlendern, um die amerikanischen Bankiers um einen neuen Kredit für Diamond Dust zu bitten und sie ganz nebenbei an die Beziehungen meiner Schwestern mit einigen ihrer mächtigsten Aktionäre erinnern. Damals lernte ich, dass es keine Blutsbande, keine verwandtschaftlichen Bande gibt, die halten würden, wenn es um Geld geht, und dass die Entscheidung, einen Gewinn zu teilen, denselben grausamen Klang besitzt wie der Schrei »Rette sich, wer kann« auf einem sinkenden Schiff. Als eines der herzlosesten Beispiele, die ich in den letzten Jahren ausführen musste, veranlasste ich, dass viele unserer Plantagenarbeiter, die ich verdächtigte, uneheliche Söhne unseres Vaters zu sein, ohne grosse Umstände zu entlassen seien. Man konnte sie leicht erkennen, denn sie sahen ihm alle entfernt ähnlich, ausser dass sie eine dunklere Haut hatten und einen mürrischen Gesichtsausdruck, wegen ihren Hakennasen, ihres dicken Stiernackens und ihres breiten Brustkastens. Auf diese Weise befreite ich die Firma von einer Anzahl unnötiger Ausgaben und konnte die Risiken von Ansprüchen auf ein Minimum drücken, da Vater immer darauf bestanden hatte, sich heimlich um ihre Familien zu kümmern. Es gelang mir schliesslich, indem ich hier und da Einsparungen vornahm und die wenigen Beziehungen, die mir zur Verfügung standen, nutzte, meinen Traum einer Modernisierung von Diamond Dust wahrzumachen. Mit dem gesparten Geld kaufte ich zwei Traktoren und einen Generator, so dass meine vielen Verdampfer der Neid des ganzen Tals wurden. Die Fabrik verdoppelte bald ihre Produktion, und ich konnte die Schulden, die uns in den letzten zehn Jahren wie ein offenes Geschwür ausbluteten, zurückzahlen. Es gab nur eine einzige Sache, die mich damals belastete und wie eine finstere Wolke über dem Horizont hing: Obwohl ich um sie wie ein Gentleman warb, weigerte sich Gloria, mich zu heiraten.

Nicolás kam im selben Jahr zurück. Er kam am Weihnachtsabend an, mit Geschenken beladen, und eine Zeitlang ähnelte unser Haus einer Boutique in Paris. Es stank nach teuren Parfums und Plunder. Er schenkte Mutter die grösste Flasche *Joy*, die auf dem Markt war und behauptete, es sei gut für die Seele, weil es aus der Haut von Liebenden während ihrer ersten Liebesnacht, wenn ihr Schweiss nach Jasmin- und Orangenblüten roch, destilliert worden sei, und dass sie es deshalb jeden Tag benutzen sollte, als Beweis dafür, dass sie noch immer fähig war, zu lieben und geliebt zu werden. Er schenkte Gloria einen Fächer aus Sandelholz, auf dem ein chinesisches Gedicht stand, das zur Hälfte lautete: »Ich reise durch deine Finger wie ein duftender Strom, und mein Herz schlägt im Rhythmus deines Handgelenks«, aber er weigerte sich, den Rest zu übersetzen, weil der Zauber nicht wirken würde, wenn die Botschaft in Gänze von seiner Besitzerin entziffert worden sei. Er schenkte Titina ein riesiges Glas mit Vervène-Badesalz und Mandelöl, das sie sofort in den Familienschrank stellte, wo es von allen im Haus benutzt wurde. Aber für Vater brachte er das prächtigste Geschenk von allen, eine Landkarte aus dem 18. Jahrhundert, gezeichnet vom französischen Naturalisten André Pierre Ledru, in der er die Route von Juan Ponce de Leóns Reise zu den Ländern von Bímini nachzog. Ponce de León war der erste Gouverneur der Insel gewesen und hatte bereits Aguebaná und Urayoán unterworfen, sich ein grossartiges Haus in Caparra gebaut und drei seiner Töchter verheiratet, als irgendwelche Indianer zu ihm kamen und ihm etwas von einem Jungbrunnen im Norden ins

Ohr flüsterten, in dem ein Mann seine Virilität mit bewundernswerter Leichtigkeit wiedererlangen könne. Ponce, der bereits alt und schwach war, ging in die Falle und setzte sofort Segel nach Bímini, das er Florida taufte. »Aber er fand den Tod statt ewige Jugend!« protestierte Gloria unschuldig, während sie das Pergament untersuchte; die boshafte Seite eines solch grosszügigen Geschenks blieb ihr die ganze Zeit über verborgen.

Trotz dieser anfänglichen Demonstration guten Benehmens brauchte es nicht lange, bis Nicolás zu seinem alten verwegenen Ich zurückfand, und er betrog seine Nachbarn rundum, und schadete unserem Ruf wie früher. Er war ein unvorsichtiger, indiskreter junger Mann, der den Träumen nachhing, von denen Ihnen Titina erzählt hat, der aber nie etwas unternahm, um sie zu verwirklichen. Als Kind hielt er sich immer für einen Helden, und in den Theatersketchs, die wir zu Hause am Weihnachtsabend für die Bediensteten aufführten, wählte er immer die Rolle des Prinzen Mischkin, während ich den Part des pragmatischen Rogozin spielte. Als er von Europa zurückkam, war er mehr denn je entschlossen, die Bewunderung unserer Saisonarbeiter zu gewinnen, obwohl sie kaum ein Wort von dem verstanden, was solch ein Prinz in einem weissen, gefältelten Seidenhemd und schwarzen Tuxedohosen, der kürzlich von der Rue de Rivoli in das übelriechende Inferno des Zuckerrohrfelds emigriert war, ihnen zu sagen hatte. Er bestand darauf, dass sie anständige Wohnungen hätten anstatt in den alten umgebauten Sklavenhütten zu wohnen, und begann kleine Stücke Land aufzuteilen, auf denen sie ihre eigenen Häuser mit einem Teil der Ausschüttung, die die nächste Ernte bringen würde, bauen sollten. Er bestand darauf, dass Wasser vom Fluss in Rohren heraufgeholt würde, damit sie nicht in verunreinigten Flüssen baden müssten, wo das Wasser von den blauen Wasserschnecken mit Galle verseucht sei, so dass ihre Leber von den zarten Blüten der Bilharzie brandig würde; und er bestand sogar darauf, ihnen die Segnungen der Elektrizität zu bringen, dabei hatten unsere Arbeiter, die armen Kleinen, Angst vor ihr und zogen es bei weitem vor, in ihren traditionellen Kochstellen zu kochen und ihre Kochtöpfe über drei glatten Flusssteinen auszutarieren.

Aber Nicolás brachte ihnen diese Segnungen nicht gratis, oh nein, jene Häuser waren keine reifen Mangos, die von den Bäumen fielen. Jene Privilegien hatten einen Preis, den zu bezahlen unsere einfachen, aber ehrlichen Arbeiter nie zugestimmt hatten. Es dauerte eine Weile, Don Hermenegildo, aber schliesslich entdeckte ich sein Geheimnis. Eines Tages, während einer meiner täglichen Kontrollgänge durch die Fabrik hörte ich wieder ein Liedchen, das die Arbeiter häufig vor der Abreise Nicolás' nach Übersee gesungen hatten. Damals hatte ich keine Verbindung zwischen den beiden hergestellt, aber nun wurde die Anspielung auf seinen ausländischen Firlefanz umso offenkundiger. Das Liedchen ging so: »Seine Hosen sind aus Seide und sein Hemd ist aus Spitzen, vorher war er als Die Sieben Schönheiten bekannt, aber jetzt sollte man ihn Die Witwe nennen.« »Die Witwe«, das war der ominöse Spitzname, unter dem jeder den prinzenartigen Erstgeborenen der De la Valles kannte. Denn niemand konnte die Wahrheit leugnen, und hinter der Pose des Erlösers, hinter seinem Getue des Befreiers und Erretters war er in Wahrheit eine Schwuchtel, ein armer degenerierter Narr, der sich wand und drehte und vor ihren entsetzten Augen bei der ersten Gelegenheit, mit ihnen allein zu sein, tanzte, der Land vermass und die Häuser, die er versprochen hatte, verteilte, je nach dem, wer es tun würde und wer nicht, wer Manns genug sein würde, seine Würde für ein Stück Brot oder einen Backstein herzugeben. Und so verbrachte er seine Tage mit dem Predigen von sozialer Gerechtigkeit und seine Nächte, die Wahrheit in der Wildnis der Zuckerrohrfelder zu verdrehen, behauptete, den Ekel und den Zorn der Arbeiter zu besänftigen, da die Unterschiede zwischen Predigen und Spielen doch nicht schrecklich gross seien und es im Leben ein gesundes Gleichgewicht zwischen beidem geben müsste. Vater, der zunehmend seinen Wirklichkeitssinn verlor, bemerkte diese Dinge nie, und zwei Monate nach seiner Rückkehr wurde Nicolás von ihm zum Direktor der Fabrik ernannt.

Die Nachricht von der Heirat Nicolás' und Glorias war ein noch viel schwererer Schlag. Gloria selbst hatte sie nie erwähnt, und Nicolás war derjenige, der mir die Neuigkeit anvertraute. Mutter, die sich in immer grösserem Masse von den Anforderungen, die die Krankheit Vaters an sie stellte, überfordert fühlte, fürchtete, dass Gloria ihre Stelle bei ihr aufgeben würde und sie sich zu den harten Pflichten der Pflege ihres Gatten verurteilt sähe. Deshalb hatte sie die Hochzeit als einen für alle Seiten vorteilhaften Vertrag arrangiert. Nicolás schämte sich, es mir zu sagen, aber er konnte Mutter nie etwas abschlagen. Er versuchte auf seine schwache, überreizte Art, seine Handlungsweise zu rechtfertigen und bat mich mit bleichen Lippen und gesenktem Kopf um Verzeihung, und hob und senkte die Arme wie ein ertrinkender Vogel jedes Mal, wenn wir uns in den Gängen begegneten.

Zuerst war ich von all dem völlig verwirrt. Mein schwuler Bruder hatte es geschafft, wo ich gescheitert war, und hatte Gloria in nur wenigen Monaten dazu bewegen können, ihn zu heiraten! Später dachte ich, ich wüsste ja, dass die Ehe eine Farce war und für mich kein Grund zur Eifersucht bestand, da ich Nicolás besser als alle anderen kannte. Ich beschloss, mit Gloria in derselben Nacht zu sprechen, war entschlossen, mit all der Geduld und Vorsicht, derer ich fähig war, meinen schweren Becher bis zu Neige zu leeren. »Wirst du Nicolás wirklich heiraten?« fragte ich sie später in jener Nacht und legte meine Hand zärtlich auf die seidenweiche Erhebung ihres Geschlechts. »Ich dachte, dies sei mein eigenes persönliches Golgatha, mein Heiliger Garten Gethsemane«, scherzte ich. »Ich dachte nie, dass in seinen Tiefen sich eine Registrierkasse verborgen hielte.« Gloria sass nackt auf meinen Knien; wir hatten uns soeben auf ihrem Eisengestell von einem Bett geliebt, und meine Bemerkung brachte sie so zum Lachen, dass ihr die Tränen aus den Augen traten. »Natürlich ist das meine Registrierkasse« sagte sie, als sie wieder Atem schöpfte, »aber du bist der einzige, der die magischen Worte kennt, mit denen sie sich öffnet!« Und dann begann sie mich wild zu küssen und zu liebkosen und machte mir Vorwürfe wegen meiner absurden Eifersucht ob eines bedauernswerten Lustknaben, der sein Debut diesen Sommer unter den sich im Wind wiegenden Federbüschen unserer Zuckerrohrfelder gegeben hatte.

Als ich einige Tage danach meine Mutter auf dieses Thema ansprach, war unsere Unterhaltung weit weniger angenehm. Sie wissen genau, Don Hermenegildo, dass in diesem Haus keine Nadel ohne die Zustimmung meiner Mutter auf den Boden fällt, und dass sie das Schicksal eines jeden von uns mit eiserner Hand lenkt. Ich hatte jedoch an jenem Tag keine andere Wahl, ich hatte keine Wahl sie direkt anzugehen, weil ich fürchtete, dass die Folgen ihrer Entscheidung katastophal sein würden. »Wenn du Gloria veranlasst, Nicolás zu heiraten, schwör ich, dass es dir leid tun wird. Wir sind Menschen, kein Vieh, das man züchten und einspannen kann.« Mutter sass an ihrem Schreibtisch und arbeitete wie gewohnt an ihren Bilanzbüchern, wo sie jeden Pfennig, der in der Fabrik verdient und ausgegeben wurde, vermerkte. Einen Augenblick lang dachte ich, sie hätte mich nicht gehört, denn ihre Hand fuhr über die Quadrate des Hauptbuchs wie ein Eisenknoten. »Ich schwöre, dass ich dich nicht verstehe«, sagte sie schliesslich, ohne aufzusehen. »Eine rechtens geheiratete Frau wäre ein kostspieliger Erwerb, und du könntest dein so kostbar erspartes Geld nicht länger horten. So wird Nicolás sie für dich sicher aufbewahren und die gesamte Familie wird von ihren Diensten profitieren.« Und während sie in aller Ruhe ihre Feder neben das Tintenfass legte, begann sie, alle Einzelheiten ihres Plans zu erklären. Nicolás hatte versprochen, Gloria nicht anzurühren. Das Arrangement würde nur so lange dauern, wie Vater am Leben war, solange sie die Hilfe einer Krankenschwester brauchte, und wenn er einmal das Zeitliche gesegnet hatte, würde die Heirat annulliert werden. Gloria hatte all dem zugestimmt und zählte auf das Wort meiner Mutter, wonach sie eine angemessene Summe als Bezahlung für ihre Dienste nach einigen Jahren erhalten würde. »Dann kannst du sie ja heiraten, wenn du sie noch willst, und sie wird dich nehmen«, fügte sie mit dünnem Lächeln hinzu. Don Hermenegildo, die Worte meiner Mutter beruhigten mich etwas, obwohl ich noch immer insgeheim von einem finsteren Verdacht geplagt wurde.

Oberflächlich betrachtet, hatte ich keine andere Wahl als das Arrangement gutzuheissen. Einen Monat später war ich bei der Hochzeit Trauzeuge. Es war eine intime, ruhige Angelegenheit, lediglich mit meiner Mutter, Gloria, Nicolás, dem Priester und mir in der Kirche. Im Gegensatz zu den Heiraten meiner Schwestern, bestand keine Notwendigkeit, für eine Aussteuer, für Tischdecken aus Spitzen oder Silberbesteck aufzukommen, und die Braut trug ein einfaches weisses Leinenkostüm. Vater konnte es jedoch wie üblich nicht lassen, Nicolás zu verwöhnen und schenkte ihm eine silberschimmernde Cessna zur Hochzeit. Gloria schien fröhlich zu sein und konnte während der ganzen Hochzeitszeremonie ihre Augen nicht von mir lassen. Sie schaute mich unvermittelt schelmisch an, als würde sie ein Geheimnis bewahren und errötete, als Nicolás den Ring an ihren Finger steckte, auch als ich auf ihr Glück einen Toast aussprach, in dem ich den beiden eine erfüllte Ehe wünschte. Ihre Augen glühten unter ihrem einfachen

Schleier und schienen mich in Brand setzen zu wollen.

Nach der Hochzeit ging alles genau seinen Gang wie zuvor. Gloria verbrachte den nächsten Vormittag mit Vater wie gewohnt und gab ihm sein Krankenbad auf einem Gummilaken, das auf das Bett gelegt wurde. Sie verbrachte den Nachmittag mit meiner Mutter indem sie ihr vorlas oder Sekretärinnenarbeit für sie erledigte. Und sie verbrachte die Nacht mit mir in unserem Kellerboudoir. Dass sie jetzt Nicolás' Frau war, liess sie mich umso heftiger begehren, und jene Nacht liebten wir uns wie nie zuvor. Das Glück weckte Schuldgefühle in mir, so seltsam dies schien. Ich fühlte absurdes Mitleid meinem Bruder gegenüber, der trotz seines pompösen Titels als Direktor von Diamond Dust nicht den geringsten Einfluss auf die Fabrik besass und so wenig Interesse an Ehre und Macht zu haben schien wie an Glorias eher irdischen Herrlichkeiten.

Nur drei Monate später, Don Hermenegildo, als ich eines Morgens an diesem Tisch hier frühstückte, begann ich den Verdacht zu schöpfen, dass es eine verborgene Seite an dieser ganzen Geschichte gab, die ich noch nicht begriffen hatte, und dass ich weniger der Täter an meinem Bruder als vielmehr sein Opfer war. Im Laufe von weniger als einigen Wochen nach der Heirat war Nicolás ein gebrochener Mann. Er rasierte sich nicht mehr und trug keine sauberen Hemden mehr, lief mit tiefdunklen Augenringen im Haus umher. Er verbrachte die meiste Zeit des Tages in seinem Zimmer, schrieb Gedichte und murmelte etwas von einem Mann, der wie ein Pfeil sei oder wie ein über einem Abgrund geschlungenes Seil, ein Minotaurus mit dem Körper eines Torero, ein missgebildetes Monster, halb Tier, halb Mensch, halb Heiliger. Ich meine, an jenem Tag sass er vor mir und schenkte sich etwas Kaffee ein, und ich bemerkte, dass seine Hand zitterte. Er lächelte mich bitter an, als er sagte: »Glückwunsch! Wir müssen alle gut drauf gewesen sein, denn Gloria ist schwanger!«

Ich fragte ihn, was er damit meine und setzte mich benommen hin. Nicolás war an das Buffet gegangen, um eine Flasche Brandy zu holen und zog ruhig seinen Stuhl neben mich. »Vergiss es, Bruderherz«, sagte er in einem bedauernden Ton, während er sich einen Drink einschenkte und dann mich bediente. »Du kannst sie nicht mehr anrühren. Vater glaubt, dass das Baby von ihm ist, und von nun an ist sie für uns beide tabu.« Ich schwör's, Don Hermenegildo, ich brachte ihn fast um. Ich muss hundert Mal in sein Gesicht geschlagen haben, ich wollte sein prinzenhaftes Profil entstellen. Schliesslich gestand er es und spuckte die Worte zwischen gebrochenen Zähnen und blutender Zunge aus: Gloria liebte Vater jeden Morgen, sobald ich losgegangen war, um die Zuckerrohrfelder zu inspizieren, und nachmittags liebte er sie.

Sechs Monate nach dieser schrecklichen Szene startete Nicolas mit seiner Cessna und stieg zu den mit dichten Wolken verhangenen Bergen der Insel auf. Es hatte ernste Sturmwarnung gegeben, und der Nachmittagshimmel war so schwarz wie ein umgeworfenes Pulverfass. Sie mögen denken, was Sie wollen, entweder besass er den Mut nicht zum Weiterleben, dem Monster, das Gloria austrug, seinen Namen in aller Öffentlichkeit zu geben: Dem Kind seines Vaters und dem Enkel seiner Mutter, dem Kind seines Bruders und dem Bruder seines Bruders, seinem Sohn, seinem Bruder und zugleich seinem Neffen, oder die Plantagenarbeiter von Diamond Dust nahmen das Recht in ihre Hand und verübten an seinem Flugzeug Sabotage.

Nachdem Gloria ihre Brut, sei sie Reptil, Fisch oder Vogel, in einer urzeitlichen Nacht geworfen hatte, blieb sie zuhause und kümmerte sich um meine Mutter. Vater war, vom Tod Nicolás' zerstört, weniger als ein Jahr nach dem Absturz gestorben und hinterliess ein unfaires Testament, das unsere Familie zu ruinieren drohte. Er hatte meinen Schwestern nie vergeben, dass sie Ausländer geheiratet hatten, als Gipfel auch noch seine Konkurrenten im Geschäft, und er machte mich zu seinem Alleinerben. Was Gloria und ihre Brut anging, so erwähnte er sie in seinem Testament nie, wie zu erwarten gewesen war. Als er einmal die Illusion verloren hatte, seine Jugend wiederzuerlangen, war ihm sein Stolz wichtiger als sein Vergnügen, und in den Monaten vor seinem Tod wusste er kaum, dass es sie gab. Als Gloria sah, dass sie alle drei feurigen Liebhaber innerhalb weniger Wochen verloren hatte, fing sie an, in den Bars von Guamaní ihre Runden zu drehen, wo Sie sie sicher oft gesehen haben.

Die Reaktion meiner Mutter war wie erwartet, da sie das exzentrischste Mitglied unserer Familie blieb. Ihr Gesicht schrumpfte zu einer Maske nach diesen Ereignissen, wurde klein und verbeult und stachelig, wie der Stahlkorken einer Flasche. Sie machte weiter wie vorher, schloss sich mit sieben Türschlössern im Haus ein und arbeitete von Sonnenaufgang bis Sonnenuntergang an ihren Bilanzen. Es schien ihr nichts auszumachen, dass Gloria zu seltsamen Zeiten in der Nacht kam und ging, und sie gab ihr einen Satz ihrer Schlüssel, so dass sie tun und lassen konnte, was sie wollte. Sie ist noch immer Besitzerin der Hälfte der Fabrik, aber sie hat uns allen überdeutlich gesagt, dass sie nach ihrem Tod alles Gloria und dem kleinen Nicolasito vererben würde. Ihre Entscheidung löste Entsetzen bei meinen Schwestern aus; sie konnten nicht verstehen, warum sie so etwas tun könnte, nachdem sie wusste, was zwischen Gloria und Vater geschehen war. Aber niemand hat je gewusst, was in meiner Mutter vor sich ging. Ich konnte immer ihre Gedanken erraten, und ich weiss wie gross ihr Ressentiment gegenüber Vater ist, dass da solch ein Eisberg an Hass auf ihrem Herzen sitzt, dass sie alles tun würde, um ihn zu treffen. Und sie weiss, dass die einzige Methode, mit der sie das jetzt erreicht, darin besteht, die Fabrik Gloria zu vermachen. Denn wenn die halbverrückte Stadthure die Fabrik erbt, werden die Banken innerhalb von vierundzwanzig Stunden ihre Hypotheken für verfallen erklären, und Diamond Dust wird ruiniert sein. Und das wäre die vollkommene Rache für meine Mutter, ihren Niedergang verursacht zu haben, so dass ihr Name wie der von Vater vom Angesicht der Erde verschwunden sein würde.

Ich glaube, dass Sie vielleicht jetzt besser verstehen, warum ich das Recht besitze, das Testament meiner Mutter zu zerreissen, so dass nur die Entscheidung von Vater ausgeführt wird. Was den Verkauf von Diamond Dust an meine Schwager, die Besitzer von Snow White, betrifft, so erscheint mir dies vernünftig, nachdem wir alle Teil derselben Familie sind. Auf diese Weise wird die Firma überleben, die Arbeiter werden ihre Arbeit behalten, und ich werde meinen Schwestern gegenüber die ungerechte Behandlung, die ihnen von meinem Vater widerfahren ist, wieder gutmachen können, indem ich ihnen die Hälfte meiner Aktien gebe. Meine Erniedrigung und mein Ehrverlust sind so gross, Don Hermenegildo, dass ich nie weiter in dieser Stadt leben könnte. Jetzt will ich nur vergeben und vergessen.

Die Beichte von Arístides, seine Enthüllungen dessen, was die Zukunft der Diamond Dust Zuckerfabrik sein sollte, drückten mir das Herz ab. Ich war fast ein halbes Jahrhundert lang Zeuge für Ubaldinos heldenhafte Bemühungen gewesen, die Fabrik zu einem unabhängigen, lebensfähigen Konzern zu machen, und es tat mir in der Seele weh, dass alles umsonst gewesen sein sollte. Das Bild, das er von Nicolás als einem degenerierten Weichling und von Ubaldino als einem dreckigen, verachtenswerten, von Krankheit und Enttäuschung zerstörten Menschen gezeichnet hatte, liess mich in hoffnungsloser Niedergeschlagenheit zurück, aber ich glaubte ihm nur halb. Wenn er nicht redete, musste ich die Augen schliessen, aber selbst dann quollen mir Tränen unter den Lidern hervor. Seine Geschichte besass eine fiebrige Aura, die sich als ansteckend erwies. Ich atmete plötzlich schwer und erhob mich vom Tisch, um auf die Veranda hinaus zu gehen, wo ich versuchte, meinem Kopf Linderung zu verschaffen, indem ich die duftende Brise des Zuckerrohrfelds einatmete.

DIE RETTUNG

Die staatsbürgerliche Apotheose Ubaldino De la Valles geschah an dem Tag, an dem er Diamond Dust davor bewahrte, vom Wind verweht zu werden. Wir hatten im selben Jahrgang die Staatsexamina an der Universität abgeschlossen und waren einige Jahre zuvor der Unionspartei beigetreten. Wir waren uns einig, dass unsere Insel schon zu lange ein goldener Tennisball auf den Tennisplätzen der USA war und dass die Dinge nicht so weitergehen konnten wie bisher. Wenn der Präsident Mister Allen einen Gefallen dafür tun wollte, dass er die Indianer am Fort Beverly oder an der Grenze von Arkansas oder Arizona liquidiert hatte, wenn er sich Mister Yager verpflichtet fühlte, weil dieser den abtrünnigen Staat Iowa dazu brachte, für die Demokraten zu stimmen, landete der goldene Tennisball auf ihren eigenen Tennisplätzen und wir hätten bald einen neuen Gouverneur.

In jenem Sommer bewarb sich Ubaldino um einen Senatssitz, und in meiner Eigenschaft als Reporter der *Nación*, der liberaldemokratischen Tageszeitung unserer Stadt, sollte ich ihn überallhin begleiten. Es überraschte niemanden, als ich in die Politik der fortschrittlichen Richtung ging, da mein Vater der Besitzer von *La Nación* ist, aber die Familie Ubaldinos war immer konservativ gewesen. Zuerst dachte ich, sein Nachname sei eine Belastung und er würde ihn Stimmen kosten. Die amerikanischen Bankiers hatten endlich ihre Kredite gewährt und damit begonnen, den Landbesitzern der Insel Geld zu leihen, so dass der wirtschaftlichen Todesstarre der Zuckerfabriken ein Ende gesetzt wurde. Als Ergebnis dieser Massnahmen waren alle kreolischen Landbesitzer Mitglieder der Republikanischen Partei geworden, in der sie auf die politische Assimilierung der Insel hinarbeiteten. Aus diesem Grund sahen sie in Ubaldino einen Verräter.

Der Preis, den sie für den Waffenstillstand zu bezahlen hatten, war hoch gewesen: es war ihnen gestattet, ihr eigenes Zuckerrohr zu schneiden und zu mahlen, aber der gesamte Zucker musste in den riesigen Schleudertonnen von Snow White raffiniert werden. Die kleineren Zuckerfabriken waren deshalb nicht mehr unabhängig, und fast alle waren sie zu Satelliten der Superfabrik geworden, parasitäre und verarmte Unternehmen. Aus diesem Grund hatten die Bewohnerinnen und Bewohner von Guamaní angefangen, jene kriecherischen, den Boden küssenden Landbesitzer wie überhaupt jeden, der zur Republikanischen Partei gehörte, zu verachten, während Ubaldinos Wahlkampf zugunsten einer grösseren industriellen und politischen Eigenständigkeit immer mehr Anhänger fand.

Ubaldino hatte ein wirklich grosses Hindernis zu überwinden, ehe seine politische Karriere beginnen konnte. Nach dem Tod seiner Mutter hatte sein Vater Rosa, die Köchin der Familie, zur Mätresse genommen und drei uneheliche Kinder von ihr. Als er starb, hatte er ihnen den grösseren Teil von Diamond Dust vermacht und Ubaldino aus dem grössten Teil des mütterlichen Erbes ausgeschlossen. Mein Freund war so etwas wie ein Graf ohne Grafschaft, er war aus dem Land hinausgeworfen worden, das seit Jahrhunderten seiner Familie gehört hatte und das allein seinen gesellschaftlichen und politischen Aufstieg in der Stadt rechtfertigte. Ubaldino selbst erzählte mir die Geschichte, wie diese unglückliche Begebenheit vor sich gegangen war. Er war noch ein Kind, als seine Grosstanten, Doña Emilia und Doña Estefana De la Valle, in ihrem alten, zweirädrigen Sulky nach Diamond Dust hinausgefahren waren. Sie wurden von Néstor empfangen, und als sie schüchtern den dunklen Gang entlanggingen, in dem die Familienportraits hingen, hielten sie einen Augenblick vor ihnen inne. Es gab da ein Portrait ihres Urgrossvaters, der aus Navarra gekommen und sehr fromm war, so dass er aus den Planken des Schiffs, auf dem er gesegelt war, ein flaches Bett gebaut hatte, das so gross war, dass alle seine Enkel hineingelegt und öffentlich getauft werden konnten, weswegen er es »Die Kathedrale der De la Valles« nannte. Sie bewunderten wieder das Portrait ihrer Grossmutter, die meilenweit dafür berühmt war, dass sie gegen die Sklaverei fünfzig Jahre vor ihrer Aufhebung war. Sie beherbergte in ihren Kellern alle entlaufenen Sklaven, die von den benachbarten Haciendas geflohen waren, und versah sie mit kräftigen Kanus, so dass sie im Schutze der Nacht nach Haiti fahren konnten, wo die Sklaverei bereits abgeschafft worden war. Sie blickten auf ihre eigenen Portraits und sahen sich wieder als kleine Mädchen, wie sie im Studio eines Fotografen in identischen Matrosenanzügen mit weissem Hut und weissen Halskrägen in einer Bootsattrappe sassen, angestrengt über die gemalten Wellen aus Pappe auf den Leuchtturm von Cabo Rojo zuruderten, wo der Seeräuber Cofresí, ihr Ahne und ein Rebell, der über die Reichen herfiel, um den Armen zu helfen, der spanischen Guardia Civil in vielen blutigen Scharmützeln widerstanden hatte. Und schliesslich hielten sie vor dem Hochzeitsportrait Elviras inne, auf dem man sah, wie sie den riesigen Brautstrauss aus Königin-der-Nacht-Blumen hielt, die sie selbst für sie im Garten gepflückt hatten, und deren Blüten sich erst nach Sonnenuntergang öffneten, um ihren geisterhaften Duft zu verströmen. Beide küssten sie es verstohlen im Dunkeln, mit Tränen in den Augen, ehe sie in das Wohnzimmer weitergingen, wo sie auf Don Julio warten sollten.

Er kam einige Minuten später herein, und sie waren überrascht, die Veränderung zu sehen, die über ihn gekommen war. Er sah verbraucht und abgezehrt aus, sein riesiger Körper hatte seine Schwere verloren, so dass er sie nun an ein leeres Warenhaus erinnerte, das jeden Augenblick vom Wind weggepustet werden konnte. Er war von der Sonne sehr dunkel gebräunt und trug schmutzige Overalls und Schuhe, die mit rotem Lehm überzogen waren, so dass die Schwestern annahmen, er sei soeben von seinen Feldern gekommen. All dies stand in krassem Gegensatz zu der Erinnerung, die sie von ihm als Landedelmann hatten, der um Elvira in einem weissen Leinenanzug und einem breitkrempigen Hut geworben hatte, mit Händen, die mit Mandelöl eingerieben und voller Ringe waren. Don Julio setzte sich vorsichtig vor sie in einen der Schaukelstühle aus Weidengeflecht. »Es ist immer dasselbe«, schrie er ohne Umschweife, »der verdammte Traktor ist schon wieder auf einen Stein gelaufen. Wenn die Leute hier Verstand hätten, wie sie es in Lérida haben, würden sie jedes Mal, wenn sie auf einem Stein landen, den Stein aus dem Feld an seinen Rand tragen, so dass sie schliesslich nicht nur ein schönes Steinmäuerchen um ihren Besitz hätten, sondern auch eine saubere Wiese, in der sie säen könnten.« Emilia und Estefana lachten beide und stimmten ihm höflich zu. Don Julio nahm die Kaffeekanne, die Titina auf einem Marmortischchen bereitgestellt hatte, und begann, Kaffee auszugiessen.

»Es ist nicht zu fassen, wie wenig sich alles in diesem Land verändert.« Emilia stimmte zu und schaute voller Bewunderung um sich und auf die polierten Eichenmöbel. »Es ist zehn Jahre her, aber alles ist gleich geblieben: Elviras Klavier, Grossmutters Kommode, Urgrossvaters Standuhr, die er auf dem Schiff aus Spanien mitgebracht hatte. Sie haben sich prächtig um alles gekümmert, Don Julio.« Er lächelte und reichte ihr eine Tasse, ganz so, als wäre er unschuldig und würde ihre Anspielung nicht bemerken.

»Nur eine Sache hat sich verändert, liebe Emilia«, sagte er, als er den Schwestern die Silberdose reichte, die bis zum Rand mit Diamond Dust Kristallzucker gefüllt war, damit sie sich bedienen konnten, »und das ist unser Zucker. Er mag ja so süss wie immer sein, aber es wird zunehmend bitterer, ihn zu ernten. Es ist erstaunlich, wie heute Zucker gemacht wird, mit dem Schweiss von Landbesitzern.« Und er klapperte mit seinem Löffel energisch gegen den Rand der Tasse, rührte seinen bitteren, spartanischen, ungesüssten Kaffee um und fragte, was sie nach hier draussen geführt hätte. Die Schwestern sassen so aufrecht wie ein Paar schwarze Seidenspindeln auf ihren Stühlen und sagten dann, sie seien über die leichtfertige Art und Weise, in der Ubaldino, der Sohn ihrer Nichte, auf dem Hof erzogen würde, besorgt. Es gab keine Grundschule in der Nachbarschaft, und die Privatlehrer, die Don Julio versprochen hatte anzustellen, kamen nur sporadisch auf das Land. Don Julio stimmte augenblicklich ihrer Bitte, Ubaldino zu ihnen ziehen zu lassen, zu. »Er ist trotz allem ein gesunder, blaublütiger De la Valle. Ich glaube, es ist nur natürlich, dass er von Ihnen erzogen wird, nachdem Sie willens sind, die Rechnung zu begleichen«, sagte er mit einem spöttischen Augenzwinkern. »Sie können ihn erziehen und verfeinern wie Sie nur wollen, aber bringen Sie ihn mir danach nicht zurück, denn die seidenstrümpfigen Künste der Musik, des Zeichnens und des Tanzes, in denen Elvira sich so sehr hervortat, waren hier draussen nie zu irgend etwas nutze.«

Ubaldino war gerade an der Ochsentränke, in der er seinem Hund ein Bad verabreichte, als er Titina hörte, die ihn aufforderte, die Treppe zum Haus heraufzukommen. Er war von Kopf bis Fuss mit Schlamm bespritzt und lieferte so einen traurigen Anblick für die Besucherinnen seines Vaters, als er zwei Treppenstufen auf ein Mal nahm und mit einem laut bellenden Bengal hinter sich in das Zimmer rannte. Der gelbe Köter rannte zu Tante Estefana und legte seine schmutzigen Pfoten auf ihren Seidenrock, wedelte heftig mit seinem Schwanz und hinterliess eine feuchte Spur auf der pechschwarzen Seide. Tante Emilia war weit davon entfernt, sich zu ärgern, lächelte ihr Reispuderlächeln, tätschelte ihm den Kopf und liess ihn auf ihren Schoss. »Ihr werdet beide mit uns in die Stadt ziehen«, sagte sie sanft zu Ubaldino; sie war von der Ähnlichkeit des Jungen mit ihrer verstorbenen Nichte beeindruckt und versuchte, dies nicht zu zeigen. »Du wirst dort eine Menge Freunde haben, und Bengal kann uns dabei helfen, mit den hungrigen Mäusen im Haus fertig zu werden.«

Als sie alle einige Minuten später oben auf der Treppe standen, sich höflich die Hände schüttelten und sich versicherten, dass man nicht wieder eine so lange Zeitspanne verstreichen lassen würde, ehe man sich wiedersah, nahm Don Julio Ubaldino zur Seite und drückte ihn fest an sein Herz. »Ein Stierkalb wird erst zum Stier, wenn es dem Euter entwöhnt ist«, sagte er warmherzig zu ihm. »Ich werde dich wahrscheinlich nie wiedersehen, aber du darfst nie vergessen, dass du auch der Sohn Don Julio Fonts bist.« Und als er sah, wie der Junge in die Kutsche stieg, reichte er ihm eine silberne Kassette, die die Initialen seiner Mutter auf dem Deckel eingraviert hatte. »Ich habe Elviras Schmuck über all die Jahre für dich aufbewahrt«, sagte er mit einer geringschätzigen Verbeugung, die elegant gemeint war. »Das ist das einzige Erbe, das sie in deinem Namen hinterlassen hat, sieh zu, es ehrenhaft zu verwenden.«

Wenige Minuten danach fuhr das Sulky die von weissgewaschenen Königspalmen gesäumte Strasse hinab, die von dem Haus zur Hauptstrasse führte, Ubaldino in der Mitte, flankiert von Tante Emilia und Tante Estefana. Während er die Silberkassette an seine blossen Knie drückte, blickte er über seine Schulter zurück und sah die helle, sonnenbeschienene Veranda mit ihrer fächerartigen Treppe, den Schatten spendenden Bambus und den gemächlichen Fluss daneben, die alten Behausungen der Sklaven und die Holzkreuze des Sklavenfriedhofs nur wenige Schritte daneben, die Zinkschuppen, in denen die Maschinen der Fabrik aufbewahrt wurden, den rostigen, zerfallenen Schornsteinschacht, der tapfer seine weisse, luftige Federwolke über das Tal sandte, das Haus selbst, das einer riesigen, blau verhangenen Galeone glich, die, alle Segel im Wind, über die Ebene glitt, und als er alles langsam unter den grünen Wellen der Zuckerrohrfelder verschwinden sah, rollte eine Träne stummer Wut seine Wangen hinab. »Du magst mich vielleicht nicht erwarten, aber eines Tages werde ich zurückkommen!« schwor er sich still. So kam es, dass Ubaldino, mit Ausnahme einer kleinen Zahl von Aktien, die Don Julio unter seinem Namen als Geste des guten Willens und um sein Gesicht vor Elviras Freunden und den anderen Landbesitzern Guamanís zu wahren, aufbewahrte, ohne die Fabrik und die Ländereien blieb, die seiner Familie über ein Jahrhundert lang gehört hatten. Tante Emilia und Tante Estefana selbst zogen ihn mutig auf. Sie arbeiteten bis spät in die Nacht, wie zwei gebrechliche alte Spinnen über ihre Stickerei gebeugt, stellten geklöppelte Mantillas her oder erteilten Kindern aus Guamanís reichen Familien Klavierunterricht und bezahlten so seine Erziehung, bis er volljährig war.

Am Tag vor der Rettung von Diamond Dust sass ich bei einem kalten Bier im Café La Palma, als ich meinen Freund über die Plaza kommen sah. Wir mochten beide diesen Ort und kamen oft hierher, um über Politik zu sprechen und unmöglichen Träumen nachzuhängen. Wir mochten es, wenn die Fahrer der Sammeltaxis die Namen der Städte ausriefen, in die sie als nächstes fuhren, bereit, dem magischen Labyrinth der zackigen Gipfel und nebelverhangenen Schluchten zu trotzen, die kreuz und quer zu durchfahren man mindestens sechs Monate brauchte, obwohl die Insel nur hundert Meilen lang und dreissig breit war, und, um sie ganz zu umfahren, ein volles Jahr benötigte. Wir mochten die bellenden, von Flöhen geplagten Köter, die Zeitungsverkäufer, die Früchteverkäuferinnen und die Bettler, die alle um die Aufmerksamkeit der Vorübergehenden wetteiferten. Wir fühlten uns in dem Lärm, in der Hitze und dem Schmutz zu Hause, weit weg von der antiseptischen Sauberkeits- und Ordnungsmanie, die erst seit kurzem über unsere Stadt gekommen war. Ich machte ihm an einem Tisch unter dem Mangobaum Platz, wo die dunkelgrünen Schatten der Blätter periodisch über das rotweiss gemusterte Tischtuch fielen, getragen von der Nachmittagsbrise. Ubaldino zog sein Taschentuch hervor und wischte sich den Schweiss ab, der seine Wangen herablief.

»Ich habe eine Neuigkeit für dich! Heute morgen hörte ich in der Redaktion, dass deine Halbbrüder Mister Durham, dem Präsidenten von Snow White, einen Besuch abgestattet haben. Sie haben soeben eine Option auf zehntausend Dollar unterschrieben, um ihm Diamond Dust zu verkaufen, und Mr. Durham hat vierundzwanzig Stunden Zeit, um das Geld zu beschaffen.«

Ubaldino blickte verblüfft. »Bist du sicher?« fragte er. »Natürlich bin ich sicher. Ich schrieb die Presseverlautbarungen selbst. Schau her: ›Moderne Snow White Fabrik widerstandsfähiger gegen Hitze als altmodische Diamond Dust‹. Das wird alles morgen auf der Titelseite stehen. Es wird ein herrlicher Skandal sein.«

»Werden sie das Ganze verkaufen? Die Fabrik, das Land, das Haus?« Ubaldino schien erfreut zu sein. Seine Augen wurden fiebrig, sein Hals, seine Wangen zitterten vor Wissbegierde.

»Natürlich werden sie alles verkaufen«, antwortete ich. »Sie sagen, dass sie sich über den Preis einig sind: dreissigtausend Dollar.«

»Diesmal haben sie es wirklich geschafft, mein Freund; diesmal sind sie ins Fettnäpfchen getreten. Dem besten Jäger entwischt mal der Fuchs, aber dieses Mal ist ihnen ein Löwe entgangen. Diamond Dust ist mindestens zehn Mal soviel wert.«

Am nächsten Tag fuhren wir vor Tagesanbruch zur Snow White Fabrik hinaus, wo, wie wir gehört hatten, das Treffen stattfinden sollte. Es war so finster, dass wir kaum unsere Gesichter im Auto sehen konnten. Ubaldino pfiff immer wieder ein lustiges Lied, das ich noch nie zuvor gehört hatte, eine *Plena,* die vom Rechtsanwalt einer Firma handelte, der am Strand von den Haien aufgefressen wurde, und ab und zu befühlte er die Taschen seines Jacketts, so als ob er sicher sein wollte, dass etwas wichtiges noch in ihnen sei. Ich nahm an, er hatte die Aktien von Diamond Dust bei sich. Am Tag zuvor hatten wir das ganze besprochen, und ich hatte ihm geraten, dass es, was unseren Wahlkampf anlangte, besser wäre zu verkaufen und nicht in eine Transaktion, die sich wahrscheinlich als katastrophal herausstellen würde, verwickelt zu werden, denn es würde die öffentliche Meinung gegen die Besitzer von Snow White und auch gegen seine Brüder aufbringen.

Plötzlich hatte ich die Eingebung, dass wir dabei waren, das Falsche zu tun. »Verkaufe nicht«, sagte ich im Dunkeln zu ihm. »Kehren wir um und gehen in die Stadt zurück.« Ubaldino schaute mich an, ohne zu verstehen, was ich meinte.

»Was soll ich nicht verkaufen?« fragte er und fuhr langsamer.

»Deine Anteile an Diamond Dust«, sagte ich. »Es ist klüger, wenn du sie behältst, sogar die Leute von Snow White brauchen vielleicht Monate, bis sie es herausfinden. Bis dahin sind sie im Wert gestiegen; sie werden dich als Aktieninhaber loswerden wollen, und du wirst sie zu dem Preis verkaufen können, den du willst, und wir können das Geld für unseren Wahlkampf gegen den Kandidaten der Republikaner verwenden.«

»Vergiss es«, sagte er. »Nachdem wir hier fertig sind, wird der Kandidat der Republikaner keine Chance mehr haben.«

Es war noch immer Nacht, als wir in der Stadt ankamen, die der Firma gehörte. Wir dachten, das Postamt sei auf der rechten Seite der Strasse, weil wir das Klatschen der Flagge gegen die Eisenstange hören konnten; Bank und Gefängnis waren auf der linken Seite. Wir parkten den alten Pontiac neben dem Bürogebäude Mister Durhams und blieben eine Weile sitzen. Es begann hell zu werden, als ich Ubaldinos Halbbrüder, zusammen mit seiner Stiefmutter Doña Rosa Font, die Strasse herabkommen sah. Ich hatte sie mir anders vorgestellt und war seltsam enttäuscht, als ich sie erblickte. Sie waren armselig gekleidet, sie sahen eher wie Landarbeiter als wie Söhne eines Landbesitzers aus. Sie bewegten sich langsam, offensichtlich weil Doña Rosa bei schlechter Gesundheit war und nicht schnell gehen konnte. Sie halfen ihr stumm, den Platz zu überqueren und gingen auf Mister Durhams Büro zu. Ubaldino verbarg sein Gesicht unter seinem Hut und versteckte sich hinter dem Lenkrad. Einige Minuten später sahen wir, wie Mister Durhams schwarzer Packard die Strasse heraufkam. Mister Arthur, der Rechtsanwalt der Firma, war bei ihm.

Die Sekretärinnen waren noch nicht eingetroffen. Es war offenkundig, dass die Fabrik die Transaktion so ruhig wie möglich über die Bühne bringen wollte, bis alles beschlossene Sache war. Die Tür stand noch offen, und wir gingen nach ihnen hinein. Ubaldinos Halbbrüder standen um Mister Durhams eichenen Schreibtisch, und Mister Arthur teilte die Kopien des Vertrags an alle aus. Jedermann drehte sich erstaunt um, ohne sich klar darüber zu sein, wer wir waren. Nur Doña Rosa starrte Ubaldino an, und ein langsames, breites Lächeln hellte ihr Gesicht auf.

»Du bist es also, Niño. Wie schön, dich wiederzusehen«, sagte sie. Sie stand auf und ging auf ihn zu, wobei sie ihren schweren Körper auf einem Paar hochhackiger Schuhe im Gleichgewicht hielt, die sie offensichtlich nicht zu tragen gewohnt war. Sie legte ihre weichen, feuchten Hände an Ubaldinos Gesicht und küsste beide Wangen. Die Brüder fingen an, Ubaldino aufgeregt zu umarmen und seine Hand zu schütteln. Ich konnte sehen, dass mein Freund begann, sich unbehaglich zu fühlen. Die sanfte Höflichkeit seiner Brüder, die unprätentiöse Art, in der sie zu ihm aufsahen und ihn die ganze Zeit anlächelten, als wollten sie etwas beweisen, flössten ihm Schuldgefühle ein.

»Wie geht's so bei euch?« fragte er und gab jedem einen Klaps auf die Schulter. »Ich kann's kaum glauben, dass es fast fünfzehn Jahre her ist, seit wir uns das letzte Mal gesehen haben!« fügte er hinzu und schaute dabei Doña Rosa an.

Er ging bis in die Mitte des Zimmers und gab Mister Durham und Mister Arthur die Hand. Sie hatten sich bereits von ihrem Erstaunen, ihn hier zu sehen, erholt und gaben vor, dass seine Anwesenheit ihnen nichts ausmachte. Sie wussten so gut wie alle Leute in Guamaní von der Fehde, die jahrelang zwischen den Fonts und den De la Valles geherrscht hatte, und sie vermuteten, dass Ubaldinos Interesse an dem Verkauf etwas damit zu tun hatte.

»Wir müssen dieses kleine Familientreffen feiern«, sagte Mister Durham und bot allen einen Stuhl an. »Wir haben nicht jeden Tag so eine Zusammenkunft! Sie ist mindestens einen Toast wert, so dass es morgen in Mister Hermenegildo Martínez' Spalte in *La Nación* erscheint.« Er nahm eine Flasche Rum aus der Schreibtischschublade und bot allen einen Drink an. Wir leerten unsere Gläser und hofften, dass der Alkohol uns nicht über unsere noch nüchternen Mägen in den Kopf steigen würde. Mister Durham und Mister Arthur blickten stumm auf Ubaldino, der zynisch lachte und seinen Hut aus der Stirn schob.

»Ich bin gekommen, um Sie zu beglückwünschen. Mit dem Geld aus dem Verkauf von Diamond Dust werden Sie alle feiern und in die Hauptstadt ziehen können.«

Mister Durham schüttelte enttäuscht den Kopf, als würde er seinen Ohren nicht trauen. »Haben Sie es nicht gehört? Don Julio hatte einige Schulden bei der National City Bank und Ihre Brüder wollen sie unbedingt begleichen, statt diese kleinen Obligationen in Ruhe zu lassen. Wir haben bereits mit der Bank gesprochen, und sie ist mehr als bereit, dem zu entsprechen, aber Doña Rosa will nichts davon hören.« Doña Rosa wurde bleich, als sie dies vernahm. Sie lehnte sich nach vorne und blickte beschämt auf den Boden, wobei sie ihr Gewicht im Stuhl hin und her bewegte.

»Ich bin nur Don Julios Witwe«, sagte sie leise, »und unsere erste Sorge ist heute, hier den Namen des Toten von Verleumdungen zu reinigen. Ich weiss nicht, ob Niño Ubaldino auch gekommen ist, um seine Anteile zu verkaufen und die Dinge wieder ins Lot zu bringen, aber ich bin sicher, er ist mit uns einig, was seinen Vater betrifft.« Ihre Stimme war erstaunlich ruhig, als ob sie wirklich glaubte, dass sie Don Julios Frau gewesen sei und ein Recht auf seinen Namen besässe.

Ich bemerkte plötzlich, dass auch Ubaldino erbleicht war; Schweisstropfen standen auf seiner Stirn. »Ich bin nicht hierher gekommen, um zu verkaufen«, sagte er und stellte sein Glas auf den Tisch. »Ich bin gekommen, um zu kaufen!« Die plötzliche Stille im Raum liess das Summen des Ventilators an der Decke wie einen Starkstrommotor klingen. Ich schaute entsetzt Ubaldino an. Wenn wir den Verkauf von Diamond Dust verhinderten, hatten wir sicher mit Gegenmassnahmen zu rechnen, und unser Wahlkampf wäre am Ende. Ich glaubte, Ubaldino sei verrückt geworden. Er hatte sich wegen der törichten Liebesabenteuer seines Vaters von seinem Stolz überwältigen lassen.

»Diamond Dust kaufen? Und wie wollen Sie das bewerkstelligen?« fragte Mister Arthur. »Sie würden dreissigtausend Dollar brauchen, um die Option, die wir bereits mit Doña Rosa und ihren Söhnen unterzeichnet haben, zu überbieten.«

»Er würde wenigstens zweihunderttausend benötigen«, korrigierte ihn Mister Durham, »denn das wäre der Preis für die Option, gesetzt den Fall, wir entschlössen uns zu verkaufen, was nicht der Fall ist.«

Mister Arthur hatte einen Packen neuer Scheine aus seiner Aktentasche geholt und legte ihn neben die Kopien des Vertrags, die unterzeichnungsreif auf dem Schreibtisch lagen. »Da ist noch etwas Bargeld in der Aktentasche, falls Sie sich zum Verkauf Ihrer fünf Anteile entschliessen«, sagte er knapp zu Ubaldino. »Ich schlage Ihnen vor, Sie verkaufen sie uns heute, ehe die National City Bank einen Kredit für verfallen erklärt, den sie Ihren Grosstanten gewährt hat, und mit dem sie sehr grosszügig gewesen ist. Wie ich höre, sind sie in den letzten Monaten mit ihren Zahlungen in Verzug geraten, und es könnte durchaus sein, dass sie ihr Haus in Guamaní verlieren.«

Ubaldino nahm das Geld in die Hand und zählte die Scheine einzeln nach, um sicherzugehen, dass dreissigtausend Dollar in dem Packen waren. Dann legte er sie auf den Tisch zurück und griff mit beiden Händen in seine Taschen, holte ohne grosse Umstände ein Gewirr von Ketten, Armbändern, Ohrringen und Fingerringen heraus, die plötzlich mit halluzinatorischer Helle in dem Raum glänzten. »Es sieht fast wie poetische Gerechtigkeit aus: Diamanten müssen zu Diamond und Staub zu Dust«, witzelte er, während er mit Verachtung die Schmuckstücke einzeln auf die Verträge fallen liess. »Mister Arthur und Mister Durham werden etwas Forschung betreiben müssen; sie hätten die Transaktion nicht hinter meinem Rücken betreiben sollen.«

Das Gesicht Mister Durhams hatte sich von Tiefrosa in Purpurrot verfärbt. Er warf Mister Arthur einen wütenden Blick zu, sagte aber nichts. »Die Frage lautet nicht, ob Sie mir Ihre Option verkaufen wollen oder nicht«, erklärte Ubaldino ihnen leutselig. »Wenn auf unserer Insel die Erben eines Vertrags einen Verkauf ohne Wissen oder Zustimmung eines Minderheitenaktionärs tätigen, hat dieser Aktionär das Anrecht, den gesamten Besitz zum selben Preis, auf den man sich vorher geeinigt hatte, zu erwerben. In anderen Worten, meine Halbbrüder haben gar keine andere Wahl, als mir Diamond Dust für die selben dreissigtausend Dollar zu verkaufen, die sie mit Ihnen vereinbart hatten, und Sie können nichts dagegen tun, denn ich schulde der National City Bank keinen Cent.« Ubaldino hatte Recht. Das Gesetz, auf das er sich bezog, war als Widerrufsrecht bekannt, und es war ein altes Gesetz des spanischen Kodex', von dem Mister Arthur und Mister Durham nichts wussten.

Ubaldino und ich kehrten am selben Nachmittag als Sieger nach Guamaní zurück, und wir veröffentlichten die Neuigkeit von der Rettung von Diamond Dust auf der Titelseite von *La Nación.* Als Folge davon gab es ein Feuerwerk, Bankette und Feiern, die für uns von unseren Freunden in der ganzen Stadt gegeben wurden, und einige Monate später wurde Ubaldino zum Senator der Unionspartei gewählt.

DER SCHWUR

Titina führte mich an Lauras Bett und machte die Tür hinter sich zu. Ein starker Kampfergeruch stieg mir in die Nase, und ich musste meine Augen halb schliessen, um mich an das Dunkel zu gewöhnen. Ich sah die Kathedrale, das jahrhundertealte Caisson-Bett der De la Valles, das im ganzen Bezirk wegen seines Kopfstücks, das aus einem alten Altarflügel bestand, wegen seines purpurroten Kanapees aus Brokat und seiner gefiederten Bettpfosten, die es wie einen von Pferden gezogenen Katafalken aussehen liessen, berühmt war. Alle De la Valles waren in seinem geheiligten Schatten zur Welt gekommen, und sie rühmten sich, dass sein Rahmen aus den verehrten Überresten des Schiffs gebaut worden war, mit dem Juan Ponce de León, ihr Ahnherr, zur Insel gesegelt war.

Das Bild der auf dem Bett liegenden Laura nahm mir den Atem, so schön war es. Die bestickten Zierbettdecken, in die sie gewikkelt war, verstärkten die Silhouette eines Körpers, der in seiner Reife noch immer Züge von Jugendlichkeit aufwies. An ihrem Hals, ihren Armen und Handgelenken glänzten die legendären Juwelen der De la Valles, die ich sofort erkannte, da ich sie einmal gesehen hatte, als Ubaldino Diamond Dust aus den gierigen Klauen von Snow White Sugar Mills gerettet hatte. Laura schlug die Augen auf und blickte mich an. Eine seltsame Ruhe ging von ihrem Profil aus, das mich an eine aus weichem Elfenbein geschnitzte Reliquie erinnerte, die mich mit ihrer Ausstrahlung segnete. Obwohl sie schwere Medikamente eingenommen hatte, lächelte sie, als trotze sie den Schmerzen, die in der brütenden Stille des Raums geduckt auf sie warteten. Sie seufzte tief und drehte ihren Kopf auf dem Kissen etwas nach rechts, wo eine Verandatür sichtbar wurde, die auf die Terrasse führte, die die sorgfältig gepflegten Zuckerrohrfelder von Diamond Dust beherrschte. Der Regen hatte endlich aufgehört, und durch die schlaffen Falten der Vorhänge, die sich in der Brise kräuselten, konnte ich die glänzenden Strünke sehen, die in ihrem unglaublichen Grün in der späten Abendsonne hin und her schwankten.

Sechs Mal hat man mir die selbe Frage gestellt, und sechs Mal habe ich die selbe Antwort gegeben (sagte Laura, als sie schliesslich ihr Schweigen brach), die in meinem Herzen liegt wie eine Handvoll Messer. Jetzt weiss ich, wie die Jungfrau Veronika sich gefühlt haben muss, als Christus sich für die Rettung der Menschen kreuzigen liess und sie sich ihr Herz mit silbernen Klingen durchbohrte. Ich fürchte, das ist die einzige Antwort, die ich auf die Frage geben kann, wegen der Sie wahrscheinlich hergekommen sind: warum ich mich entschloss, alle meine irdischen Güter Gloria Camprubí und ihrem Sohn zu vererben. Sie werden den Grund dafür nie verstehen, Don Hermenegildo, denn, um das zu tun, müssten Sie eine Frau sein, und Sie sind ein Mann, und die Männer sind immer schmerzlich ahnungslos, was die Unterschiede zwischen uns angeht. Ich schwör's, ich liege hier vor Ihnen und warte geduldig auf den Tod, weil ich eine Frau bin. Schauen Sie ihn an, wie er auf dem Stuhl an meinem Bett sitzt: er sieht wie eine alte Freundin aus, die über meinen Schlaf wacht und sanft bei jedem Atemzug hilft. Der Tod ist eine Frau, und deshalb ist er mutig und gerecht und macht keine Unterschiede zwischen den Sterblichen. Er wird den Unwissenden, den Hochmütigen und den Weisen gleichermassen unter seinem eisigen Fuss zerquetschen. Weil ich mich wirklich in ihm wiedererkenne, weil ich mich in seinen Augen wiedererkenne, ist für mich das Sterben nicht wirklich schwer, Don Hermenegildo, und in einigen Minuten werde ich mich dankbar seinen Armen anvertrauen. Der Tod ist der Zwilling der Liebe und uns allen eine Mutter, er kämpft gleich um Männer und Frauen und akzeptiert nie Kasten- oder Klassenunterschiede. Der Tod beflügelt uns und bringt uns auf Laken der Liebe voran, wenn wir zwischen Schlaf und Wachen liegen und kaum atmen können, und so wird mein Tod wie der Tod jedes anderen Menschen sein, so majestätisch und so pathetisch wie der eines Königs oder eines Bettlers, nicht mehr und nicht weniger. Aus diesem Grund werde ich Ihnen mit meinen letzten Atemzügen meine Geschichte erzählen, obwohl Sie sie nie wirklich verstehen werden.

Nach meinem Ableben werden keine De la Valles mehr über die smaragdgrünen Zuckerrohrfelder von Diamond Dust herrschen; es wird keinen mehr geben, der Säcke voller Gold in unterirdischen Gewölben horten wird; es wird keinen mehr geben, der an unserem Esstisch sitzt und wie ein wohlgenährter Pfau seinen falschen Stolz über der polierten Platte ausbreitet, umgeben von den zwölf Lederschilden, die einmal den Rittern Karls des Grossen gehört haben sollen und von Ubaldinos Tanten zu lächerlich aussehenden Stühlen gemacht wurden; es wird keinen mehr geben, der wieder unter dem Episkopalkanapee liegt, der meinen Körper vor den grausamen Passatwinden schützt und meinem Schatten das heilige Refugium seiner letzter Prüfung anbietet.

Laura verstummte, und ich befürchtete, dass die Anstrengung die ihr verbleibende Kraft erschöpfen würde, so dass sie nicht weitersprechen könnte. Titina kam in diesem Augenblick ins Zimmer und brachte eine Tasse mit Orangenblütentee, die sie auf den Nachttisch stellte, und Gloria kam nach ihr herein. Ich hatte sie viele Jahre lang nicht mehr gesehen, und sie war erheblich gealtert; sie hatte sich sehr verändert seit damals, als sie bei Einladungen in Guamaní zu sehen war, wo sie triumphierend, Arm in Arm mit Nicolás, die eleganten Häuser der feinsten Kreise frequentierte, aber sie schien sich dieser Veränderung nicht bewusst zu sein. All ihre Bewegungen, die Art, wie sie ihre Hüften schwang und ihren Kopf hoch erhoben hielt, waren immer noch die einer Frau, die sich ihrer Schönheit sicher ist und ihre Herrschaft über die Augen der Männer ausübt. Sie trug ein altmodisches, malvenfarbenes Kleid mit tiefem Ausschnitt, der den Abgrund ihrer Brüste freigab. Ihr Haar stieg von ihren Schultern auf wie eine Wolke Schiesspulver, und ein Paar malvenfarbene Schlangenlederschuhe leuchteten unter ihrem Rock. Sie ging an mir vorbei ohne mich anzusehen, als wäre ich ein Geist und sässe nicht wirklich hier, half Titina, Laura im Bett aufzurichten und schüttelte gefühlvoll ihre Kissen auf. Dann begannen sie, ihr langsam den Tee mit einem Löffel einzuflössen. Nachdem sie das getan hatten, setzten sich beide an das Bettende, als würden sie darauf warten, dass Laura aufwachte und fortführe, ihre Geschichte zu erzählen.

Die kranke Frau schien zu schlafen und war eine lange Weile stumm. Die Juwelen, die ihren Körper bedeckten, glitzerten matt in der Dunkelheit und bewegten sich im kaum wahrnehmbaren Rhythmus ihres Atems. Ich fühlte mich zunehmend unwohl, wie ich so im Dunkeln sass, und war angesichts dieser Qual und Verzweiflung bedrückt. Ich zerbrach mir den Kopf, was ich tun könnte, um Arístides und seine Schwestern davon abzubringen, Diamond Dust zu verkaufen, es kam mir aber keine Idee. Ich wagte nicht, nach dem Testament zu fragen, und in dem Chaos von offenen Schubladen und aufgetürmten Kleidern im Zimmer der sterbenden Frau hätte ich nicht gewusst, wo ich mit der Suche beginnen sollte. Nachdem ich das schandhafte Geständnis von Arístides gehört hatte, war ich nicht sicher, dass es sich überhaupt lohnen würde, das Testament zu finden. Ich leistete ihm sehr ungern die Hilfe, um die er mich gebeten hatte.

Ich stand von meinem Stuhl auf, um aus dem Zimmer zu gehen, aber mein Gewicht musste das Holz zu einem lauten Knarren veranlasst haben, denn die kranke Frau wachte plötzlich aus ihrer Mattigkeit auf. Sie sah mich überrascht von unten an, als ob der Fluss der Erinnerung sie plötzlich auf die trostlose Weite des Betts geworfen und sie dort schutzlos und allein zurückgelassen hätte, so dass sie kaum wusste, wie sie an seine einsamen Gestade gelangt war.

Ubaldino und ich hatten es gut, Don Hermenegildo, dreissig Jahre lang waren wir das glücklichste Paar in Guamaní. Das heisst nicht, dass wir nicht unsere kleinen Meinungsverschiedenheiten in unseren ersten gemeinsamen Jahren gehabt hätten, etwa als Doña Elvira und Doña Estefana unsere bevorstehende Heirat in Erfahrung gebracht hatten. Aus ihrer Sicht war mein Nachname nicht patrizierhaft genug für einen De la Valle, und sie sahen sich veranlasst, Ubaldino davon abzubringen, mich zu heiraten. Mein Vater, Don Bon Bon Latoni, war ein Korse, dessen Vater in der letzten Hälfte des neunzehnten Jahrhunderts mit seinen Kaffeeplantagen in den Bergen von Utuado ein kleines Vermögen gemacht hatte. Ich wurde in jenen Bergen geboren und hasste zunehmend die schwierige Kunst, die Kaffeestauden zum Wachsen zu bringen. Die Kaffeebohne Arabia war diejenige, die von den Käuferinnen und Käufern in Europa am meisten geschätzt wurde, und Vater verbrachte sein Leben mit dem Pflanzen Tausender dieser Stauden, deren empfindliche Zweige er mit Sorgfalt unter den tiefen Schatten der Yagrumo- und Mocabäume oder hinter feuchten, raschelnden Bananenstauden hegte und pflegte. Während ich heranwuchs, fühlte ich mich bald vom Leben in den Bergen beengt, wo selten Freunde zu Besuch kamen und bat meinen Vater inständig, mich zur Schule zu schicken.

In den Städten an der Küste entdeckte ich eine wundervolle neue Welt, die mir in den Bergen verborgen geblieben war. Ich sah, dass alles, was man mir seit meiner Kindheit über die Leute aus dem Norden, die vor einigen Jahren auf der Insel eingetroffen waren, gesagt hatte, eine üble Lüge war. Während wir auf den Bergen stundenlang in einer Maultierkolonne reiten mussten, um zu unserem Haus auf der Plantage zu kommen, weil die Strassen sich um Steilhänge wanden, auf denen sogar die Ziegen mit gezogener Handbremse fressen mussten, hatten die Leute aus dem Norden in der Ebene breite, gut geplante Strassen gebaut, auf denen man bequem in bunten Automobilen und Bussen fahren konnte. Während es in den Bergen keine Möglichkeit gab, die schreckenerregenden Stromschnellen zu überqueren, die über delfinblaue, auf dem Grunde der Flüsse liegende Balken rasten, hatten die Leute aus dem Norden Stahlbrücken gebaut, die sie wie feingesponnene, silberne Spinnweben überspannten. Wenn es nur eine Handvoll öffentlicher Schulen auf der Insel gab, ehe die Leute aus dem Norden kamen, waren es ein Jahr nach ihrer Ankunft derer siebenhundert mit dreissigtausend registrierten Schulkindern, und das Problem unserer achthunderttausend Analphabetinnen und Analphabeten wurde in Angriff genommen. Die Städte in der Ebene bekamen allmählich weite, anmutige Gebäude, Schulen und Krankenhäuser mit weissen Säulen und breiten rosafarbenen Veranden, die die Unwissenden und Kranken aufnahmen.

Die Fremden waren dynamische Männer voll unermüdlicher Energie. Sie waren alle jung und schön, Ingenieure, Architekten, Doktoren, energische Unternehmer, die glaubten, sie könnten die Welt verändern und uns die Segnungen des Fortschritts bringen. Ihr Idealismus kannte keine Grenzen: sie waren nicht gezwungen, die Welt zu zivilisieren, sie selbst waren absolut glücklich bei sich zuhause, wo sie wunderbare Städte gebaut und die Armut praktisch ausgerottet hatten, und dennoch glaubten sie, es sei ihre Pflicht, anderen ein besseres Leben zu ermöglichen. Und so kamen sie auf diese uralte, mitten in der Karibischen See, einem primitiven, menschenverschlingenden Meer, gelegene Insel, um jenen grosszügig eine hilfreiche Hand entgegenzustrecken, die so lange Zeit vom Gott der Spanier vergessen worden waren. Es ist wahr, dass sie die Grossbürger der Insel in die Knie zwangen, aber die waren als politische Führung von Anfang an untätig, voll falschem Stolz und Patriotismus, wenn es darum ging, die Herrlichkeit ihrer smaragdgrünen Riffe, die an der saphirnen Brust des Meeres steckten, zu besingen, aber faul und unwissend, was den wissenschaftlichen und technologischen Fortschritt in Landwirtschaft und Industrie anbelangte, mit dem sie ihrem Land wirklich hätten helfen können. Auch waren sie ohne jedes Mitgefühl für ihre Mitmenschen. Denn es ist wahr, Don Hermenegildo, die Zuckerrohrplantagen Guamanís waren die Hölle auf Erden, ehe die Leute aus dem Norden hier landeten. Die Verfahren für das Anpflanzen und Ernten waren so primitiv unter einem Himmel, der wie ein Kessel heisser Kohlen über einem kochte, dass die hungrigen Feldarbeiter kleine Rumflaschen um ihren Hals trugen, um in der Hitze zu überleben, so dass sie jedes Mal einen Schluck trinken konnten, wenn sie fühlten, wie sich die Erde unter ihren Füssen auftat. Obwohl die Sklaverei aufgehoben war, waren sie gezwungen, täglich mindestens vierhundert Kilo Zuckerrohr zu schneiden, ihr magerer Lohn wurde ihnen nur gegen Kredit im Firmengeschäft ausbezahlt, und sie wurden wegen des geringsten Verstosses gegen die Regeln der Firma ausgepeitscht. Anders ausgedrückt, Tausende von Feldarbeiterseelen sind durch die selben stolzen, blauen Schornsteine in den Himmel geblasen worden, die Sie so romantisch in Ihren Romanen über die Hautevolée Guamanís beschrieben haben.

Mit all dem war es vorbei, als die Fremden kamen: sie führten moderne Verfahren für Ernten und Pflanzen ein, die Feldarbeiter wurden wie Menschen und nicht wie Sklaven behandelt, ihre Kinder konnten zur Schule gehen, sie bekamen anständige Behausungen und ordentliches Schuhwerk. Anders ausgedrückt, die Fremden waren ein Segen für die Armen und die Mittelklasse, auch wenn sie eine Plage für die Reichen waren. Sie brachten uns

Glasfenster, um den Regen draussen zu halten, und Penizillin, um die Malaria abzuwehren, sie brachten uns das Telephon, den Telegraphen und das Kabel, sie brachten uns die Elektrizität, fliessendes Wasser und die Sicherheitsnadel dazu, und zum ersten Mal seit Menschengedenken spazierte ein Photograph, Walter B. Townsend, der mit der Flotte Admiral Sampsons herübergekommen war, durch alle Strassen Guamanís. In einer Safarijacke, in Schaftstiefeln und einem breitkrempigen Hut wegen den Schlangen und den giftigen Samen, die von den Bäumen fallen könnten, bezeugte er vor der Welt unseren unsäglichen Schmutz, unsere mit Palmwedel bedeckten Hütten und unsere erbärmlichen, schlammigen Strassen, in denen die Hunde so hungrig waren, dass sie in Rudeln Frauen und Kinder angriffen, in denen die Kinder barfuss und nackt herumliefen und sich wie winzige Ballons auf spindeldürren Beinen, mit aufgedunsenen, von Parasiten heimgesuchten Bäuchen umhertrieben. Diese Eindrücke aus meiner Jugend haben sich mir sehr nachhaltig eingeprägt, Don Hermenegildo, und deshalb habe ich grosse Achtung vor den Fremden. Viele Jahre später hätte ich nicht zufriedener sein können, als drei meiner Töchter diese zivilisierten Menschen heirateten.

Als ich neuvermählt zuerst in dieses Haus kam, wurde mir klar, dass ich in eine wirklich seltsame Familie eingeheiratet hatte. Doña Elvira und Doña Estefana waren sich immer dessen bewusst, was sie die Privilegien ihrer Kaste nannten. Sie hätten eine Cáceres oder eine Acuña bevorzugt, die ein funkelndes Wappen an ihrem kleinen Finger trugen, aber sie mussten mit der einfachen Laura Latoni als Gemahlin für ihren Prinzen vorliebnehmen. Als Vater starb und mir ein bescheidenes Erbe hinterliess, wurde das rote Gold, das an unseren Kaffeestauden blühte, zu einem überzeugenden Argument, und bald bekam die vulgäre Tonart meines Nachnamens einen anziehenden Klang. Ubaldino zog hier mit seinen Grosstanten ein, nachdem er das Gut und das Haus mit Erfolg den Besitzern von Snow White entrissen hatte. Er wohnte schon einige Jahre in dem Haus, als er mich kennenlernte, und während jener Zeit scheute er keine Mühe, es zu modernisieren und es wohnlich zu gestalten. Es besass offenkundig eine ganz besondere Bedeutung für sie alle, und ich bemerkte sofort, dass die Tanten geradezu davon besessen waren, es in allerbester Ordnung zu halten. Die seit ihrer Kindheit vorhandenen Familienmöbel, das Porzellan und das Silber, waren noch immer vollständig, da Don Julio und Doña Rosa immer sorgfältig damit umgegangen waren. Das Familienwappen, drei Hunde, die einen Fuchs einen Baum hinaufgetrieben hatten, hing in jedem Wohnzimmer und im Herrenzimmer, und für Ubaldino hatte man es in seine Unterwäsche gestickt, es war auf die Porzellanteller aus Limoges gemalt, auf die venezianischen Gläser emailliert, in die silbernen Vorlegeplatten und sogar in den goldenen Nachttopf eingraviert, den er von seinen Grosseltern geerbt hatte. Er hatte auch Portraits aller seiner Vorfahren mit Ausnahme seines Vaters, von dem ich nie ein Bild oder ein Foto im Haus sah, im Wohnzimmer hängen, so dass es wie eine Versammlung steifer, befrackter Geister aussah, die die ganze Nacht hindurch aufblieben und sich gegenseitig unverständliches Zeug über die Herrlichkeit von Diamond Dust erzählten.

Die Tanten hingegen pflegten zahllose Tage damit zu verbringen, über einem Stapel schwerer, in schmutziges, erdfarbenes Ziegenleder gebundener Wälzer zu brüten und dem komplizierten Stammbaum der De la Valles nachzugehen. Atemlos vor Erstaunen pflegten sie dann der Welt zu verkünden, dass die Grossmutter von der und jener die Tochter der Gräfin Tosspot, oder dass der Grossvater von dem oder jenem der Marquis von Merdeland, Enkel des Herzogs von Feculence sei, und die De la Valles deshalb direkte Nachfahren des Cid seien. Obwohl ihr Einkommen knapp bemessen war (die Zuckerfabrik, die Ubaldino eben erst von den Leuten aus dem Norden gekauft hatte, brachte es gerade zu ausgeglichenen Bilanzen, und die Tanten mussten ihren Lebensunterhalt verdienen, indem sie Klavierstunden gaben und Spitzenschals herstellten), machte es der Grössenwahn der Familie unmöglich, ohne Bedienstete auszukommen. Die Dienste Titinas und Néstors genügten ihnen nicht, und die Tanten malten eine ganze Armee von Valets in Livree und Turban auf die Schwingtüren des Ess- und Wohnzimmers, um so die Illusion zu erzeugen, lebend gekochte, ganze Hummer oder bernsteinfarbenen Reis mit Wachteln auf Silbertabletts serviert zu bekommen.

Zuerst brachte mich diese pompöse Megalomanie schier um den Verstand, aber schliesslich lernte ich es, sie zu ignorieren. Was ich jedoch nicht ertragen konnte, war das ständige Geschwätz der alten Frauen darüber, welche Familien in Guamaní einen Tropfen schwarzen Bluts in den Adern hatten, und welche es verstanden hatten, weiss zu bleiben. Eines Tages konnte ich ihre hässlichen Reden nicht mehr aushalten und fragte sie sarkastisch, ob sie nicht glaubten, dass sie das Argument in sein Gegenteil verkehrten, da es in den letzten Jahren in der Hautevolée Guamanís so viele Heiraten zwischen Schwarz und Weiss gegeben habe, dass heute jede mit jeder verwandt sei und man wahrscheinlich nicht eine einzige Familie mehr als weiss bezeichnen könne. Sie blickten mich mit Entsetzen an, und ich konnte nicht anders, als laut hinauszulachen. An jenem Abend aber liess ich Ubaldino wissen, was ich wirklich dachte, als wir in diesem mit Spitzen bedeckten Bett lagen. »Wenn deine Tanten glauben, dass sie so viel besser sind als der Rest der Welt, Guamaní eingeschlossen, dass sie Scheisse für Goldklumpen und ihren Urin für die wohlriechende Pisse der Heiligen Rosa von Lima halten, will ich ihnen und ihrer Weisheit nicht widersprechen. Aber bitte sie, ihre schwachsinnigen Witze darüber, wer weiss und wer schwarz ist, nicht in meiner Anwesenheit zu wiederholen, oder sie werden einfach woanders leben müssen.«

Ubaldino wusste sehr wohl, dass ich meine Drohung wahr machen konnte. Ich hatte soeben nach dem Verkauf der Kaffeeplantage meines Vaters all mein Geld in Diamond Dust gesteckt, und zwar als Teilhaberin, da ich meiner Heirat nur zugestimmt hatte, nachdem ein Vertrag der Gütertrennung unterschrieben worden war. So wurde ich zur Besitzerin einer Hälfte der Mühle, und meine Heirat war zu einer erfolgreichen Kombination von Geschäft und Liebe geworden. Die Jahre gingen dahin, und Ubaldino erwies sich als vollkommener Ehemann, der mir zuliebe alles tat. Es gab bei uns immer einen Topf mit gutem Essen auf dem Herd, und wir hatten deshalb keine Schwierigkeiten, all unsere Essenswünsche zu befriedigen. Nach seiner Wahl zum Senator war er so sehr mit seiner Politik beschäftigt, dass ich mich gezwungen sah, das Management der Fabrik zum grössten Teil zu übernehmen. Nach einiger Zeit schafften wir es, dank unserer gemeinsamen Anstrengungen Diamond Dust zu einem der produktivsten Unternehmen in Guamaní zu machen, das nur von dem Ungeheuer Snow White übertroffen wurde. Wenige Jahre später starben die Tanten Ubaldinos, in Goldpuder einbalsamiert, den sie aus zweifelhaften Ahnentafeln eingeatmet hatten, unsere Kinder wurden geboren, wuchsen heran und gingen zur Schule, und wir lebten alle in Harmonie und Frieden.

Nur eine dunkle Wolke hing an unserem vollkommen klaren Himmel. Obwohl unsere Töchter ohne Frage eine gute Partie waren und sie nicht nur schön waren, sondern auch einen klangvollen Namen mit dem der De la Valles besassen, wurden sie nie zu den Feiern eingeladen, die in den wohlhabenden Häusern Guamanís gegeben wurden. Da ich selbst nicht aus dieser Stadt stamme, konnte ich ihnen auch nicht helfen. Ich hatte die Gesellschaft der Besitzer von Zuckerrohrplantagen immer gemieden. Sie konnten nie verwinden, dass sie ihren politischen Einfluss auf der Insel verloren hatten und zu einem Volk kleiner, rachsüchtiger Menschen geworden waren, die bereit waren, das Messer des Hasses in den Rücken ihrer besten Freunde zu stossen. Zuerst warteten meine Töchter geduldig auf die Einladungen, aber nach einiger Zeit verzweifelten sie.

Auf diesen Einladungen sollten die heiratsfähigen Mädchen den jungen Männern begegnen, die ihre Gatten werden sollten, und nicht eingeladen zu werden, bedeutete praktisch, zu einem Leben als alte Jungfern verurteilt zu sein. Damals begannen sie, gegen Ubaldinos hartnäckigen Widerstand, die Einladungen der Familien von Snow White anzunehmen und überschritten die gut bewachten Grenzen der Fabrik, um Tennis zu spielen und im Schwimmbad zu schwimmen. Sie hörten bald auf, jeden Morgen zur Messe zu gehen, Reis mit Bohnen, Mont-Blanc-Meringen, in Rum getränkte Süssigkeiten und andere ungesunde Speisen zu essen, die sie schwer und Kühen ähnlich machten, und wuchsen so zu gescheiten Mädchen heran, die fähig waren, sich ihre eigenen Gedanken zu machen. Als sie sich in die schönen blonden Götter verliebten, die jenseits der silbernen Zyklonzäune der Fabriksiedlung lebten, sahen das Ubaldino und ich nie wirklich als ein Problem für die Familie. Wenn die Zeit reif dafür war, würden wir Diamond Dust Nicolás geben, der schliesslich nach der spanischen Tradition des Erstgeburtsrechts zu ihrem alleinigen Besitzer bestimmt war, und die Rumbrennerei würden wir Arístides geben, denn er war der nächste in der Erbfolge. Allen Mädchen würde wertvolles Land vererbt werden, wenn auch nicht das, welches zur Fabrik selbst gehörte; so würden sie angemessen dafür entschädigt werden, dass sie vom Erbe der Fabrik ausgeschlossen waren.

Ubaldino und ich hatten bereits damit begonnen, all die eben genannten Massnahmen für ein friedvolles Leben im Ruhestand zu treffen, wie es sich für den Abschluss eines wohlgeordneten Lebens gehört, als ich eine schreckliche Entdeckung machte, Don Hermenegildo. Während seines Aufenthalts in der Hauptstadt hatte sich Ubaldino die Syphilis zugezogen, und ich hatte fürchterliche Angst, angesteckt zu werden. Ich hatte Albträume, in denen mein Rückgrat sich auflöste, Eiterbeulen an meinem ganzen Körper erschienen, und ich weigerte mich, meinen ehelichen Verpflichtungen nachzukommen. Arístides hatte Gloria ins Haus gebracht, damit sie als Krankenschwester bei der Pflege Ubaldinos helfen und mir Gesellschaft leisten sollte. Gloria stammt aus einer Familie mit bescheidenem Einkommen und hat deshalb einen klaren Verstand. Sie ist der Überzeugung, dass die Gesellschaftslöwen Guamanís im Vergleich zu den praktischen Geschäftsleuten aus dem Norden, die marineblaue Anzüge tragen, lächerliche Figuren sind in ihren zuckerweissen Leinenanzügen, und dass es lächerlich ist, wenn sie mit ihren in Eau Imperial getränkten Taschentüchern wedeln, in der Hoffnung, jene zu beeindrucken, so dass sie von ihrem Würgegriff ablassen. Aus diesem Grund wurden wir rasch gute Freundinnen. Eines Tages, zwei Monate nachdem sie angefangen hatte, für uns zu arbeiten, machte sie eine seltsame Bemerkung, als wir zusammen auf dem Balkon sassen. Sie konnte nicht verstehen, warum alle im Haus von Don Julio Font sprachen, als sei er ein Kaufmann aus Spanien gewesen, denn als sie jung war, habe sie eine Menge über ihn gehört, und sie sei sicher, dass er keinen ausländischen Akzent hatte.

Ich war bass erstaunt über ihre Enthüllung. Als ich sie nach mehr Einzelheiten über Don Julio fragte, erzählte sie mir, dass sie eine ganze Menge über ihn wisse, weil sie auf einer Hacienda auf der anderen Seite des Tals aufwuchs, die heute fast eine Vorstadt Guamanís ist, in der Doña Rosas Söhne, Ubaldinos Halbbrüder, sich niedergelassen hatten, um zu arbeiten, nachdem man sie gezwungen hatte, dieses Haus zu verlassen. (Das muss zur selben Zeit gewesen sein, als Ubaldino Diamond Dust übernahm und mit seinen Tanten hierherzog.) Dort wurde sie zur Freundin ihrer Kinder und lernte Don Julios illegitime Familie recht gut kennen. Ich fragte sie, ob es wahr sei, was man sich in der Familie erzählte und was Tante Emilia und Estefana jedermann in Guamaní sagten, dass Don Julio geradezu gefährlich gut aussah, mit einer Haut so weiss wie Milch und grausamen goldgrün gesprenkelten Augen, und ob er wirklich die Statur eines stolzen, stämmigen Conquistadors mit Armen so stark wie Bollwerke und Schultern so breit wie ein Befestigungswall hatte, die der armen Elvira so den Kopf verdrehten, als sie sich Hals über Kopf in ihn verliebte. Gloria, die an ihrer Stickerei arbeitete, hielt ihre Nadel plötzlich in die Luft und blickte mich erstaunt an. Sie glaubte einen Augenblick lang, ich würde scherzen.

»Ich bin Don Julio nie begegnet, da er einige Jahre vor dem Umzug seiner Familie in unsere Nachbarschaft gestorben war, aber man sagte, er hätte sehr gut ausgesehen«, sagte sie und lachte. »Aber, nach dem zu schliessen, was ich hörte, sah er überhaupt nicht so aus, wie Sie sagen. Er hatte wahrscheinlich eine dunkle Haut, war gross und stämmig wie seine Söhne. Er war berühmt als der beeindruckendste Pferdezureiter im Bezirk.«

Ein Blitz aus heiterem Himmel, der vor meinen Füssen in die Erde einschlägt, hätte mich nicht so erschüttern können. Ich war sprachlos vor Erstaunen und musste mich anstrengen, um meine Selbstbeherrschung wiederzuerlangen. Das war also das unaussprechliche Geheimnis, das die Tanten veranlasst hatte, ihre Nichte aufs Land zu schicken, als sie Don Julio heiratete, weit weg von den prüfenden Augen der Gesellschaft von Guamaní. Die kultivierte Doña Elvira, die in Paris auf Seidenkissen erzogen worden war, hatte einen Schwarzen geheiratet! Das war der Grund dafür, dass ich nie auch nur ein einziges Portrait, eine Daguerrotypie oder eine Photographie des armen Don Julio Font im Haus finden konnte, während es eine Menge von Doña Elvira sowie von den anderen Vorfahren der De la Valles gab! Das war der Grund, weswegen silberne Teelöffel unerwartet auf Untertassen aus Porzellan fielen, von misstrauischer Überraschung gefällt, und sich die Augenbrauen aller anwesenden Frauen wie feingliedrige Peitschen des Vorwurfs über ihren Augen erhoben, wenn ich ahnungslos den Namen Don Julios während der eleganten Teestunden in Guamaní erwähnte. Das war die Erklärung dafür, dass unsere armen Töchter immer bei den Festlichkeiten in Guamaní geschnitten wurden, denn man hatte ihren Kavalieren untersagt, mit ihnen zu tanzen und sie gewarnt, sich nicht in Mulatinnen zu verlieben.

Ich sehe an Ihrem gequälten Gesichtsausdruck, Don Hermenegildo, dass Ihnen diese Geschichte nicht neu ist, dass Sie sich damit abfinden, dass das Geheimnis der De la Valles jetzt in der Öffentlichkeit bekannt ist. Als enger Freund Ubaldinos werden Sie mich wahrscheinlich dafür hassen, dass ich mit allen Buchstaben des Alphabets, das der Tod bald aus meiner Zunge reissen wird, ausspreche, dass sein Vater, Don Julio Font, ein Schwarzer war. Aber darin besteht schliesslich die Rolle des Todes: am Ende macht er uns alle gleich und zwingt uns zuzugeben, dass wir alle gleich geboren sind, ungeachtet der Rasse und Kaste. In diesem Land sind die Herrlichkeiten von Adel und Reinheit des Bluts nichts weiter als Narrentand, ein Krakelen, das unter einer Narrenkappe hervordringt. Die einzige Abkunft, auf die man in dieser Stadt stolz sein kann, ist die des Geldes; die grünen Papierchen sind der einzige Stammbaum, der in Guamaní noch steht. Und während unsere falsche Kreolenaristokratie sich mit dem Zucker der Achtbarkeit pudert, wie das unsere Familie mit Diamond Dust tut, zerrinnt ihr das Vermögen zwischen den Händen wie Sand und findet sich schliesslich in den Geldschatullen von Snow White.

Ich weiss, dass das eine delikate Sache für Sie ist, weil Sie sich vorgenommen haben, die Saga von Ubandinos Leben zu schreiben. Er war einer der Caudillos, die man auf der Insel am meisten geliebt hat; er mag ein Barbar gewesen sein, aber er war ohne Zweifel auch ein Patriot, denn seine innerste Kraft beruhte auf der Magie des Landes, von dem er seinen Nachnamen hatte. Er hatte die Süsse und die Wärme seiner weichen, sandigen Krume, und er pflanzte und erntete mit das beste Zuckerrohr der Welt. Er besass die fruchtbare Energie des Landes, was man an seinen vielen unehelichen Kindern sehen kann, die er hinterliess, aber aus demselben Grund konnte er nie rücksichtslos wie die Geschäftsleute von Snow White sein. Wie die meisten unserer politischen Führer war auch er ein Nachfahre des Osterlamms, das Königin Isabella die Erste von Spanien uns prophetisch vorausblickend in unserem Nationalwappen vermacht hat, und deshalb war alles, was er tun konnte, seine heimatliche Lagerstatt so gut es eben ging zu verteidigen. Er war nie ein Ungeheuer an Autorität, er war ein echter lateinamerikanischer Caudillo, wie Sie ihn vielleicht in Ihren Romanen beschrieben hätten, Don Hermenegildo, oder wie Arístides es gerne gesehen hätte, dass Sie ihn beschreiben. In gewisser Hinsicht war das zu erwarten, denn ein echter Caudillo wird immer eine Projektion des Landes sein, in dem er lebt, und unsere Insel ist immer friedliebend, feminin und einem Kind ähnlich gewesen, wie es José Gautier Benítez in seinem Gedicht vor langer Zeit besungen hat. In jedem Fall haben wir so wenig, worauf wir stolz sein können; unsere Insel ist so klein, dass die Fremden, kaum dass sie im Süden an Land gegangen waren und angefangen hatten, die Berge hinaufzumarschieren, schon auf der anderen Seite mit den Füssen im Meer standen.

Ich habe lange und angestrengt über diese Dinge nachgedacht, Don Hermenegildo, und erst seit ich in den Fängen des Todes liege, habe ich angefangen, sie zu verstehen. Ich sehe eine Zeit kommen, in der diese ganze Rivalität und der Kampf um das fruchtbare Tal zwischen den hiesigen Landbesitzern und den Investoren aus dem Norden nur noch eine Legende sein wird, die der Wind flüstert, eine pittoreske Romanze aus der Vergangenheit. Denn nicht unser Land, sondern unser Hafen, die wunderschöne, schimmernde Bucht von Guamaní, wird eines Tages unser Glück ausmachen, während das Land immer weniger wichtig für uns alle sein wird. Es ist das Schicksal unserer Insel, zum Tor nach Nord- und Südamerika zu werden, so dass eines Tages beide Kontinente auf unserer Türschwelle friedlich eins werden. Und das ist der Grund, weshalb ich entschlossen bin, Diamond Dust Gloria und Nicolasito zu hinterlassen, denn sie sind die Kinder dieses Hafens, seine unbestechlichen, stammesgebundenen Nachfahren. Vom ersten Tag nach Glorias Ankunft in unserem Haus, war ich mir sehr wohl ihrer ständigen Besuche der Kantinen und Bars im Hafen bewusst, wo sie zu einer Art legendärer Prostituierten wurde, sich all jenen bankrotten Bauern anbot, die sich anschickten, nach Chicago und New York auszuwandern, auch den neuen Unternehmern, die aus dem Norden kamen, und so kann man von Nicolasito sagen, dass er das Kind all jener ist. In ihrem Körper, oder wenn Sie das vorziehen, in ihrer Möse, wuchsen beide Völker, beide Sprachen, Englisch und Spanisch, zu einer Seele, zu einem einzigen Wortschaft der Liebe zusammen. Sie ist die Priesterin unseres Hafens, Pythia der Zukunft unserer Insel, für eine Zeit, in der ein armseliges, knappes Land, das uns jahrhundertelang zu Immobilität und Rückschritt verdammt hat, schliesslich nicht mehr wichtig sein wird, und in der unsere Seele, unser ganzes Leben, durch Veränderung und Wagemut bestimmt sein wird, in anderen

Worten, durch Wandel. Unser Geist wird dann zu Quecksilber werden, und wir werden zu Matrosen des Verstreichens der Zeit, zu Hexenmeistern der Metamorphose. Wenn unsere Insel in alten Zeiten Spaniens Vorhut bei seinen Entdeckungen der Neuen Welt war, die magische Grenze zwischen Taínos, Kariben und den spanischen Eroberern, wird sie in der neuen Zeit, wie im *Sommernachtstraum*, zur sprechenden Mauer, oder wenigstens zu einer Spalte in der Mauer. Durch eine Spalte in unserem tropischen Moos wird der Norden zum Süden sprechen und der Süden zum Norden, und eines Tages werden sie sich endlich verstehen. Deshalb habe ich Gloria angewiesen, unser Land allmählich zu verkaufen, Stück für Stück, und jenen zu helfen, die bereits zu Tausenden begonnen haben, auf das Festland auszuwandern und aus der Hölle der Zuckerrohrplantagen zu fliehen und anderen, grosszügiger bezahlten Ernten die Hilfe ihrer Arme und Beine anzubieten. Sie soll auch jenen helfen, die unweigerlich zurückkommen werden, nachdem sie vielleicht ihr Leben damit verbracht haben, Trauben in Kalifornien zu ernten oder ein Taxi durch den Betondschungel New Yorks zu fahren, die aber doch genug Geld in der Tasche haben, um ein Stück ihres verlorenen Paradieses zurückzukaufen.

Aber ich muss auf meine Geschichte zurückkommen, Don Hermenegildo, zur Geschichte des falschen Stolzes der De la Valles und meines eigenen Unglücks. Als ich so spät erst das Geheimnis der De la Valles entdeckte, machte ich Schweres durch, das mich den wahren Sinn meines Lebens neu bestimmen liess. Ich war nicht nur angewidert von dem, was es mir über die Hautevolée Guamanís enthüllt hatte, ich war auch zornig, weil ich es erst so spät erfahren hatte, als Ubaldino bereits krank und es mir unmöglich war, ihn mit der Wahrheit zu konfrontieren, wie ich es gerne getan hätte. Es wurde mir damals klar, dass Ubaldino nie wirklich jene lächerliche Geschichte geglaubt hatte, wonach Doña Elvira unabsichtlich von Don Julio, einem angeblichen Kaufmann aus Spanien, ermordet worden sei, was wahrscheinlich seine Tanten erfunden hatten, um vor ihren Freunden das Gesicht zu wahren. Don Julio wurde auf der Insel geboren und war sehr zweifelhaften gesellschaftlichen Ursprungs, und Ubaldino hatte es die ganze Zeit über gewusst. Er hatte verzweifelt versucht, dies zu verbergen, nicht nur vor den facettierten Spiegeln des Casinos von Guamaní, sondern auch vor dem Rasierspiegel seines eigenen Necessairs, um eine Reinheit des Bluts vorzugeben, die er nicht besass.

Ubaldino ging es zunehmend schlechter. Tagsüber rannte er nackt aus seinem Schlafzimmer, und bald mussten wir ihn darin einschliessen, aber seine obszönen Flüche konnte man durch das ganze Haus hören. Er schrie und fluchte, verdammte mich als seine Gefängniswärterin und drohte, mich umzubringen. Arístides und meine Töchter weigerten sich, das Schlafzimmer ihres Vaters zu betreten, so dass ich beim Tragen des Kreuzes, das täglich schwerer wurde, ganz auf Gloria und Titina angewiesen war. In jener Zeit bemerkte ich, dass Glorias Anwesenheit eine beruhigende Wirkung auf Ubaldino ausübte. Wenn Titina oder ich ihm sein Essen brachten, bekam er sofort einen Wutanfall, aber wenn Gloria um ihn war, wurde er augenblicklich ruhig und ass ihr aus der Hand wie ein Kind. Als wir die positive Reaktion des Kranken sahen, kamen wir bald zu einer stillschweigenden Vereinbarung: Gloria würde alles in ihrer Macht tun, damit sich Ubaldino in sie verliebte, so dass er in seinem Stadium des Wahnsinns seine Hoffnungen auf ein Trugbild setzte, was seine Wut zähmte, solange ich Gloria nur in meinem Testament erwähnen würde.

Es war ziemlich einfach, unseren Plan auszuführen: alte Menschen sind oft eher mit dem zufrieden, was sie riechen als mit dem, was sie auch essen können, und Ubaldinos Krankheit hatte in seinem Körper bereits solche Verheerungen angerichtet, dass sein Traum von Glorias Liebe zu ihm mehr als genug war, ihn glücklich zu machen. Und so lebte er die letzten Monate seines Lebens in Frieden, vom Geruch des frischen Brots eingelullt, das in ihrem Ofen nie gar gebacken wurde. Sein Traum hielt ihn am Leben: er wartete auf Glorias Kommen und Gehen im Haus, während sie ihre Arbeit als Krankenschwester verrichtete, und vergass mich nachts und auch am Mittag, wenn er sein Schläfchen machte. Ich dachte, ich sei errettet: bald würde ich in ein separates Zimmer ziehen können, wo ich in Frieden ganz für mich schlafen könnte.

Alles lief wunderbar, und ich dankte dem Allmächtigen schon für mein grosses Glück, meine Schwären und Geschwüre so leicht losgeworden zu sein, als Arístides alles verdarb. Er war ja derjenige gewesen, der Gloria zu uns gebracht und ihr eine Anstellung gegeben hatte, als sie ein junges Mädchen war, das gerade die Schule für

Krankenpflege abgeschlossen hatte und seinen Platz im Leben suchte; und das liess ihn glauben, er besässe ein besonderes Anrecht auf ihren Körper und ihre Seele. Da sie meine persönliche Gesellschafterin und meine Freundin war, hätte ich es gerne gesehen, wenn sie zum Abendessen mit uns am Tisch gesessen und auch an den gesellschaftlichen Aktivitäten der Familie teilgenommen hätte, aber Arístides war von Anfang an steif und fest dagegen. Er behauptete, sie sei eine Mulattin und es schicke sich für uns nicht, mit Leuten aus der falschen Ecke vertraut umzugehen.

Ich werde nie die Scham wiedergeben können, die ich damals wegen des Benehmens meines Sohns fühlte. Der Tod, der zu meiner Rechten sitzt, möge Zeuge sein für das Leid, das ich empfand. Und ich litt nicht nur für mich, da ich befürchtete, dass sich Gloria wegen des unfeinen Benehmens von Arístides ärgern und die Stellung aufgeben würde und mich allein liesse, die Geschlechtskrankheit zu bekämpfen. Ich war auch wegen Gloria selbst entsetzt, denn sie war eine Frau wie ich, und ich betrachtete sie als meine Freundin. Arístides machte es ihr schwer wo er nur konnte. Er liess sie in der Küche sowie beim Waschen und Bügeln helfen, Arbeiten, die immer nur Titina zugewiesen waren, und immer wenn sie ein Zimmer betrat, stand er auf und verliess den Raum, wobei er wütend die Tür zuschlug.

Zum Glück begannen sich die Dinge zum Besseren zu wenden, als Nicolás aus Frankreich zurückkehrte. Nicolás war immer schon mein Lieblingskind gewesen, nicht weil er der Älteste war, was Arístides immer zynisch behauptete, sondern weil er immer der Grosszügigste und Mitfühlendste gewesen ist. Kurze Zeit nachdem er zurück war, erklärte ich ihm Glorias schwierige Lage, wie sie die ständigen Kränkungen von Arístides ertragen müsse, und er bot mir sofort seine Hilfe an. Er dachte eine Weile nach und hatte dann eine Antwort für mich: er könnte Gloria heiraten, so dass sie nichts mehr von Arístides zu befürchten hatte und auch nicht ihre Stellung aufgeben würde.

Ich glaubte, dass der Himmel mich endlich erhört hätte, Don Hermenegildo, aber ein Unglück kommt auf dieser Insel selten allein, und die Dinge enden nie so, wie man es sich vorgestellt hat. In diesem Tränental denkt der Mensch und Gott lenkt, und es ist nicht klug, wider den Stachel zu löcken, denn man wird nur wund davon. Gloria war zu meiner grossen Erleichterung von Anfang an mit allem einverstanden, und die Vorbereitungen für die Heirat fanden unter grösster Geheimhaltung statt. Nach dem Tod Ubaldinos würde ihre Heirat mit Nicolás annulliert, und ihre Dienste würden grosszügig entlöhnt werden.

Sie kennen den Rest der Geschichte gut, Don Hermenegildo. Nicolás starb sechs Monate nach der Heirat. Als ich die Nachricht von dem Unfall erfuhr, vergoss ich keine Träne. Ich öffnete selbst die Tür, als die Trauergesellschaft nach einer einwöchigen Suche nach dem Leichnam des Jungen im Wald ins Haus kam. Arístides war beim Hereintragen des Sargs dem Priester und den Chorknaben behilflich, und ich erinnere mich, dass sie alle schwitzten, wie er durch die Tür kam. Als sie ihn im Wohnzimmer abgesetzt hatten, warf ich mich schluchzend über den Sargdeckel und verlangte, ein letztes Mal zu sehen, was von meinem Sohn übrig geblieben war. Arístides und meine Töchter hinderten mich daran.

»Gott sei Dank, dass Er ihn uns nahm, Mutter«, sagten sie mit lauter, für alle hörbarer Stimme. »So wird kein De la Valle je wieder eine schwarze Frau heiraten.«

Das Absurde ihrer Worte traf mich wie ein Schlag ins Gesicht, Don Hermenegildo, und zuerst wusste ich nicht, ob ich weinen oder lachen sollte. Ich kniete vor dem Sarg nieder und tat beides. Ich erinnere mich, dass ich verzweifelt den Sarg in meinen Armen hielt, als sei mir Nicolás soeben erst entrissen worden, als ich endlich zu mir kam. Und dann schrie ich so laut ich konnte, damit ganz Guamaní es hören sollte, was es denn sei, das die De las Valles glauben liess, sie seien besser als der Rest der Welt, wo doch Don Julio Font, ihr Grossvater, ein Schwarzer gewesen war. Ich schwor so laut ich nur konnte, dass ich wegen ihres unsinniges Stolzes, und weil der Name der De la Valles eine Farce sei und niemand im Hause wirklich das Recht habe, ihn für sich in Anspruch zu nehmen, sie alle bei meinem Tod enterben und meine Anteile an Diamond Dust Gloria Camprubí und ihrem Sohn hinterlassen würde.

Lauras Stimme wurde beim Sprechen zunehmend schwächer, am Ende war sie nur noch ein Flüstern, das in den Schatten des Zimmers verschwand. Ich wusste, dass sie zu atmen aufgehört hatte, weil ihre Juwelen nicht länger im Dunkeln glänzten und sich, über ihrem Körper verteilt, wie eine eisige Sternenkonstellation ausnahmen. Titina, ihr Gesicht von einem Weinkrampf entstellt, hatte auf der anderen Seite des Betts zu beten begonnen. Dann sah ich, wie Gloria aus einer dunklen Ecke heraustrat und entschlossen durch das Zimmer schritt. Sie kam ans Bett, und ehe ich sie daran hindern konnte, schloss sie mit ihren feuerrot lackierten Fingernägeln Lauras Augen. Sie sagte kein Wort und sah mich nicht einmal an. Ihre Hand glitt schamlos unter die mit Spitze überzogenen Kopfkissen und holte Lauras Testament darunter hervor. Dann zerriss sie es bedächtig in zwei Hälften und warf es in den Papierkorb, ehe sie, ohne einen Blick zurück, den Raum verliess.

REVERENZ AN MOREL CAMPOS

Ich wusste es, Titina, ich hab's dir doch hundert Mal gesagt, wie dumm es von dir war, an sie zu glauben, immer dieser Familie treu zu sein, zu denken, dass Niño Ubaldino dir und Néstor die Hütte mit dem Zinkdach am Ende des Gartens vermachen wird, möge Gott ihn annehmen und beschützen wie einen Märtyrer, während die Flammen bereits die Fundamente dieses Hauses verschlingen. Du hättest nie darauf bestehen sollen, Don Hermenegildo in seinem Büro zu besuchen, du Närrin, du hättest nie da hingehen und ihn holen sollen, im Glauben, er würde uns helfen und uns vor dieser Geierschar verteidigen, die De la Valles und ihre Freunde sind doch alle vom gleichen Schlag.

Wenn Don Hermenegildo in dieses Haus gekommen ist, wenn er damit einverstanden war, sein elegantes, ledergepolstertes Rechtsanwaltsbüro zu verlassen, in das er sich seit Jahren eingeschlossen hat, um einen sentimentalen Roman über Don Ubaldino zu schreiben, hatte er sicherlich nicht die Absicht, uns zu helfen oder uns Diamond Dust auf einem Silberteller zu überreichen, sondern Arístides und seine Schwestern vom geheimen Testament Doña Lauras in Kenntnis zu setzen. Obwohl es mir nicht leid tut, dass er gekommen ist, bin ich doch froh, dass du es getan hast, denn nun wird Don Hermenegildo nie seinen Roman zu Ende schreiben. Er sitzt jetzt wahrscheinlich an der Seite der toten Frau, blickt ins Dunkel und erfindet neue Lügen, neue Varianten der Geschichten, die er von den Lippen seiner Protagonisten in diesem geschmacklosen Melodrama abliest. Und wenn er entkommt, wenn er es irgendwie schaffen sollte, dem Strom blauen Benzins zu entkommen, das wir eben über die Haufen trockenen Zuckerrohrs, die um die Häuser der Zuckerrohrplantage liegen, gegossen haben, wenn es ihm zum Beispiel gelingen sollte, aus dem Fenster im dritten Stock in den Garten zu springen, in dem jetzt das Feuer wie in einer Zweigniederlassung der Hölle kreist, werden wir wenigstens die Genugtuung haben zu wissen, dass niemand seine Geschichte von dem Mann glauben wird, der angeblich ein Führer und ein Staatsmann war, und der lange Zeit so korrupt war. Oft korrigieren Tatsachen auf seltsame Art und Weise Fiktionen, Titina, und wenn Don Hermenegildos fehlgeschlagener Roman eine Abfolge von Erzählungen, die einander wie eine Reihe fallender Dominosteine widersprechen, hätte werden sollen, wird unsere Geschichte sie alle auslöschen, denn sie wird die einzige sein, in der Wort und Tat endlich einander treu sind, in der endlich eine wirkliche Übereinstimmung zwischen beiden herrscht.

Hör mit dem Weinen auf, Titina, du darfst nicht mehr wegen Doña Elvira, wegen Nicolás und wegen Doña Laura weinen. Von nun an sollst du mein Lieblingslied, jene schmierige, sentimentale *Danza* von Morel Campos singen, die Nicolás und ich immer gesungen haben, als wir uns in diesen Kellern liebten, die wir jetzt erleuchten. Hör nur, wie das Zuckerrohr um uns herum aufplatzt wie Brennholz, es ist leer und trocken wie das Gesabber in Don Hermenegildos Roman. Freu dich mit mir, weil sich Diamond Dust endlich in Rauch auflösen wird. Als ich Doña Lauras Geschichte vor ein paar Minuten hörte, wurde mir endlich klar, was wir zu tun hatten, Titina; was dieses vom so lange andauernden Kampf in seinem Herzen erschöpfte Land uns zu tun befiehlt. Du kennst die Geschichte Doña Lauras besser als ich, du weisst, wie viele Male sie von ihrem Mann betrogen wurde. Und es waren nicht nur seine schmutzigen Liebesgeschichten, die sie leiden liessen, sondern seine ebenso schmutzigen politischen Affairen, die ihrer Familie jahrzehntelang geschadet haben. Doña Laura unterstützte vorbehaltslos die Wahlkämpfe ihres Mannes, denn sie glaubte, dass er wirklich das Beste für sein Land wollte. Aber Don

Ubaldino betrog sie, und als er einmal Senator geworden war, vergass er schnell seine patriotischen Ideale. Er wurde zu einem Politiker mehr, der Gedichte über die tragischen Zustände in einem Land auswendig hersagen konnte, das jetzt sein Herz an die wirbelnden Räder des Fortschritts verlieren, aber des Sinns für seine eigene Zeit verlustig gehen konnte, einem Land, für das die Geschichte im Jahre 1898 begann, als die Leute aus dem Norden auf der Insel landeten und alles, was vorher geschehen war, nie stattgefunden hatte, einem Land, das seine Sprache opfern musste, in der es jahrhundertelang gedacht und die es geliebt hatte, eine Sprache, die es für die Sprache der Elektrizität, moderner Sanitäranlagen, geschickt gebauter Strassen und Brücken, kurz, dem Überleben opfern musste. Aber er hat nie etwas dagegen getan. Es wurde ihm bald klar, wie schwierig es war, von rechts nach links zu jonglieren, und dass er den Lebensstandard, den sein Leben als Senator ihm ermöglichte, nicht aufrechterhalten konnte, die Kreuzfahrten nach Europa, die *paso fino* Pferde, die Mätressen und die Rolls-Royces, ohne korrupte Politiker zu unterstützen, und jeden Morgen beim Rasieren und während seiner zwanzig Minuten Kraftsport wiederholte er eine Reihe von Vergesslichkeitsübungen, um sein Gedächtnis so weit als möglich zu schwächen, und stellte sich bei jeder Gelegenheit gegen die fortschrittliche Sozialgesetzgebung, wie sie die Leute aus dem Norden vorschlugen. Er kämpfte erbittert gegen Anstrengungen der Leute aus dem Norden, die Stadtverwaltungen zu demokratisieren, gegen das Streikrecht, den Mindestlohn, den Achtstundentag, und versuchte, die Bewohner Guamanís in derselben abgrundtiefen Armut zu halten, wie sie sie seit Jahrhunderten kannten.

Als Doña Laura beschloss, dass Nicolasito und ich eines Tages ihren Anteil an Diamond Dust erben sollten, dachte ich zunächst, sie hätte den Verstand verloren und die Einsamkeit, zu der sie ihre Kinder gezwungen hatten, hätte schliesslich ihren Lebensmut gebrochen. Nicolás tat alles für seine Mutter, und sie behandelte mich wie ihre eigene Tochter. Das war der Grund, weswegen Nicolás und ich heirateten, um ihr einen Gefallen zu tun, denn die Heirat war uns nicht wirklich wichtig. Sie wusste, dass wir immer zusammen bleiben würden, verheiratet oder nicht, ob es in den Höhen des Himmels oder in der Tiefe der Hölle war, wohin uns die Gesellschaft Guamanís nur zu gern geworfen hätte. Uns war alles gleich, so mächtig war die Liebe, die uns verzehrte. Mit den Jahren hatte ich gelernt, Doña Laura zu lieben und vergab ihr ihren Geiz, denn sie war so allein und hatte so grosse Angst vor dem Sterben. Deshalb verliess ich das Haus nie nach dem Unfall von Nicolás, obwohl ich es jeden Tag gerne getan hätte. Ich liebte sie wegen der Erinnerungen, die wir gemeinsam hatten, und weil ich die Anwesenheit von Nicolás leichter beschwören konnte, wenn sie seinen Geist von den Veranden des Hauses aus anrief. An ihrer Seite fühlte ich mich ihm näher, als hätten wir gemeinsam die traurigen Mahnzeichen seiner Gebeine erwärmen können. Und weil wir beide für die Erinnerung lebten und Don Ubaldino, wie Arístides und seine Schwestern auch, für das Vergessen, dachte ich zunächst, dass es vielleicht moralisch gerechtfertigt sei, wenn Nicolasito und ich Diamond Dust erben würden.

Nicolás liebte das Tal von Guamaní und seine Menschen, und ihretwegen hat er sein Leben verloren. Du darfst das nie vergessen, Titina, brenn es in dein Gedächtnis mit diesem brennenden Holzscheit ein, das ich an die Ausubobalken in diesem stinkenden Bedienstetenzimmer halte, in dem wir beide uns so oft nachts ausgeruht haben, nachdem wir den lieben langen Tag für unseren Unterhalt gearbeitet hatten. Auch Nicolás war sich bewusst, wie wichtig die Erinnerung ist, und er wusste, dass Guamaní nie ein Paradies gewesen war, wie Don Hermenegildo in seinem Roman schreibt, sondern dass es jahrhundertelang ein durch Epidemien verseuchtes Loch gewesen war, in dem die Bewohnerinnen und Bewohner Guamanís als Analphabeten lebten und ehe sie fünfunddreissig waren, zu Hunderten an Tuberkulose, am Bandwurm und an Hunger starben. Er wusste, dass die hiesigen Landbesitzer daran schuld waren, lange ehe die Leute aus dem Norden auf die Insel kamen, und dass sein Vater dafür ein Beispiel war. Deshalb begann er, nachdem er erst einen Monat lang Präsident der Fabrik war, Land an die Kleinbauern zu verteilen und ihnen die Gelegenheit zu geben, ihre eigenen Häuser zu bauen, ihnen einen anständigen Lohn zu bezahlen, Massnahmen, die Arístides wütend und Don Ubaldino, der deswegen seinen Sohn mehr als einmal verfluchte, wahnsinnig machten.

Doña Laura entdeckte nie die Wahrheit über den Unfall von Nicolás, und nachdem es nun einmal geschehen war, war das schliesslich auch gleich. Sowohl sein Vater als auch sein Bruder hassten ihn, so dass die rechte Hand gerne tat, was die linke nicht tun wollte und bewusst verweigerte. Nachdem Nicolás beerdigt war, ordnete Doña Laura eine Untersuchung an. Eine Brigade von Privatdetektiven durchkämmte den Ort des Unfalls und sammelte jedes einzelne Stück von Wrack, Motor und Rumpf auf. Es gab genügend Beweise, um den Verdacht der Sabotage zu erhärten, aber keinen Beweis, was die Schuldigen anbelangte. Als Laura davon erfuhr, beschloss sie, Diamond Dust Nicolasito und mir zu vererben.

Du siehst also, Titina, du hättest wirklich nicht Don Hermenegildo holen und ihn hierher bringen sollen, du Idiotin, du mit deiner unseligen Liebe zu Niño Ubaldino und seinen Kindern, zu dem Gutshaus mit seinen Veranden, die auf ein Meer von Zuckerrohr hinausgehen. Du musst verstehen, dass alles, was er geschrieben hat, eine Lüge war, und dass das einzige, was von seinem Roman bleibt, die Verbindung von Feuer und Worten ist. Weine nicht mehr, du dummes Weib, siehst du nicht, dass nichts mehr von Wichtigkeit ist, dass Arístides und seine Schwestern dich nie die Hütte hätten behalten lassen, die dir Niño Ubaldino in seinem Testament vermacht hat. Wichtig ist, dass wir beide uns immer noch haben, so dass wir zusammen die Worte jenes alten Lieds singen können, während wir den Keller des Hauses mit unseren Fakkeln erleuchten:

Deine Liebe ist wie ein Vogel, der seine Stimme fand
Deine Liebe in meinem Herzen ein Nestlein fand;
Jetzt weiss ich, warum es brennt
Wenn ich an dich denk.

DAS GESCHENK

Niemand erwartete von Merceditas Cáceres, dass sie am Tag, als Carlotta Rodríguez aus der Herz-Jesu-Schule geworfen wurde, ihre Seidenschärpe über die Türklinke hängen, ihr Amulett mit dem Engelschor in den Klingelbeutel werfen und Arm in Arm mit ihrer Freundin durch das Portal schreiten würde, mit erhobenem Kopf und ohne einen Blick nach rückwärts zu verschwenden, mit jener Geste absoluter Verachtung, die bei Angehörigen ihrer Klasse so gängig ist. Neben ihr im Dämmerlicht des Flurs ging Carlotta, ihr riesiger Körper schwankte leicht nach vorne wie der einer zahmen Färse, die dicke Maske ihres Make-ups rann in Bächlein ihre Wangen hinab und färbte ihre weisse Bluse und den Kragen ihrer Uniform hoffnungslos mit ihren bunten Tränen ein.

In jenem Augenblick gab Merceditas im Namen der Freundschaft zehn, vielleicht zwanzig Rosenkronen auf, die bereits wie schneefarbene Ringe auf dem Grunde des Schranks schimmerten, in dem die Nonnen die Preise aufbewahrten, die bei Schulabschluss verliehen wurden, während Carlotta nach ihrem Preis griff, jenem Erstaunen auslösenden Fächer aus goldenen Pfauenfedern, der sehr bald ihr Haupt wie eine Krone schmücken sollte. In der Eingangshalle liess sie unter blauen Faltenröcken und gestärkten weissen Hemden die vielen Auszeichnungen zurück, für die sie dreieinhalb Jahre lang in der Schule gearbeitet hatte, die Bänder und Medaillen, die nun nie auf ihrer Brust glänzen würden, während Carlotta nach ihnen greifen konnte, nach den Flaschen billigen Parfüms und den geblümten Taschentüchern, den Ohrringen und Armreifen in grellfarbenen, samtenen Geschenkschatullen, die ihr mit so viel Liebe von den Mitgliedern ihres Gefolges am Tag ihrer Krönung überreicht würden. Gefolgt von ihren silbernen Umzugwagen, würde sie einige Tage später die Avenida Ponce de León (und Monate später die Hauptstrassen von Rio de Janeiro, New Orleans und sogar Surinams) in ihrer Robe aus achtzehn Karat Gold hinabschreiten und am diamantenbesetzten Saum ihres Decolletés ihre riesigen dunklen Brüste enthüllen, getragen von einer Weltanschauung, für die sie nach Meinung der verehrungswürdigen Damen von Herz Jesu die heissen Qualen der Hölle verdiente.

Die Mango war ein Geschenk von Carlotta gewesen, die sie heimlich in die Schule eingeschleust hatte, nachdem sie das Wochenende im Hause ihres Vaters verbracht hatte. Sie nahm die Frucht in der Pause aus der Tasche und hielt sie der Freundin vors Gesicht, indem sie sie in der Innenseite der Hände wog.

»Sie war heute beim Mittagessen ein Geschenk von den Mitgliedern des Karnevalkomitees«, sagte sie lächelnd. »Es ist eine Mangoart, die Kolumbusniere heisst, sie ist süss wie ein Zuckerhut und weich wie Butter. Behalt sie, das ist mein Geschenk für dich.«

Merceditas nahm die Mango mit einem Lachen an, und sie gingen zum kleinen Honigbeerenhain, der am Ende des Innenhofs der Schule stand. Es war ihr Lieblingsort, weil der Schatten der Bäume eine vorübergehende Linderung der Hitze brachte und auch, weil die Nonnen selten in diesem Teil des Gartens Kontrollgänge machten. Carlotta beschrieb ihr die Einzelheiten des Mittagessens, die alle mit dem Karneval zu tun hatten.

»Silberne Kandelaber und *Plena* Musik, Gebackenes vom Kabeljau und venezianische Tischtücher. Dir hätte die Kombination gefallen, wenn du dort gewesen wärst und sie gesehen hättest. Aber was mir wirklich am besten gefiel, war, dass das Komitee an diese wunderschöne Mango, an die Kolumbusniere, als offizielles Geschenk gedacht hatte. Früher wurde Karnevalsköniginnen am Tag ihrer Ernennung immer ein Schmuckstück, ein goldener Ring oder ein Armreif, geschenkt.«

Merceditas lachte wieder laut und warf den Kopf zurück, wobei sie glaubte, dass ihre Freundin sie aufzog.

»Sie hat aber ihren Namen nicht in Erinnerung an die Niere von Christoph Kolumbus, sondern an die von Juan Ponce de León«, fügte Carlotta hinzu. »Er brachte diese Art Mango aus Indien mit, aus einer Stadt, die Kolumbus hiess, und hat sie selbst auf der Insel angepflanzt.«

Merceditas schaute ihre Freundin an und sah, dass sie es, obwohl sie sich soeben in der Geschichte geirrt hatte, ernst meinte. »Dann ist's also abgemacht? Du hast die Ernennung zur Karnevalskönigin angenommen?« fragte sie.

»Ich werde die erste wirklich kreolische Königin von Santa Cruz sein, glaubst du nicht auch?« fragte sie und rieb ihre Hand an ihren Wangen. »Vorher waren die Königinnen immer so bleich und fade. Wenn Don Juan Ponce de León mich gesehen hätte, hätte er mich ausgewählt. Die Spanier zogen immer dunkelhäutige Mädchen vor.«

Merceditas versuchte, sich ihre Freundin in einer seidenen Halskrause, einem Reifrock und mit einer Krone vorzustellen, aber ohne Erfolg. Carlotta war zu dicklich, und es fehlten ihr alle notwendigen gesellschaftlichen Attribute. Sie hatte sie eben deswegen, und wegen ihrer fröhlichen, offenen Veranlagung, zu ihrer Freundin gewählt.

»Ich kann mir dich nur nicht vorstellen, wenn du als Königin angezogen bist.«

Carlotta lächelte beruhigend und legte ihre Hand auf die Schulter ihrer Freundin. »Kleopatra war dicklich und vulgär, und du musst zugeben, dass sie, nach den Photos zu schliessen, die wir im *Schatz der Jugend* gesehen haben, kein so schönes Haar wie ich gehabt hat.«

Merceditas schaute sie von der Seite an. Es stimmte, ihre Freundin besass eine wunderschöne Haarpracht, die sie immer bewundert hatte, und die sie in Übereinstimmung mit den Schulregeln in sorgfältig gekämmten, schweren Mahagonyzöpfen trug. »Es werden viele Besucher zu den Festlichkeiten in die Stadt kommen«, fügte sie begeistert hinzu, »und wenn wir in der Vergangenheit wegen unseres Tabaks und unseres Kaffees berühmt waren, werden wir in Zukunft überall wegen unseres Karnevals bekannt sein.« Sie gingen eine Weile stumm nebeneinander her, bis sie den Drahtzaun erreichten, der am Gartenende das Ende des Grundstücks der Schule markierte. Auf der anderen Seite des Zauns konnten sie das Flussbett des *Portugués* sehen, wie es in der Sonne wie eine ungepflasterte Schnellstrasse glitzerte.

Sie hörten schliesslich die Schulglocke, trennten sich und gingen auf das Gebäude mit den Unterrichtsräumen zu. Merceditas hatte die Mango in ihre Rocktasche gesteckt, sie fühlte, wie sie gegen ihr Bein schwang und konnte ihren Duft riechen wie ein Bankett, das sie erwartete. Als sie an ihrem Tisch angekommen war, nahm sie sie heimlich heraus und versteckte sie zuunterst in ihrer Schublade.

Merceditas Cáceres und Carlotta Rodríguez waren innerhalb kurzer Zeit Freundinnen geworden. Es war schon wahr, man konnte kaum zwei unähnlichere Schülerinnen in der ganzen Schule finden. Merceditas stammte aus einer Landbesitzerfamilie, die einiges vom fruchtbarsten Zuckerrohrland in den Tälern im Süden der Insel und die Zuckerfabrik, von der sie ihren Namen hatte, besass. Die Las Mercedes Zuckerfabrik war fast so gross wie Snow White, die riesige Zuckerfabrik in der im Westen gelegenen Stadt Guamaní. Merceditas war von englischen Gouvernanten erzogen worden, bis sie als Interne nach Herz Jesu kam. Sie hatte wenig Freundinnen und hatte immer ein einsames Leben geführt, da sie nur an Wochenenden die Erlaubnis zum Verlassen der Schule bekam und dann in ihrer Familienlimousine den Hügel zur Fabrik hinaufchauffiert wurde.

Sie hatte viele Kusinen und Verwandte und kaum Kontakt mit den Einwohnerinnen und Einwohnern der Stadt. Innerhalb der Fabrikgrenzen gab es mehrere Läden, eine Apotheke, Arztpraxen, ein Schwimmbad und Tennisplätze, auf denen ihre Vettern täglich gegeneinander spielten. Merceditas war zum Teil so schüchtern, weil sie es nicht gewohnt war, mit Fremden zu sprechen, aber es war auch eine Folge der Unpopularität der Cáceres in Santa Cruz. Sie hatten sich zum Beispiel geweigert, dem dortigen Casino und dem *paso fino* Club anzugehören, und ihr enormes Vermögen liess sie ein gewisses Misstrauen und in manchen Fällen sogar Verachtung gegenüber den Stadtbewohnern empfinden. Diese zahlten mit der selben Münze zurück und luden die Cáceres nie zu den politischen und gesellschaftlichen Aktivitäten ein, die sich in ihren Häusern abspielten. Es war ein Exil, das den Cáceres zweifellos willkommen war, da sie sich selten herabliessen, mit den örtlichen Behörden auf städtischer Ebene wegen Problemen mit ihrem Zuckerimperium zu verhandeln, und sich immer an die Zentralgewalt der Insel wandten. Wenn man ihnen vorwarf, keine patriotische Gesinnung zu besitzen und nirgendwo Bürger zu sein, lachten die Cáceres lauthals und warfen ihre blonden Köpfe zurück (auf die sie übertrieben stolz waren, und die sie deutschen Vorfahren zuschrieben) und behaupteten, dass der Vorwurf in der Tat richtig sei, denn sie betrachteten sich als Weltbürger, und das einzig Gute an Santa Cruz sei die Schnellstrasse, die in die Hauptstadt führe.

Aus diesen Gründen lehnte sich Merceditas jeden Freitagnachmittag, wenn sie Herz Jesu verliess, aus den mit grauem Samt verhängten Fenstern der Limousine ihrer Familie, blickte aufmerksam die Häuser der Stadt an und fragte sich, wie wohl das Leben in ihnen sei. Obwohl sie grosse Anstrengungen unternahm, Freundinnen unter ihren Klassenkameradinnen zu gewinnen, von denen sie wusste, dass sie in diesen Häusern lebten, hatte sie wenig Glück. Erst seit sie Carlotta getroffen hatte, hatte sie sich zum ersten Mal um ihrer selbst gewürdigt gefühlt, ohne dass ihr Familienname im mindesten eine Rolle spielte. Die Konversation Carlottas, die immer mit Witzen und Anspielungen gewürzt war, machte sie froh und amüsierte sie, und sie fand es besonders interessant, wenn sie ihr etwas über die Stadt erzählte.

Carlotta ihrerseits hatte in Merceditas eine wertvolle Verbündete entdeckt. Ihre Anwesenheit in der Schule, die noch wenige Jahre zuvor unvorstellbar gewesen wäre, war die Folge einer neuen Sicht, die die Nonnen zu akzeptieren gezwungen waren, als sie entdeckten, dass die Einschreibungen für die Schule nur die Hälfte der möglichen Zahl erreichten. Es war eine teure Privatschule, und die wirtschaftlichen Schwierigkeiten selbst der ehrwürdigsten Familien in der Stadt hatten diese gezwungen, ihre Töchter in weniger exklusive Institutionen zu schicken. Die Nonnen hatten daraufhin ihre Zulassungspolitik geändert, und die letzten Jahre hatten die Töchter der Acuñas, der De la Valles und der Arzuagas sich genötigt gesehen, ihre erstrangige Erziehung mit den Töchtern der Rodríguez', der Torres', und der Morales' zu teilen.

Carlotta fiel unter ihnen immer durch ihre Freundlichkeit auf, auch wenn ihre Hautfarbe sie selbst bei den »neuen« Mädchen zu einer gewissen Isolierung verdammte. Sie war die erste Mulattin, die in dem halben Jahrhundert seit dem Bestehen der Schule zugelassen wurde, und über ihre kürzliche Zulassung wurde selbst in den Familien der »Neuen« als etwas Unerhörtes und Radikales gesprochen. Die Nachnamen der aufstrebenden Elite waren immer noch höchst unsicher auf der Skala der gesellschaftlichen Hierarchie der Stadt, und dies machte sie unschlüssig, ob sie das Dogma der Reinheit des Bluts, das die alten aristokratischen Familien von Santa Cruz in der Vergangenheit so eifersüchtig verteidigt hatten, akzeptieren sollten. So wählten sie in den Fällen, die unglücklicherweise offenkundiger waren, eine gütige, distanzierte Haltung, die den Vorrang eines Prinzips von »zusammen, aber nicht vermischt« etablierte.

Es war wahr, dass Don Agapito Rodríguez' beachtliches Vermögen sehr zur Demokratisierung der Zulassungsbedingungen der Privatschule beigetragen hatte, so dass die verehrungswürdigen Damen von Herz Jesu selbst die Zulassung von Carlotta riskierten. Don Agapito war ein kleiner Kaufmann in der Kolonialwarenbranche, der es vor kurzem zu Reichtum mit einer Supermarktkette gebracht hatte, die die Kaufgewohnheiten der Stadt modernisiert hatte. In seinen Läden konnte man jetzt zwischen allen Arten von Früchten und Gemüse sowie zwischen Milch- und Fleischprodukten, die aus fernen Städten oder vom Festland herbeigeschafft wurden, wählen, so dass alle kleinen Gemüse- und Fleischläden gezwungen waren aufzugeben. Er war Witwer, und seine Tochter war sein Augapfel. All das zahlte sich für die Nonnen aus, nachdem sie sie bei sich hatten. Er hatte die Besitzer der städtischen Lebensmittelläden davon überzeugt, den bescheidenen täglichen Bedarf an Lebensmitteln, getrocknetes Rindfleisch, Kutteln und Schweinshaxen mit Kichererbsen, die die Nonnen so mochten, zum halben Preis zu liefern, und ein Besuch beim Bürgermeister, seinem Vetter zweiten Grades, ergab erhebliche Einsparungen in ihrer Stromrechnung. Ein Anruf bei Don Tomás Rodríguez, Chef der Feuerwehr und sein Onkel, ergab, dass bald ein moderner Boiler im Kloster installiert werden und dessen Rechnung Don Agapito begleichen würde.

Die Nonnen beglückwünschten sich gegenseitig ob ihrer klugen Entscheidung, Carlotta in die Schule aufgenommen zu haben, als sie bemerkten, dass eine unerwartete Freundschaft zwischen ihr und Merceditas Cáceres entstanden war. Die beiden trachteten immer danach, zusammen zu sein – in der Pause im Garten, in den Klassenzimmern und im Speiseraum, und sie hatten das Glück, im Schlafsaal benachbarte Betten zugewiesen bekommen zu haben. Zuerst waren die Nonnen besorgt, dass Merceditas' Familie an solcher Vertrautheit Anstoss nehmen würde, aber es wurde ihnen rasch klar, dass ihre Sorge unbegründet war. Die Familie der Cáceres verbrachte ihr Leben auf Yachten und in ihren Flugzeugen, und die Freundinnen Merceditas' interessierten sie wenig. Die Freundschaft der beiden Mädchen ermöglichte es Carlotta, sich in der Schule akzeptiert und geliebt zu fühlen und machte ihre Einsamkeit etwas erträglicher. Für Don Agapito war die Freundschaft seiner Tochter mit jemandem wie Merceditas Cáceres fraglos eine Segnung des Himmels. Die Eltern der Schülerinnen hatten dem Umgang der Mädchen untereinander immer grosse Bedeutung zugestanden, da er häufig als Basis für vorteilhafte Geschäfte und in manchen Fällen für unerwartete Heiraten diente.

(Don Agapito könnte zum Beispiel an die zahlreichen Brüder und Vettern Merceditas' im Falle möglicher zukünftiger Besuche Carlottas im Hause der Cáceres gedacht haben.) Kurz und gut, die Nonnen glaubten, dass der grosszügige Don Agapito sehr wohl die Freundschaft verdiente, die zwischen seiner Tochter und Merceditas entstanden war. Was die Cáceres betraf, die sich nie einen Deut um das Wohlergehen der Stadt und noch viel weniger um das der Schule kümmerten, so verdienten sie die für sie schädlichen gesellschaftlichen Folgen, die die Beziehung der beiden Mädchen mit sich hätte bringen können.

Nachdem sie die Hindernisse, die ihrer Freundschaft entgegenstanden, überwunden hatten, verbrachten die Mädchen das Jahr in glücklicher Verbundenheit und warteten auf den Tag, an dem sie in Herz Jesu abschliessen würden. Merceditas hatte Carlotta gestanden, dass es für sie sehr wichtig sei, mit so vielen Auszeichnungen wie nur möglich abzuschliessen, denn ein guter Notendurchschnitt würde ein Stipendium bedeuten, das ihr die Fortsetzung des Studiums an einer Universität auf dem Festland ermöglichte. Ihre Eltern hatten ihr klargemacht, dass sie für ihre Ausbildung nur bis zur Oberschule bezahlen würden, denn in jener Zeit galt es für ein Mädchen aus guter Familie als überflüssig, einen Beruf zu erlernen.

Merceditas hatte jedesmal Albträume, wenn sie an die Möglichkeit dachte, auf dem Gelände der Fabrik begraben zu werden, mit einem Vetter zweiten Grades verheiratet und zu Arbeiten im Haushalt versklavt zu sein, ihre freie Zeit damit zu verbringen, einem idiotischen Tennisball auf dem grünen Hartplatz der Familie nachzurennen, umgeben von ebenso grünen Zuckerrohrfeldern. Sie dachte an das Angebot von Mutter Artiga, ihr beim Erwerb eines Stipendiums für das Festland zu helfen, das ihr einziges Billet zur Freiheit war, und deshalb hatte sie das ganze Jahr all ihre Kräfte in das Studium gesteckt.

Carlotta ihrerseits besass keinen intellektuellen Ehrgeiz, aber sie wusste, dass ein Abschluss in Herz Jesu ihr in der Stadt viele Türen in der Zukunft öffnen würde, und so versuchte sie ihr Bestes. Sie wusste, dass Wissen einen praktischen Wert besass und hoffte, mit ihren erworbenen Kenntnissen in der Mathematik und den Naturwissenschaften ihrem Vater bei der Modernisierung der Stadt helfen zu können. Sie bewunderte Merceditas und ihren

Mut bei allem, was sie unternahm, zutiefst und blickte zu ihr als ihrer Siegesgöttin Nike auf. Das ganze Schuljahr hindurch hatte Merceditas sie unter ihre Fittiche genommen, und niemand in der Schule hatte es je gewagt, sie auf eine abschätzige Art anzureden, die sie an ihre einfache Herkunft erinnert hätte.

Carlottas gutmütige Art wirkte wiederum auf Merceditas wie Balsam. Sie amüsierte sie ohne Ende mit Geschichten aus Santa Cruz. Sie beschrieb die von der Sonne hartgebrannten und von Honigbeerbäumen und jahrhundertealten Mahagonibäumen gesäumten Strassen eine nach der anderen, auch wenn ihre Stimme eine subtil ironische Färbung bekam, wenn sie von den prächtigen Patrizierhäusern aus dem neunzehnten Jahrhundert in der Stadt sprach. Sie zeigte gern auf diese Häuser, mit ihren weissen Fassaden, die mit schweren Gipsornamenten, mit Girlanden, Amphoren und Kupidos verziert waren, und die an eine Reihe von Hochzeitskuchen erinnerten, die man eben aus dem Ofen genommen und auf den Bürgersteig gesetzt hatte. Sie erzählte auch, mit einem gutmütigen Hauch von Vorwurf in der Stimme, vom Leben hinter den Mauern dieser Häuser und beschrieb, ohne die geringsten Anzeichen von Hass oder Groll, wie ihre Bewohnerinnen und Bewohner ewig im Dämmerlicht der Ehrbarkeit lebten und die Tatsache verbargen, dass sie viel bescheidener zu leben gezwungen waren als die reichen Mauern ihrer Herrenhäuser der Welt kundtaten.

Dank Carlottas Erzählungen begann Merceditas etwas über die Geschichte von Santa Cruz zu erfahren. Die stolze Haltung der alten bourgeoisen Familien angesichts des wirtschaftlichen Ruins, den die Truppen aus dem Norden am Jahrhundertende ausgelöst hatten, erschien ihr kurios, aber achtenswert. Der Reichtum der Stadt war mit der Bedeutung seines Hafens verbunden, der von General Miles, nachdem seine Freiwilligen aus Illinois an Land gegangen waren, hoch gelobt wurde. Er war mit einer dunkel glänzenden, tiefen Bucht gesegnet, die das ganze neunzehnte Jahrhundert hindurch als anregender Handelsplatz gedient hatte, da sie den zahlreichen, mit Kaffee, Zucker und Tabak beladenen Schiffen, die nach Europa und Nordamerika segelten, Schutz bot.

Die Bergkette, die die Stadt nach Norden und Westen umgab, wurde in jener Zeit üppig mit Kaffee und Tabak bebaut, die die kleinen Landbesitzer der Gegend zur Verschiffung mit Maultierkolonnen an die Küste transportierten. Zuckerrohr wurde hingegen in den Ebenen angebaut, und es erstreckte sich über das Tal von Santa Cruz wie eine sich kräuselnde grüne Mähne. Die Einwohner von Santa Cruz waren stolz und behaupteten, ihr Kaffee, ihr Tabak und ihr Zucker seien wegen ihrer hervorragenden Qualität auf der ganzen Welt berühmt. Sie waren überdies mit ihrem Reichtum klug umgegangen und hatten mit den Steuern elegante Theater, Plätze, Loggias, eine Pferde- und eine Hunderennbahn sowie eine prächtige Kathedrale gebaut, deren stolz glänzende Türme vom Meer aus von weitem zu sehen waren, denn sie waren in Silber gehauen.

All dies begann sich mit der Ankunft der Armeen aus dem Norden zu ändern und änderte sich noch. Mit dem Ruin der Tabak- und Kaffeeplantagen wurde das Ackerland auf den Bergen aufgegeben, und die Handelshäuser, die in der Stadt mit ihnen verbunden waren, mussten schliessen. Viele der Zuckerfabriken, deren Eigentümer Kreolen waren, waren damals zu Teilen der drei oder vier Superfabriken geworden, die mit Hilfe ausländischen Kapitals auf der Insel entstanden waren, wie es der Fall mit Diamond Dust, dem Unternehmen der De la Valles, der Fall gewesen war. Manche von ihnen hatten es jedoch dank ihres Erfindungsgeists verstanden, die Krisen zu überleben, und das war der Fall mit der Zuckerfabrik Las Mercedes. Vor mehr als zwanzig Jahren hatten sich die Cáceres entschlossen, eine Rumbrennerei zu bauen. Zuerst war sie nicht mehr als ein ländlicher, dampfbetriebener Destillierapparat, einer der vielen illegalen Apparate, wie sie zuhauf in den Hinterhöfen der alten Zuckerfabriken im Tal standen. Der Zweite Weltkrieg hatte begonnen, und die Veteranen von Santa Cruz kehrten zu Hunderten hinkend und ohne Arme von blutigen Schlachten nach Hause zurück und hielten nach einem Balsam Ausschau, der sie ihren Gram vergessen lassen konnte. Es war dies ein erbärmliches Schauspiel gewesen, das den Cáceres die glänzende Idee eingegeben hatte, ihren Rum Don Quijote de la Mancha zu nennen, und die Inselbewohner setzten sofort den geschlagenen, halbverhungerten Edelmann auf dem Etikett mit dem verwüsteten Stolz ihres eigenen Landes gleich.

Die enorme Beliebtheit Don Quijotes beschränkte sich nicht nur auf die Kriegsveteranen der Insel, er begann sich erstaunlich gut auf dem Festland zu verkaufen. Die Bewohner des Festlands hatten einen Geschmack für den exotischen Rum entwickelt, der in ihren Kolonien produziert wurde, und waren darauf übertrieben stolz. Don Quijote wurde zum Beweis, dass sie zu den kultivierten Nationen gehörten: von nun an konnte Frankreich seinen auf Martinique destillierten Ron Negrita und England seinen in Dover abgefüllten und verpackten Tio Pepe haben, ohne dass sie das im geringsten störte. Sie besassen ihren eigenen Don Quijote, der die Welt vom dürren Rücken seiner ausgemergelten Mähre herab erobern würde.

Mit den Gewinnen aus dem fabelhaften Verkauf ihres Rums bauten die Cáceres ihre Familiensiedlung in der Nachbarschaft der Zuckerfabrik und machten sie zu einem modernen Dorf. Die Häuser hatten alle Schwimmbäder, die wie Smaragde in der Mittagssonne glänzten sowie manikürte Tennisplätze. Die Atmosphäre war auf erfrischende Weise informell, im Gegensatz zu den muffigen Sitten in der Stadt, wo es den Frauen nie gestattet war, in Hosen auf die Strassen zu gehen, die »so eng wie prall gefüllte Würste waren«, wie die spanischen Priester es in sonntäglichen Predigten schrien. Während die Frauen in der Stadt oft übergewichtig waren, nie Sport trieben und zwischen Kirche und Küche hin- und herpendelten, in der sie die Zauberfeen für die Bedürfnisse ihrer verwöhnten Familien waren, trugen die Frauen auf Las Mercedes kurze weisse Hosen und Tennisschuhe, spielten Federball, Tennis, schossen Skeet und machten aus ihrem Sonnenbad an ihren Pools ein tägliches Ritual.

Zur selben Zeit wurde Santa Cruz zu einer Geisterstadt und liess den Glanz, den es zuvor der Welt gezeigt hatte, in sich zusammenfallen. Die ehemals prächtigen Gebäude, die Theater mit griechischen Portalen und die mit Brunnen verzierten Plätze verfielen, so dass sie in der Mittagshitze wie geheimnisvolle Knochen aufragten, deren praktischer Nutzen nur von den Einwohnern der Stadt geahnt werden konnte. Die alten aristokratischen Familien überlebten jedoch und glitten wie Schatten auf die Rückseite ihrer palastartigen Häuser, wo sie ihren verletzten Stolz und ihre Armut hinter reich verzierten Veranden verbargen.

Dieses Bild von Santa Cruz, das Carlotta zeichnete, war für Merceditas eine Offenbarung, da sie bisher ein behütetes Leben inmitten der grünen Zuckerrohrfelder ihrer Familie gelebt hatte. Wenn sie ihr an der Grotte der Jungfrau von Lourdes oder während ihrer Spaziergänge durch den Schulgarten zuhörte, war sie von der Liebe Carlottas für die Stadt überrascht. Carlottas Interesse für die alten aristokratischen Familien war vorwiegend romantischer Natur. Wie ihr Vater glaubte sie an den Fortschritt und wollte nach ihrem Abgang von Herz Jesu in der politischen Entwicklung der Stadt eine Rolle spielen. Don Agapito war aktives Mitglied im Direktorium des städtischen Krankenhauses sowie des staatlichen Gefängnisses, und er bemühte sich um fortschrittliche Massnahmen, wie den Import der neuesten Apparate zur Krebsbehandlung aus Bundesmitteln oder menschlichere Behandlungen gegenüber Häftlingen. Er war auch einer der Geschäftsführer der Little League Baseballmannschaft und einflussreiches Mitglied der Handelskammer und des Lions Club, in deren Vorstandssitzungen er stets die Zulassung neuer, tatkräftiger Mitglieder betrieb und sich darin sehr von jenen aristokratischen Herren unterschied, die bisher im Vorstand waren, die zurückgezogen in ihren Häusern lebten und vom Ruhm vergangener Zeiten träumten, während die Stadt um sie herum zunehmend verfiel.

Nur ein Mal im Jahr erlaubte es sich Santa Cruz, in die Vergangenheit zurückzukehren, und zwar in der Karnevalszeit. So weit man sich erinnern konnte, war der Karneval Juan Ponce de León das herausragende gesellschaftliche Ereignis der Stadt gewesen. König Momo, Congatänzer, Dämonen und Ungeheuer wechselten ihre Kostüme, waren aber immer dieselben Menschen. Um als eine dieser volkstümlichen Gestalten aufzutreten, brauchte man kein besonderes Dokument, keinen behördlich genehmigten Familien- und Ahnennachweis. Wenn es sich aber um die vornehme Begleitung des Hofstaats von San Juan Ponce de León handelte, lagen die Dinge anders. Um für die Rolle eines Edelmanns in Frage zu kommen und eine Ritterrüstung, einen Helm mit Federbusch und ein Florett tragen zu dürfen, musste man ein Acuña, ein Portalatini oder ein Arzuaga sein. Im besonderen Fall der Königin, der zentralen Figur der Feierlichkeiten, war das gesellschaftliche Ansehen fast so etwas wie ein geheiligtes Requisit. Zu diesem Zweck wurde jedes Jahr ein Komitee geachteter Bürger gewählt, das stolz darauf war, eine passende Herrscherin auswählen zu dürfen.

Nach sorgfältiger Abwägung aller Kandidaten und einem kontrovers geführten Wahlkampf war der Hof komplett. Dann warfen sich die alten aristokratischen Familien mit Leib und Seele in die Vorbereitungen, bereit, einmal mehr mit der Prachtentfaltung ihres abgenutzten Reichtums die Stadt in Erstaunen zu setzen. Jedes Jahr wählten sie ein anderes Thema aus der Kolonialzeit, wie etwa die Seeräuber Sir Francis Drakes, die einmal die Küsten der Insel unsicher gemacht hatten, oder den tragisch verlaufenen Besuch Sir George Cliffords, des Herzogs von Cumberland, der an der Festung *El Morro* siebenhundert Mann verlor, ehe er die Orgel der Kathedrale und die Glocken aller Kirchen in San Juan stahl. Oder sie wählten, wie im Falle von Carlottas Hofstaat, die Heldentaten des Christopher Kolumbus zum Thema.

Von der bescheidenen Veranda ihres Elternhauses aus hatte Carlotta als Kind viele dieser Karnevalsumzüge gesehen. Von hier aus hatte sie oft die stattlichen, langsam an ihrem Haus vorüberrollenden, über und über mit Kalla-Lilien bedeckten und mit Goldstaub überpuderten Wagen bewundert, auf denen der Hofstaat Juan Ponce de Leóns, die Kinder der Acuñas, der Arzuagas und der De la Valles, thronten. Sie waren gnadenlos in ihrer Distanz zur Welt und in deren Missachtung und sassen, in ihre diamantenbesetzten Überhänge gewickelt, auf den Wagen wie zeitlose Insekten, die der Vorgeschichte angehörten und der Zerstörung der Zeit getrotzt hatten.

Mutter Artigas ging während des Nähunterrichts in der Mitte des Klassenzimmers auf und ab und wachte über das rhythmische Heben und Senken der Nadeln, die in den Händen der Mädchen wie winzige Silberpfeile flogen. Plötzlich hielt sie inne. Sie hatte einen Geruch wie von Rosen bemerkt, faltete streng ihre Hände unter ihrem Schulterumhang und sah sich die Gesichter ihrer Umgebung genau an. Sie bemerkte, dass Merceditas plötzlich rot wurde, und ging langsam auf sie zu.

»Wärst du so freundlich und würdest deine Schublade öffnen?« fragte sie lächelnd, beugte sich aufmerksam über sie und achtete darauf, dass der Saum ihres Schleiers nicht die Schulter des Mädchens berührte.

Merceditas war versucht, Carlotta anzusehen, aber sie beherrschte sich. Ihr Blick richtete sich auf die schweren schwarzen Rosenkranzperlen, die von Mutter Artigas Hüfte hingen. Sie öffnete die Schublade langsam und zeigte ihren Inhalt: Bücher, ein Seifenschälchen, eine Lupe, gespitzte Bleistifte, eine blaue Schürze, einen weissen und einen schwarzen Schleier, die sorgfältig zusammengerollt nebeneinander lagen. Mutter Artigas griff hinein, als wäre ihr der Geruchssinn in die Fingerspitzen gerutscht, und suchte die Kolumbusniere. Ihr Orientierungssinn war genau: sie hob den schwarzen Schleier, und da war sie, rund und üppig, und verströmte ihren geheimnisvollen Duft. Sie sah Merceditas erstaunt an, noch immer mit einem Lächeln auf den Lippen.

»Es ist ein Geschenk Carlottas, Mutter. Das Komitee hat ihr die Mango während eines Mittagessens, bei dem sie zur Karnevalskönigin gekrönt wurde, auf einem Silbertablett überreicht. Wenn sie sie kosten wollen, schneide ich ihnen ein Stück ab.«

Sie war sicher, dass Mutter Artigas ihr gegenüber nachsichtig war. Sie wusste, dass es eine Regel gegen das Mitbringen von Früchten in die Klassenzimmer gab, aber es war kein schweres Vergehen.

»Es war nicht richtig von dir, ein solches Geschenk anzunehmen«, flüsterte die Nonne streng. »Jetzt wirst du damit bis zum Tag deines Abschlusses leben müssen.« Sie wandte Merceditas den Rücken zu und entfernte sich schnell.

Die Schönheit Mutter Artigas' war von grosser Bedeutung für die Autorität, die sie zu jener Zeit in der Schule besass. Sie hatte eines jener durchscheinenden Gesichter, deren vollkommene Harmonie durch das Fehlen von Kosmetik noch hervorgehoben wurde. Ihre ausgesuchte Erziehung und ihre höfliche Art waren der Beweis ihrer privilegierten Herkunft. Gross und schlank gewachsen, tauchte sie in den Gängen und Klassenzimmern auf, wenn man es am wenigsten erwartete, und die Schülerinnen standen dann sofort auf und machten einen Knicks. Ihre schwarzen Segeltuchstiefeletten, die jeden Morgen von den Ordensschwestern sorgfältig abgestaubt wurden, ihr schwarzer Gazeschleier, der täglich mit Lavendelwasser benetzt wurde, schienen zu jeder Zeit überall zu sein, wenn man ihren Schatten, einer Trauerweide gleich, durch das Gebäude gleiten sah.

Im Gegensatz zu den meisten Nonnen war Mutter Artigas auf der Insel geboren, und man nahm an, dass sie wegen ihrer hier verbrachten Jugend besser als ihre Kolleginnen zur Lösung jeglicher Disziplinprobleme der Schülerinnen geeignet sei, da sie sie besser verstünde. Die Mädchen waren schliesslich ganz gewöhnliche junge Fräuleins aus wohlhabenden Familien, aber wenn sie einmal die Schule abgeschlossen hatten, würde ihr gesellschaftlicher Rang ein ganz anderer sein, denn mit einem Diplom von Herz Jesu in der Tasche hatten sie das Anrecht auf die höchste Achtung in der Stadt.

Die meisten der Kolleginnen Mutter Artigas' stammten aus so fernen Städten wie Valparaiso, Cali und Buenos Aires. Ihre traurige, höfliche Art sowie ihre nervös flatternden Augenlider verrieten die Gründe, die sie nach Santa Cruz geführt hatten, wo sie hinter den dicken Mauern ihres Klosters aus der Kolonialzeit Zuflucht gesucht hatten und ihre eigene Welt in einer kleinen, anonymen Stadt in der Karibik zu vergessen suchten. Unter ihren abgenähten Schleiern verbargen sich unendlich bittere persönliche und wirtschaftliche Enttäuschungen, und ihre persönlichen Dramen waren symptomatisch für die Schwierigkeiten, die lateinamerikanische Patrizierfamilien zu jener Zeit durchmachten. Das tragische Schicksal der landbesitzenden Aristokratie schien durch industrielle Entwicklung, Militärdiktaturen und die allmähliche Auflösung eines lateinamerikanischen Nationalgefühls unter den Wohlhabenden besiegelt zu sein.

In ihren Erinnerungen gefangen, mieden diese Nonnen eine tägliche Wirklichkeit, die sie als zunehmend unangenehm empfanden, und versuchten, so gut es ging, durch Gebete und Meditation zu vergessen, dass sie in einer mediokren Stadt mit Bewohnerinnen und Bewohnern lebten, deren Sitten für sie so schwierig zu verstehen waren. Ihr Eintritt in das Kloster war schwierig genug gewesen, da sie damals als Bräute von Herz Jesu am Altar eine obligate Mitgift von zweitausend Dollars niederlegen mussten. Nachdem die Hochzeit vollzogen war, ersehnten sie nur Frieden und Vergessen, die sie als etwas empfanden, das ihnen zustand, und beugten sich ohne Klage den strengen Regeln des Klosters, die die Tugenden des Schweigens, der Anonymität und der Gleichgültigkeit von ihnen forderten.

In ihren Augen besassen die Mädchen, die täglich in ihre Klassenzimmer schwärmten wie rastlose Schwalben, weder Gesichter noch Namen, sondern beherbergten lediglich Seelen. Sie wussten, dass sie nach den Regeln des Mutterhauses in Rom nicht länger als drei Jahre im selben Kloster bleiben durften und es jederzeit möglich war, dass sie die Mädchen verlassen mussten. Aus diesem Grund sahen sie sie nicht als Mädchen in die Klassenzimmer strömen, die zu einem spezifischen Land oder einer besonderen

Kultur gehörten, sondern als Töchter aller und keiner, und sie unterwarfen sich bereitwillig der dornenreichen Disziplin und ethischen Unterweisung Mutter Artigas'.

Es gab noch einen Umstand, der Mutter Artigas die Aura von Autorität in den Augen der Nonnen verlieh. Dank der Grosszügigkeit der Artigasfamilie, die vor dreissig Jahren ihren alten kolonialen Palast dem Mutterhaus in Rom vermacht hatte, konnte das Kloster in Santa Cruz überhaupt erst gegründet werden und konnten die privilegierten Töchter der städtischen Bourgeoisie in Herz Jesu zur Schule gehen. Mutter Artigas war von unermüdlicher Energie, und unter ihrer Stabführung summte die Schule wie ein durchtrainiertes Orchester. Schon bei Tagesanbruch stand sie an der Küchentür und befahl den Schwestern, mit Sparsamkeit und Klugheit jene einfachen Gerichte zu backen, zu braten und zu rösten, die im Kloster während des Tages verzehrt wurden. Sie hatte auch die komplizierten Pflichten des Waschens und Bügelns der heiligen leinenen Altartücher und der Bettwäsche der Mädchen übernommen und passte genau auf, dass nicht durch Unachtsamkeit ein Stückchen der Heiligen Hostie in sie fiele. Sie selbst überwachte das Stärken der Dutzenden von Nonnenschleiern und -trachten, befahl, dass man sie einmal pro Monat in Lauge tauche, um der ungehinderten Vermehrung von Läusen und anderem Ungeziefer vorzubeugen, dass man sie in der Mittagssonne unter dem Dach zum Trocknen aufhinge, so dass das Kloster von fern dem Schiff Theseus' glich, mit schwarzen Segeln, die sich im karibischen Wind entfalteten. Kurz, sie kümmerte sich um alles und jedes und sagte mit Stolz, sie tue dies, weil ihr das Haus so sehr ans Herz gewachsen sei.

Für Mutter Artigas war es nicht schwierig, die Mitgift von zweitausend Dollar zu bezahlen, die es ihr ermöglichten, in den Orden einzutreten. Ihre Familie war eine der mächtigsten im Land gewesen und war dies noch, sie war mütterlicherseits mit den De la Valles verwandt. Ihre Eltern waren vor langer Zeit in die Hauptstadt gezogen. Sie hatte einen aussergewöhnlichen Dispens vom Papst erhalten, als sie ihr Gelübde ablegte, der sie vor dem grausamen Gesetz verschonte, nach welchem sie alle drei Jahre in ein anderes Kloster versetzt worden wäre. Um das wettzumachen, hatte sie sich in dem Augenblick, als der Priester sich anschickte, ihr Haupt mit dem leuchtenden Schleier der Keuschheit zu krönen, vorgenommen, stets an allen übrigen Klosterregeln festzuhalten, sämtliche menschlichen Regungen aus ihrer Seele zu verbannen und nur nach jenem zukünftigen Augenblick absoluten Glücks zu streben, wenn sie zu Seiner Umarmung vorgelassen würde. Sie war so dankbar für das Privileg, auf der Insel bleiben zu dürfen, dass sie schwor, sie würde nie zum Opfer von Bindungen des Gefühls, der Zärtlichkeit oder Zuneigung gegenüber ihren Mitmenschen werden, die verräterische Fallen für die Selbstbeherrschung darstellten.

Deshalb betrachtete sie jegliche Äusserung von Gefühlen, jede tiefe Zuneigung, die zwischen den Mädchen oder zwischen den Mädchen und den Nonnen entstehen könnte, als eine Art Skandal. (Die Klosterschwestern zählten nicht, weil sie bescheidener Herkunft waren; obwohl sie kochten, bügelten und wuschen, waren sie für Mutter Artigas nicht vorhanden.) In ihren Augen waren Zuneigung, Anhänglichkeit und sogar Freundschaft allesamt verdächtige Emotionen, die gegen die alleinige vollkommene und unwiderrufliche Verbindung gerichtet waren, die eines Tages zwischen den Schülerinnen von Herz Jesu und ihren zukünftigen Ehemännern hienieden stattfinden würde.

Seit Mutter Artigas zur Disziplinarperson ernannt worden war, hatte sie ein strenges Überwachungssystem in der Schule eingeführt. In jedem Klassenzimmer, in jedem mit grünen Jalousien verhängten Gang, auf jedem staubigen Pfad im Schulgarten, auf dem die Schülerinnen in den Pausen hin und her gingen, hatte sie als Aufpasserin eine adleräugige Nonne postiert, deren schwarzer Schleier jegliches Lachen erstickte und die freundschaftlichen Gespräche der Mädchen in ängstliches Flüstern verwandelte. Ihre Vorstellung von Disziplin änderte sich jedoch drastisch, als sie Merceditas Cáceres traf, für die sie eine besondere Zuneigung empfand. Merceditas war eine Musterschülerin während ihrer dreieinhalb Jahre in der Schule, was Mutter Artigas über Gebühr nachsichtig und verständnisvoll ihr gegenüber machte. Sie setzte grosse Hoffnungen auf sie und überwachte gerne ihre Aufgaben persönlich. Sie hatte eine gründliche Ausbildung erhalten und mehr als einen Doktorgrad an ausländischen Universitäten erworben. Sie war der Überzeugung, dass Frauen ein unabweisbares Recht auf Wissen hätten und jahrhundertelang zu Unrecht von den Männern davon ferngehalten worden waren, und das einzige Hindernis, das sie einen Augenblick bei ihrer Entscheidung, ins Kloster zu gehen, hatte zögern lassen, war die im Klerus traditionell den Frauen zugeschriebene Ignoranz gewesen. Sie selbst hatte einmal Schriftstellerin werden wollen und mit dem Gedanken gespielt, die gesellschaftlichen und literarischen Konventionen ihrer Welt herauszufordern, die die Frauen zum Schweigen verdammen, oder, was schlimmer war, zu euphemistischen, romantischen Versen zwang, die von rubinroten blutenden Herzen, gurrenden Liebespaaren und von in Spitzen gekleideten Babies überquollen, Frauen, die nicht die geringste Ahnung von Geschichte, Politik oder Naturwissenschaft hatten. Sie hatte inzwischen ihren Traum von einem Leben als Schriftstellerin aufgegeben, war sich aber in gewisser Weise auch nach ihrem Eintritt ins Kloster treu geblieben. So zeigte sie stets die höchste Verachtung für die freudlosen Schriften mystisch bewegter Nonnen, deren letztes Ziel die Unterwerfung war, und sie ermutigte ihre Schülerinnen nie, ein religiöses Buch zu lesen, und sei es die *Nachfolge Christi* oder *Das Leben der Heiligen.*

Mutter Artigas verbrachte mit Merceditas Stunden über Büchern und erklärte ihr die schwierigsten Probleme der Mathematik, Philosophie und Sprachwissenschaft. Sie sagte ihr gegenüber immer, dass das Lernen ein höheres Ziel als das Kinderkriegen sein konnte, und dass Disziplin ein notwendiges Übel sei, denn sie lehre die Menschen, die Bedürfnisse des Körpers und die Vergnügen der Sinne zugunsten des Geistes zurückzustellen. Bei dieser Gelegenheit betonte sie, dass die Griechen nur zur Hälfte Recht gehabt und sie sich eine Menge Leid erspart hätten, wenn ihr Lebensziel darin bestanden hätte, einen Körper Spartas mit einer Seele aus Athen zu vereinen. Sie sagte deshalb, dass sie wenigstens in ihren zukünftigen Schriften – Mutter Artigas hoffte, dass Merceditas eines Tages Schriftstellerin werden würde – nie die Diktate der männlichen Autorität akzeptieren und, sei es in der Politik, der Naturwissenschaft oder in den Künsten, immer ihrem eigenen Herzen folgen würde.

Kurz und gut, Mutter Artigas glaubte, dass die einzige Art und Weise, auf die sich die Frauen dem Erwerb von Wissen widmen könnten, darin bestünde, auf menschliche Liebe zu verzichten und sich den Dingen des Himmels zuzuwenden. Sie war eine leidenschaftliche, vom Eifer ihrer Berufung inspirierte Seele, und sie redete oft mit Merceditas über die geistlichen Vorteile, die ein

Schicksal wie das der Prinzessin von Cleves mit sich brachte. Ihre Stimme war samtweich, und ihre Schutzbefohlene liebte es, ihr zuzuhören, wenn sie von geistlichen Dingen sprach und verspürte ab und zu den Drang, in ihre Fussstapfen zu treten. Mutter Artigas erzählte ihr dann von der »brennenden Flamme von Herz Jesu, in der die Gläubige ihre Seele reinigen müsse, ehe es zu einer Vereinigung mit Gott kommen könne«, und ermutigte sie, ihr Lernen mit häufigen Besuchen der Kapelle der Schule zu verbinden, in der immer fromme Riten im Gange waren. Für Mutter Artigas war religiöse Gleichgültigkeit die gefährlichste Sünde, denn sie brachte den grösseren Teil der Menschheit in die Hölle. Merceditas versuchte, ihren Rat zu befolgen und unternahm bewusste Anstrengungen, an den zahlreichen Novenen, Rosenkranzgebeten und Segnungen, die täglich in der Kapelle vor sich gingen, teilzunehmen. Sie begann sogar, am Morgen eines jeden ersten Freitags im Monat zur Kommunion zu gehen, denn die Nonnen hatten ihr versichert, dass jeder die Erlösung garantiert sicher sei, die dies neun Monate lang in einer Folge zustandebrächte, aber sie fand es zunehmend schwieriger, daran zu denken, und als fünf oder sechs Monate um waren, vergass sie es ständig. Diese unerklärliche Schwäche wurde zu einer Obsession für sie, und als es ein halbes Dutzend Mal geschehen war, musste sie der Möglichkeit ins Auge sehen, dass sie vielleicht nicht zur Erlösung ausersehen war. Als sie neben den anderen Schülerinnen vor ihrem Stuhl in der Kapelle kniete und verzweifelt ihren geflüsterten und inbrünstigen Gesängen lauschte und fühlte, wie sie unter den Weihrauchwolken und dem Duft der Lilien, die in üppiger Fülle um den Altar standen, immer schwächer wurde, kam sie lediglich zu dem Schluss, dass sie, wenn die Erlösung nicht durch gute Taten, sondern nur durch Beten gewonnen werden konnte, keine Chance hatte. Sie konnten ihre Knie foltern wie sie nur wollten, aber nicht ihren Geist, denn sie konnte es nicht ausstehen, wenn man sie langweilte.

Trotz der aufrichtigen Bewunderung die Merceditas für Mutter Artigas hegte, hatte die Nonne etwas, das sie immer eine gewisse Distanz einhalten liess. Vielleicht war es die vollkommene Schönheit ihres Gesichts oder es waren ihre exquisiten Tischmanieren beim Abendessen; die Nonne flösste ihr immer eine gewisse Furcht ein. Hinzu kam, dass Mutter Artigas sich seit Carlottas Eintritt in die Schule vor einem Jahr zurückhaltender in ihren Beweisen der Zuneigung zeigte, als würde sie die Tatsache übelnehmen, dass Merceditas jetzt eine enge Freundin hatte. Merceditas war in den dreieinhalb Jahren in der Klosterschule wie eine Motte um die leuchtende Anziehung der Nonne gekreist und fühlte sich in ihrer Gegenwart mal angezogen, mal abgestossen.

So war sie nicht wirklich über Mutter Artigas' kalten Ton des Vorwurfs erstaunt, als sie in der Schublade die versteckte Mango Carlottas entdeckte. Sie war still und tat genau, was man ihr befahl. Sie legte die Frucht ans Ende der Tischplatte, so dass die Siruptropfen, die an seiner Haut herabliefen, keine Flecken auf den anderen Dingen hinterliessen. Zuerst verstand Merceditas nicht ganz das Ausmass ihrer Bestrafung und genoss den Duft der Frucht, der ihr wie eine unverdiente Belohnung erschien. Sie schaute sie aus dem Augenwinkel an, während sie ihre Aufgaben machte, las oder nähte, und freute sich insgeheim darüber, dass die Mango sie an ihre beste Freundin erinnerte und fand, dass es eine komische Ähnlichkeit zwischen ihrem herzförmigen, goldfarbenen Umriss und Carlottas glänzenden Wangen gab.

Die Wahl Carlotta Rodríguez' zur Karnevalskönigin wunderte in jenem Jahr niemanden in Santa Cruz, ausser die Nonnen. Don Agapitos Einfluss hatte bereits grössere Kreise gezogen, und mehrere seiner Freunde waren zu Komiteemitgliedern der Juan-Ponce-de-León-Feierlichkeiten gewählt worden. Carlotta hatte ihrerseits immer davon geträumt, Karnevalskönigin zu sein, und sie ergriff begierig die Chance, die man ihr bot. Einige Tage nach ihrer Ernennung kam Don Agapito in das Kloster und bat die Nonnen um Erlaubnis für Carlotta, jeden Nachmittag zwischen drei und sechs die Schule verlassen zu dürfen, damit sie ihren Karnevalspflichten nachkommen könne.

Nachdem ihr Szepter und Reichskugel sicher waren, stürzte sich Carlotta in die Planung der Festlichkeiten. Sie traf sich jeden Tag im Casino mit ihren Beratern, wo sie als Teil der Modernisierung der Festlichkeiten verkündete, dass von nun an die Schüler und Schülerinnen aller öffentlichen und privaten Schulen und nicht nur die Kinder der grossbürgerlichen Familien von Santa Cruz an den Karnevalsfeierlichkeiten teilnehmen könnten. Alles ging gut, und eine Menge Jungen und Mädchen, viele von ihnen die Kinder von Don Agapitos Freunden, waren an den Türen des Casinos erschienen und fragten, ob sie zu diesem oder jenem Gefolge zugelassen würden, als Carlottas Enthusiasmus für die Feierlichkeiten sie zu der Ansicht kommen liess, die Vorbereitungen seien ungenügend, es würde nicht genug getan.

Da sie sich vorgenommen hatte, dem Ereignis einen noch grösseren Glanz und ein wirklich internationales Flair zu verleihen, ordnete sie an, dass ihr Gefolge nicht auf einem, sondern auf drei Wagen sitzen sollte, und dass diese in den genauen Massen den Galleonen Christoph Kolumbus', der *Pinta*, der *Niña*, und der *Santa María*, nachzubauen seien und über Läufer aus blauer Seide gleiten sollten, die die gesamte Avenida Ponce de León entlang auszulegen seien und an die Häfen der Hauptstadt wie ein Streifen Eis an eine windzerzauste See grenzen müssten. Sie nahm es auf sich, die üppige Ausstattung der Kostüme ihres Gefolges selbst zu überwachen und entwarf auch ihre eigenen königlichen Roben selbst, für die man mehrere Koffer voller Münzen, die für einen Piraten ein schönes Lösegeld abgegeben hätten, einschmelzen musste. Um dem Karneval einen volkstümlicheren Charakter zu geben, befahl sie, dass die Orchester nur *Guarachas* und *Mambos* spielen sollten, und verbannte so die steifen Melodien der *Danza* und des Walzers in den Orkus. Und sie befahl, dass alle Mahlzeiten, die man servierte, aus der kreolischen Küche stammen mussten, mit Thymian, Lorbeer und Koriander gewürzt sein und auf die traditionelle Art mit Speck goldgelb in Fett Gebackenes enthalten sollten. Die Krönungszeremonie, die nach dem üblichen Ball, auf dem zwei Orchester aufspielten, stattfand, würde nicht im altehrwürdigen Spiegelsaal des Casinos, sondern mitten auf dem Marktplatz der Stadt vollzogen werden, wo nach dem Willen Carlottas auch ihr Thron errichtet werden sollte.

Als Carlottas Pläne bekannt wurden, begannen Don Agapitos Feinde, die alten aristokratischen Familien der Stadt, zu klagen, dass der Karneval zu einer grotesken Sache werde und nicht länger das elegante gesellschaftliche Ereignis sei, das er früher gewesen war. Ihr Stolz war verletzt, weil die Namen ihrer Kinder am Beginn des Balls nicht mehr vor den Türen des Casinos ausgerufen werden sollten, sie waren entsetzt bei dem Gedanken, dass sie die Avenida Ponce de León in ihren juwelenbesetzten Kleidern hinunter marschieren müssten, für Strassenräuber und neiderfüllten

Pöbel eine leichte Beute, und begannen, ihre Kinder aus dem Gefolge zu nehmen und ihnen eine Teilnahme an den Feierlichkeiten zu verbieten.

Als Carlotta begriff, dass ihre Höflinge sie verliessen und der Karneval abgesagt werden musste, wenn nicht genügend junge Leute daran teilnahmen, handelte sie schnell. Sie liess die Wände der Stadt mit Plakaten bekleben, die ankündigten, dass mit dem heutigen Tag nicht nur die Kinder von Herz Jesu, von Sankt Ignatius und des Französischen Gymnasiums zum Karneval eingeladen seien, sondern alle jungen Leute der Stadt, ob sie es sich leisten konnten, zur Schule zu gehen, oder nicht. Am nächsten Tag stürmte eine bunte Menge verdächtig zerlumpter Höflinge und Hofdamen die Casinotüren, Herren und Damen in Papprüstungen, Blechkronen und Schleppen aus Kreppapier, die aus den baufälligen Slums der Stadt sowie aus den Vororten der verarmten Mittelschicht herbeigeströmt war. Sie alle wurden in den Hof Carlottas aufgenommen.

Im Kloster gelang es Mutter Artigas schliesslich, Carlotta Rodríguez aus Herz Jesu hinauszuwerfen. Sie war der Meinung, dass das Benehmen Carlottas bei den geplanten Aktivitäten des Karnevals eine Beleidigung nicht nur für die Schule wäre, sondern auch für die Gesellschaftsschicht, der sie so verzweifelt anzugehören trachtete und für die sie sorgfältig erzogen wurde. Die Diskussion darüber war eine langwierige Angelegenheit gewesen, die hinter verschlossenen Türen in der undurchdringlichen Verschwiegenheit des Klosters stattgefunden hatte. Zuerst hatten die Nonnen sich geweigert, auf Mutter Artigas' Argumente zu hören, weil sie sich wegen der ungünstigen wirtschaftlichen Folgen Sorgen machten, denen sie ausgesetzt wären, wenn Don Agapito seine grosszügige Unterstützung für die Schule rückgängig machen würde. Sie erinnerten Mutter Artigas daran, dass die Welt sich in den letzten zehn Jahren drastisch verändert habe, und betonten, dass die Zulassungsbedingungen der Schule flexibel genug sein müssten, die Tatsache zu akzeptieren, dass sich die Gesellschaft in Santa Cruz in einem Übergangsstadium befinde, so dass die Habenichtse von heute die Herren von morgen sein könnten. Sie täuschten sich in der Annahme, dass die Einwände Mutter Artigas' auf Argumenten der Moral basierten, und dass sie wegen der Pläne zu den gewagten königlichen Roben, die kürzlich in der Tageszeitung der Stadt veröffentlicht wurden, entsetzt sei. Sie versuchten deshalb, sie zur Aufgabe ihrer altmodischen Prüderie zu überreden, indem sie darauf hinwiesen, dass alle Studentinnen von Herz Jesu bei Parties tief ausgeschnittene Kleider trugen, auf unschuldige Weise ihre Brüste und unter den weiten Glockenkrinolineröcken von Luisa Alfarao und Rosenda Matienzo, den schicksten Modedesignern der Stadt, ihre Beine zeigten.

Die Gründe Mutter Artigas' für einen Hinauswurf Carlottas waren jedoch endgültig. Sie wies ihre Gefährtinnen darauf hin, dass das Verhalten Don Agapitos bei Vorbereitungen des Fests vieles zu wünschen übrig liesse, und dass er seiner Tochter eine unangebrachte asiatische Prunksucht erlaube, indem sie einen extravagant hohen Betrag auf ihre Garderobe und auf ihren Hofstaat verwende. Sie hatte gehört, dass als Folge solcher Exzesse sein Geschäft, eine Supermarktkette mit dem Namen »Die Goldene Galleone«, bald ihren Bankrott erklären müsste. Die Nonnen diskutierten unter sich in verängstigtem Flüsterton die unheilvollen Implikationen eines solchen Skandals und kamen zu dem Schluss, dass der Ruin Don Agapitos einen ernsten Verlust der Glaubwürdigkeit der Privatschule in Bankkreisen nach sich zöge sowie schliesslich einen schlechten Ruf. Mit diesen Möglichkeiten konfrontiert, stimmten die Nonnen einmütig dafür, Carlotta aus der Schule hinauszuwerfen. Das sollte so vorsichtig wie möglich geschehen, sobald Don Agapito von seiner Reise nach Übersee zurückgekehrt wäre. Carlotta würde für einige Tage mit der Ausrede nach Hause geschickt, ihre fieberhaften Aktivitäten liessen sie kränklich aussehen, dann würde ihre Abwesenheit aus Gesundheitsgründen so lange verlängert, bis sie endgültig wäre.

Es ist wahrscheinlich, dass nichts Aussergewöhnliches geschehen wäre und Carlottas Ausschluss fast unbemerkt geblieben wäre, hätte sie nicht zu jener Zeit eine auffällige Wandlung durchgemacht. Sie hatte sich bis dahin, was ihre Kleider und ihre Erscheinung betraf, immer an die Regeln des Klosters gehalten, so dass die Nonne, die die Aufsicht hatte, glaubte, es sei ein Scherz, als sie zum ersten Mal mit Make-up das Klassenzimmer betrat. Sie rief sie leise zur Seite und fragte, ob sie nicht etwas verfrüht für ihre Rolle als Karnevalskönigin probe und befahl ihr, in die Toilette zu gehen und ihr Gesicht gründlich zu reinigen.

Carlotta gehorchte, ohne sich zu beklagen, und kehrte an ihren

Platz mit blankgewischtem Gesicht zurück. Aber die Sanftmut konnte in ihrem Fall zu einer mächtigen Waffe werden, wie dies oft bei sanften Seelen der Fall ist. Sobald sie am nächsten Tag in der Pause allein war, nahm sie einen Schminkstift, einen Lippenstift und eine Tube schweren weissen Make-ups und trug all dies dick auf. Ihre Gesicht nahm durch die dicken Farbschichten groteske Züge an, was, so erzählte Carlotta später lachend Merceditas, dem wilden Charakter der Mestizinnen entsprach, in die sich wahrscheinlich Juan Ponce de León verliebt hatte. Sie bemalte ihr Gesicht mit Kohlestift, Palmöl und dem Saft der Achiotesamen, weil sie eine direkte Nachfahrin jener Mestizinnen war und um den Mut jener zu erproben, die noch nicht das Leben, das auf der Insel herrschte, achteten. Sie hatte ihr Haar auf dem Kopf in einer wilden Kathedrale von Locken aufgetürmt und wandelte so geistesabwesend unter den Schülerinnen umher, mit Armreifen und Ketten geschmückt, die auf ihrer weissen Organdybluse in ketzerischer Unordnung klirrten.

Wo immer Carlotta war, waren auch Gelächter und Finger, die auf sie deuteten, so dass in der Schule ständige Aufregung herrschte. Die Nonnen versuchten alles in ihrer Macht stehende zu tun, um dem Treiben ein Ende zu bereiten, aber ohne Erfolg. Carlotta erwies sich gleichermassen unbeeindruckt von Rügen und Ermahnungen, beschmierte weiterhin ihr Gesicht und schmückte sich wie eine Hure. Da ihr Vater noch immer nicht im Lande war, konnte sie nicht nach Hause geschickt werden. In dieser Lage entschloss sich Mutter Artigas einzuschreiten und verbat unter Androhung des Ausschlusses allen in der Schule, mit Carlotta zu sprechen.

Die Abschlussprüfungen standen bevor, und Merceditas hatte begonnen, sich ernsthaft auf sie vorzubereiten. Sie musste sich mehr denn je auf ihre täglichen Aufgaben konzentrieren, um mit Auszeichnung abzuschliessen, hatte aber Schwierigkeiten. Sie beobachtete immer ihre Freundin, die ihre Tage damit verbrachte, stumm die Gänge der Schule entlangzugehen, naiv, ohne Grazie, und mit einem Gesicht, das durch mehrere Schichten Make-up entstellt war, und es schien ihr, dass Carlotta etwas beweisen wollte, das sie nicht verstand.

Obwohl sie es nicht wagte, dem Verbot Mutter Artigas' zu trotzen und mit Carlotta in der Öffentlichkeit zu sprechen, reservierte sie ihr immer am Esstisch und auf der Bank in der Kapelle einen Platz neben dem ihren, und tat ihr bestes, die anderen Mädchen daran zu hindern, Carlotta während der Pausen aus den Schulspielen zu drängen. Carlotta verhielt sich, als ginge nichts Aussergewöhnliches vor sich. Sie war still, wenn man sie schlecht behandelte, und lächelte alle gutmütig an, auch wenn man ihr nicht erlaubte, zur Toilette zu gehen oder etwas Wasser zu trinken.

»Ich würde gerne wissen, warum du das tust; was ist der Sinn der verrückten Frisur und des Zeugs, das du dir ins Gesicht schmierst«, sagte Merceditas eines Tages zu ihr, als sie weit genug von der sie beaufsichtigenden Nonne entfernt waren, um nicht gehört zu werden. »Warum die Armreifen im Zigeunerlook, die hurenhaften Liebesperlen, die billigen Ringe?« Sie war über ihre Freundin verärgert, aber sie wagte es nicht, ihr von den Gerüchten eines Hinauswurfs, die in der Schule zirkulierten, zu berichten. Sie hoffte, dass Carlotta sie nicht gehört hatte, denn sie konnte nicht glauben, dass sie wahr wären.

Ihre Frage blieb unbeantwortet, und das Schweigen ihrer Freundin wurde durch die Schreie der Mädchen, die in der Nähe Volleyball spielten, gesteigert. Ein Schatten von Groll huschte über Carlottas Gesicht, aber sie überwand rasch ein Gefühl der Entmutigung.

»Sobald Vater von seiner Reise heimkommt, werde ich nach Hause gehen«, sagte sie fröhlich. »Du hast keine Vorstellung, wie viel ich noch vor meiner Krönung erledigen muss! Aber ich verspreche dir, dass ich zu deiner Abschlussfeier zurückkomme.«

Merceditas tat, als hätte sie sie nicht gehört. Sie hatte immer geglaubt, dass sie die Schule verlassen würde, wenn man Carlotta hinauswerfen würde, aber jetzt hatte sie nicht den Mut dazu. Sie konnte nach so vielen Jahren der Mühe nicht einfach gehen. Schliesslich schien Carlotta alles recht leicht zu nehmen, die schmachvollen Ereignisse schienen sie nicht zu bedrücken.

»Wenn du zu meiner Abschlussfeier kommst, komm ich zu deiner Krönung«, sagte sie mutig, aber ohne ihr in die Augen zu schauen.

Merceditas begann, die ganzen Folgen des Urteils von Mutter Artigas ungefähr um diese Zeit, drei Wochen nachdem es ausgesprochen worden war, zu begreifen. Die Frucht, die sie zuerst so entzückt hatte, hatte die Farbe gewechselt und war von einem appetitanregenden Goldbraun in ein blutähnliches Purpurrot übergegangen. Sie erinnerte sie nicht länger an die lächelnden Wangen Carlottas, sondern an ein schmerzerfülltes, von Schlägen entstelltes Gesicht. Während sie bei ihrem vielstündigen Lernen vor ihr sass, konnte sie nicht umhin, die allmählichen Veränderungen, die an der Haut vor sich gingen, zu bemerken, einer Haut, die dick und matt wie ein riesiger geronnener Blutstropfen wurde. Es schien, als sei die ganze Farbskala des Übergangs vom Leben zum Tod über die Frucht geflossen und hätte sie mit bösen Vorahnungen befleckt.

Der Gedanke an die Frucht verfolgte sie überall wie die Insektenwolke, die zur Mittagszeit, wenn es unerträglich heiss wurde, sie umflog. Sie dachte an sie in den Pausen, beim Frühstück und beim Abendessen, aber am intensivsten dachte sie an sie, bevor sie auf ihrem Eisengestell im Schlafraum einschlief. Dann schaute sie die gespenstischen Segeltuchvorhänge an, die ihre Schlafnische von der Carlottas trennten und schwer in der mondbeschienen Brise hin- und herschwangen. Sie schaute das weisse Zinnwaschbecken und den Wasserkrug an, die auf dem Nachttisch standen. Sie schaute die schwarzen Stiefelspitzen an, die hinter den atmenden Vorhängen standen und sie an die Schnauze einer im Hinterhalt liegenden Aufsicht erinnerte, und sie konnte in der Stille der Nacht den langsamen Herzschlag der Mango hören.

In jener Zeit bemerkte Merceditas auch einen seltsamen Geruch, jedes Mal wenn sie in das Klassenzimmer kam oder wenn sie in einem der schiefen Gänge der Schule stand und darauf wartete, von einer der Nonnen aufgerufen zu werden. Sie war erstaunt, dass sie jeden Morgen beim Frühstück ihren Atem anhielt, bevor die Nonnen ihr die Tasse mit duftendem Kakao servierten, dass sie ihren Atem anhielt, wenn sie auf ihrer Bank in der Kapelle kniete und wenn sie sich duschte. Der Geruch war unterschiedlich stark und erreichte sie in Augenblicken, wenn sie es nicht erwartete, wenn sie am wenigsten an ihn dachte. Carlotta hatte ihn auch bemerkt und Merceditas gefragt, ob sie wüsste, woher er käme, aber sie war nicht fähig, darauf zu antworten. Sie waren sich jedoch darüber einig, dass er immer dann stärker zu werden schien, wenn eine Nonne in der Nähe war, als ob der Geruch in einer geheimnisvollen Verbindung mit dem morbiden Überschwang ihrer Schleier stünde.

Am Tag, als Don Agapito Carlotta von der Schule abholen sollte, wurde Merceditas durch Carlottas billiges Parfüm aus dem Zustand der gefährlichen Melancholie gerissen, in dem sie sich befand. Sie hörte mit dem Lesen auf und blickte ihre Freundin erstaunt an. Es war streng verboten, im Lehrsaal die Plätze zu tauschen, aber Carlotta benahm sich, als hätten die Regeln aufgehört zu existieren. Angemalt und parfümiert wie ein Strassenmädchen sass sie neben ihr, und anstatt zu flüstern, redete sie in normaler Lautstärke. Die wütenden Blicke der Aufsicht und das Murmeln der Schülerinnen um sie herum liessen sie ungerührt.

»Willst du nicht mitkommen und mir auf Wiedersehen sagen? Vater ist unten und wartet im Auto auf mich, alles ist bereit. Ich muss nur in mein Zimmer gehen und meinen Koffer holen. Wenn du willst, kannst du mir beim Hinuntertragen helfen.«

Ihre Stimme war fest, aber ihre Wangen zitterten leicht unter der dicken Schicht Make-up.

»Gut, ich werde dich begleiten«, antwortete Merceditas, legte ihr Buch weg und öffnete rasch ihre Schublade, um zu vermeiden, dass ihre Freundin deren gruftartiges Aussehen bemerkte. Sie ging in den Gang hinaus, während Carlotta zurückblieb, um sich von einigen Klassenkameradinnen zu verabschieden. Sie blickte traurig durch die grünen Jalousien in den Hof und fragte sich, was Carlotta wohl tun würde, nachdem sie die Oberschule nicht abschloss. Sie sagte sich, dass es vielleicht keinen grossen Unterschied machte und Carlotta, so wie sie beschaffen war, wahrscheinlich rasch etwas Nützliches zu tun fände. Ihre Freundin lebte in einer Welt, in der das Handeln entscheidend war, insbesondere das Handeln, das die Leiden anderer milderte, während sie selber in einer Welt der Gedanken lebte. Die ganze Woche über hatte sie den Augenblick gefürchtet, in dem sie sich von ihr verabschieden müsste, aber nun, da es so weit war, war sie fast erleichtert und überzeugt, dass das Weggehen Carlottas die bessere Lösung sei. Sie war traurig und wusste, dass sie Carlotta wahrscheinlich lange Zeit nicht mehr sehen würde, aber sie freute sich, dass in der Schule wieder Friede einkehren würde, so dass sie sich wieder dem Lernen widmen konnte. Vor allem hatte sie nicht mehr das unheilvolle Gefühl, das sie während der ganzen Woche gehabt hatte, dass ihr etwas Schreckliches zustossen würde.

Sie gingen zusammen die Wendeltreppe hoch und betraten den

Schlafsaal ihrer Klasse im dritten Stock. Carlotta zog ihren Koffer unter dem Bett hervor und stopfte, so schnell es nur ging, den Inhalt ihrer Schubladen in ihn hinein. Sie redete pausenlos von nebensächlichen Dingen, ihre Stimme hatte einen Unterton des Trotzes, als wollte sie die Stille, die sie umgab, absichtlich brechen. Die Stimme Carlottas hatte eine seltsame Wirkung auf Merceditas, die es gewohnt war, dass man mit ihr im Flüsterton sprach und im Schlafsaal immer auf Zehenspitzen ging. Sie blickte um sich, als sähe sie alles zum ersten Mal: die schweren Segeltuchvorhänge, die jetzt an die Wände zurückgezogen waren um den Raum zu lüften, enthüllten ihr, wie nah ihr Bett an dem ihrer Freundin und deren Bett an den Betten der anderen Internatsschülerinnen gestanden hatte. Der Nachttisch, das Waschbecken und der Wasserkrug, das Kruzifix und der Nachttopf liessen sie glauben, alles geschehe in einem Traum, da sie sich immer wieder durch die ganze Länge des Raums wiederholten.

Sie redeten und lachten gleichzeitig, hoben den Koffer auf und begannen, zum Haupteingang der Schule zu gehen. Sie hakten sich unter, flogen die Wendeltreppe hinunter und durchquerten die Schlafsäle mit ihren grünen Jalousien, in denen die Schülerinnen des zweiten und dritten Jahrgangs untergebracht waren. Einmal im Erdgeschoss angekommen, gingen sie an den Bügelräumen vorüber, und Merceditas sah, wie die Schwestern sich über ihre Bügeleisen und Zementwaschbecken beugten, Altartücher und Bettlaken bügelten und bürsteten. Sie kamen an der Kapelle vorbei, wo mehrere ihrer Klassenkameradinnen in ihren Bänken knieten und unter Weihrauchwolken monoton immer wieder die gleichen Gesänge und Gebete wiederholten. Sie sah Klassenzimmer, Gänge, Kreuzgänge und Klassenkameradinnen wie aus grosser Entfernung vorüberfliegen. Carlotta ging neben ihr, als wäre sie fähig, sich über alles zu erheben. Sie redete weiter aufgeregt mit Merceditas und erinnerte sie an das Datum, an dem die Karnevalsfeierlichkeiten beginnen würden. Sie erwähnte nicht den wahren Grund ihres Weggangs, sondern betonte, dass sie für die Gelegenheit dankbar sei, sich ganz ihren Krönungspflichten zu widmen.

Sie gingen schneller und kamen durch die Galerien, die zu den grossen Klassenzimmern führten, als Merceditas einen Seufzer der Erleichterung ausstiess. Sie hatte noch gar nicht darüber nachgedacht, wie sie sich ohne Carlotta und ohne eine einzige Freundin in der Schule fühlen würde, und wollte nun auch nicht darüber nachdenken. Ihre einzige Hoffnung war, keiner Nonne oder Mitschülerin zu begegnen, die sich hinter der Klassenzimmertür oder den mit Jalousien verhängten Fenstern verbarg und ihr beim Vorbeigehen Beleidigungen entgegenschleuden könnte. Die Mädchen sassen alle über ihre Bücher gebeugt oder hörten ihren Lehrerinnen aufmerksam zu und drehten sich nicht einmal nach ihnen um. Sie glaubte fast, dass ihre bösen Vorahnungen falsch gewesen wären, dass man Carlotta nicht in Frieden ziehen lassen würde, und sah sich ihr schon am Schultor Lebewohl sagen, als sie wieder den Geruch bemerkte. Sie hielt an und legte ihre Hand auf Carlottas Arm. Sie sahen sie zur selben Zeit, wie sie im Halbkreis unter ihren dunklen Schleiern geduckt standen und den Weg zur Tür versperrten.

Mutter Artigas trat vor und entfernte sich etwas von den anderen Nonnen. Ihre Füsse glitten sanft über die Schieferplatten des Flurs, wobei ihr Gazeschleier sich um sie wölbte wie eine dunkle Wolke. Ihr Gesicht, vom Saum des ondulierenden Schleiers weiss umrahmt, erschien Merceditas schöner denn je, es war, als würde sie sie durch eine Dachluke ansehen. Sie lächelte, aber das Lächeln war eine eisige Öffnung in ihrem Gesicht.

Merceditas liess Carlottas Koffer los und sagte ihr, sie solle ihn langsam absetzen. Erst dann bemerkte sie die lange Schere in Mutter Artigas' Händen, deren funkelnde Stahlblätter sie im matten Licht des Flurs für das Kruzifix gehalten hatte, das sie auf der Brust trug, und erst dann sah sie, wie eine zweite Nonne, die hinter der Haube Mutter Artigas' halb verdeckt stand, einen kräftigen Schritt auf Carlotta zu tat und ein weisses Porzellanbecken in der Hand hielt. Alles, was darauf folgte, erschien Merceditas später, als wäre es im Traum geschehen.

Sie sah, wie Carlottas seidigglänzende Locken noch parfümiert auf den Boden zu fallen begannen und dass Carlotta sich nicht rührte. Sie sah, wie die alabasterweissen Arme und Hände Mutter Artigas', die sie zum ersten Mal bis zu den Ellenbogen entblösst erblickte, den Kopf ihrer Freundin bearbeiteten, bis sie sie geschoren hatten wie ein Schaf, und wie Carlotta sich noch immer nicht rührte. Sie sah, wie sie den Schwamm, den ihr die Messgehilfin gereicht hatte, nahm, ihn in den purpurroten Schaum des Beckens tauchte, dem ein stechender Gestank entstieg, und wie sich Carlotta noch immer nicht rührte. Sie sah, wie Mutter Artigas ihr Gesicht langsam, fast zärtlich damit abwischte, bis die heroischen Züge, die Carlotta über ihre eigenen gelegt hatte, zu verblassen begannen, bis Lippen, Augenbrauen und die falschen Wimpern, die sie mit so viel Mühe einzeln an ihre eigenen geklebt hatte, bis ihre mohnroten Wangen und passionsfruchtfarbenen Augen verschwanden, und wie sie sich noch immer nicht rührte.

Wie zu Stein erstarrt hörte Merceditas Mutter Artigas, hörte einen Strom von Flüchen, der in Wirbeln ihrem Mund entquoll und ihre Freundin mit einem wütenden Schwall an Beleidigungen überzog. Sie schrie die schmutzigsten Worte hinaus, die sie in ihrem Leben gehört hatte: »Für wen hältst du dich eigentlich, du dreckiges Niggermädchen, du bist nicht mal gut genug, eine unserer Köchinnen im Kloster zu sein, und du willst die Karnevalskönigin sein, auf deinem Thron wirst du wie eine eingebildete, mit Schlamm beschmierte Mohrenfrau sitzen, das verehrte Idol der vulgärsten Wunschvorstellungen des Pöbels! Verflucht sei der Tag, an dem du zum ersten Mal deinen Fuss in unsere Schule gesetzt hast! Verflucht sei die Stunde, zu der sie dich hierher brachten, damit du eine Erziehung bekämst, statt dessen hast du das heilige Bild von Herz Jesu entehrt!«

Während sie schrie, zerrte Mutter Artigas an Carlottas Uniform und riss sie mit ihren Nägeln auseinander, zugleich liess sie einen Hagel an Hieben und Stössen über ihrem gesenkten Kopf niedergehen. Carlotta, die bisher in ihrer Panik ihren Koffer festgehalten hatte, liess ihn schliesslich los und hob die Arme, um sich vor den Schlägen zu schützen. Der Koffer platzte auf und entleerte seinen Inhalt auf den Boden. Merceditas starrte auf das Knäuel aus Kleidern, Schuhen und Büchern zu ihren Füssen und verstand endlich alles. Sie ging langsam auf Mutter Artigas zu und hielt deren nächsten Hieb auf. Mutter Artigas drehte sich überrascht um, nicht so sehr, weil sie eingeschritten war, sondern weil sie es gewagt hatte, sie zu berühren.

»Das reicht, Mutter«, hörte sie sich sagen.

Mutter Artigas trat zwei Schritte zurück und blickte Merceditas mit all dem Hass an, dessen sie fähig war. Carlotta stand zwischen ihnen, mit einem Kopf, der so mitgenommen war wie eine Billiardkugel, und einer Bluse, die so zerrissen war, dass ihr misshandelter Körper überall sichtbar war. Sie weinte still, wie ein riesiges

Tier, das geschlagen worden war. Merceditas zog sie an sich und legte den Arm um ihre Schultern.

»Weisst du, was ich denke?« fragte sie und lächelte. »Ich danke dir für deine gute Absicht, aber sie war nicht nötig. Du brauchst meine Bestrafung nicht mit dir nach Hause zu nehmen, denn jetzt wissen wir genau, woher der Geruch stammt.« Sie beugte sich nach unten, suchte in dem Kleiderhaufen auf dem Boden und richtete sich auf mit einem stinkenden, verfaulten Gegenstand in der Hand, von dem eine traurige, teerartige Flüssigkeit tropfte.

»Da ist es, Mutter«, sagte sie und machte ihren letzten Knicks vor Mutter Artigas. »Da ist ihr Herz Jesu. Es ist ein Geschenk für Sie.«

DER SPIEGEL
ISOLDES

1.

Von der Aussichtsplatte über Santa Cruz aus konnte man die Karibische See dort wie eine silberne Klinge blitzen sehen, wo die Zuckerrohrfelder mit dem Horizont verschmolzen. Die Luft war so klar, dass die Bewohnerinnen und Bewohner von Santa Cruz, die den Nachmittag freigenommen hatten und hinaufgefahren waren, um die kühle Brise zu geniessen, von dem überrascht waren, was sie vor sich sahen. Sie konnten sich nicht daran erinnern, je etwas Ähnliches gesehen zu haben: der Himmel über dem Industriebezirk der Stadt war ein reines Blau, und sie sagten zueinander, dass so ein Wunder sicher etwas mit der Heirat Don Augusto Arzuagas zu tun habe, die am selben Abend stattfinden würde.

Zum ersten Mal seit vielen Jahren hatten die Schornsteine der Fabrik aufgehört, ihre monströsen Rauchwolken in die Luft zu blasen, und alle waren sich darin einig, dass Don Augusto dies angeordnet habe, damit seine Hochzeit unter einem Himmel voller Sterne stattfände. Die Bewohner von Santa Cruz, die den Vorteil der klaren Sicht ausnutzten, begannen sofort, Geschichten zu erfinden, Details bei Tatsachen wegzulassen oder neue hinzuzufügen, die ihnen allen bereits wohlvertraut waren: dass an jenem Abend im Mai des Jahres 1972 unter dem Dach des allmächtigen Don Augusto Arzuaga zum ersten Mal, soweit sie sich erinnern konnten, die Bankiers aus dem Norden und die Industriellen und Geschäftsleute der Stadt mit der alten Zuckeraristokratie des Tals zusammenkommen, essen, trinken und tanzen würden. Sie stiegen aus ihren Autos, setzten sich auf die Felsen der Anhöhe und machten es sich unter den schwachen Schatten der Tamarindenbäume bei der Beobachtung des Schauspiels, das unter ihnen stattfand, so bequem wie möglich.

Über ihren Köpfen baumelten an den verwitterten Masten einer alten Fregatte zwei bronzene Laternen, eine weisse und eine rote, die früher dazu gedient hatten, vor Piratenschiffen zu warnen, die sich der Küste näherten. Von ihrer Aussichtsplatte aus konnten sie auf zwei sehr verschiedene Landschaften sehen. Hinter dem Kalksteinhügel, mitten in einem dornigen Tintillowäldchen, waren die ärmlichen Hütten von Tabaiba zu sehen, die von der Regierung in den mexikanischen Farben rosa, kanariengelb und mohnrot bemalt waren und als Touristenattraktion dienten. Das Armenviertel bestand seit über fünfzig Jahren und hatte sich trotz der kürzlichen offiziellen Verschönerung kaum verändert: es waren dieselben steil abfallenden, staubigen Strassen, die, sobald es zu regnen anfing, zu gefährlichen, schlammigen Flüssen wurden, es waren dieselben laut grunzenden Schweine, die Hühner und die Ziegen, die unter die verwitterten Pfähle rannten, es waren dieselben Latrinen, die früher aus Bottichen gebaut wurden, in denen man Melasse aufbewahrt hatte, und die heute aus ausrangierten Dieseltanks der Fabrik bestanden. Der Ort war so malerisch, dass er sich bei den Touristen grosser Beliebtheit erfreute, und viele Besucherinnen und Besucher stiegen nur zur Aussichtsplatte hinauf, um ein Foto von Tabaiba zu machen.

Von hier aus konnte man sehen, wie die Leute ständig kamen und gingen, Männer und Frauen mit Kleiderbündeln unter den Armen, wahrscheinlich die Uniformen, die sie an jenem Abend als Kellnerinnen, Köche und Tellerwäscher tragen würden. Mehr als die Hälfte des Armenviertels würde heute abend nach acht Uhr im Hause Don Augustos sein, manche, um bei den Festlichkeiten zu bedienen, andere, um den Landadel bei seiner Ankunft vor dem schmiedeeisernen Tor zu begaffen, wieder andere kamen, um von der anderen Seite der mit purpurroten Bougainvillea überwachsenen Gartenmauer den unsterblichen Liedern Daniel Santos' oder der goldenen Trompete César Concepcións zuzuhören, die durch die Nacht klingen würden.

Die andere Landschaft dehnte sich in die der Steilküste Tabaibas entgegengesetzte Richtung aus. Am Fusse der Aussichtsplatte, zum Meer hin, lag die Stadt Santa Cruz, die sich in den letzten Jahren erheblich verändert hatte. Trotz der Industriezone, die sie umgab und die mit der Stadt durch einen Irrgarten von der Sonne ausgebrannter Strassen verbunden war, bot sie noch immer einen beeindruckenden Anblick. Früher war die Stadt als Perle des Südens bekannt, und neben ihren neuen Restaurants, Kinos und Läden, die entstanden waren, war ihr altes koloniales Skelett intakt geblieben: die alten Häuser der Gutsbesitzer mit Mauern, die über einen Meter breit waren, Urnen mit Alcanthusblättern auf dem

Dach und Stuckgirlanden mit Putti über den Türen; die roten und schwarzen Streifen des Feuerwehrmagazins, das in der Abenddämmerung wie eine Kulisse zu Mozarts *Entführung aus dem Serail* aussah, die monumentalen Ziergiebel des Atheneumtheaters, einer pompösen Kleinstadtkopie des Parthenons.

Durch diese halb verlassenen, halb zerstörten Strassen fuhr in diesem Augenblick eine elegante Karawane hupender Wagen, neueste Modelle von Buicks und Cadillacs, hinab. In ihnen sassen die Gäste Don Augustos, die aufgeregt die letzten Einzelheiten für die Hochzeit erledigten. Die Wagen, die von livrierten Chauffeuren gelenkt wurden, hielten vor einem Friseursalon, einem Laden, in dem es Geschenke zu kaufen gab, oder einem Blumenladen an, sie liessen Leute aus- oder einsteigen, die Geschenke oder Orchideengebinde aussuchten, die an jenem Abend über glacéledernen Handschuhen und in kunstvollen Hochfrisuren getragen wurden. Der Lärm der Hupen und das spiegelhelle Glänzen der verchromten Stossdämpfer im blendenden Nachmittagslicht trug zu der Festtagsstimmung bei.

Aus ihren mit grauen Samtvorhängen gesäumten Fenstern grüssten sich wohlhabende Bewohnerinnen und Bewohner von Santa Cruz höflich und schauten dabei umher, um zu sehen, wer aus dem oder jenem Geschäft herauskam, was bedeutete, dass er zu den Festlichkeiten des Abends eingeladen worden war und so an den Segnungen von Don Augusto Arzuagas Geldbeutel teilnehmen würde, oder dass er grausam geschnitten worden war. Es würde nicht das erste Mal sein, dass die Stadt solche Pracht zu sehen bekam. Die Hautevolée von Santa Cruz war die extravaganten Parties der Zuckerbarone, bei denen diese die ganze Pracht ihres Reichtums zur Schau stellten, gewöhnt. Aber die Zeiten hatten sich geändert, und mit dem Untergang der Zuckerindustrie und den schwierigen Zeiten, denen die Rumproduktion ausgesetzt war, ging es ihren Unternehmen zusehends schlechter.

Die politische Kontrolle über die Stadt lag zu dieser Zeit in den Händen Don Augustos, der jeden ihm genehmen Mann zum Oberbürgermeister oder zum Mitglied des Stadtrats wählen lassen konnte. Aber Don Augustos Industriekapital war nicht solide genug, um unabhängig zu bleiben, und er musste erst vor kurzem eine Menge Geld von der County Metropolitan Bank aufnehmen, deren Aufsichtsrat sich aus einer völlig neuen Gruppe von energischen Kaufleuten, Rechtsanwälten und Investoren der Wall Street zusammensetzte, die zu Partnern der Besitzer der Bank auf dem Festland geworden waren. Die Zuckerbarone waren jedoch zu einer anderen Art von Verwegenheit übergegangen, nachdem sie sich bisher in weisses Leinen gekleidet, der Redekunst Casterlars geniesserisch gehuldigt und von den Bänken des Senats aus goldene politische Reden gehalten hatten. Sie setzten alles auf eine Karte und beschlossen, ihr Leben auf grandiose, nicht auf erbärmliche Weise zu beenden. Es war ihnen klar geworden, dass sie keine Wahl mehr hatten, und so hatten sie sich, wie die Bürger im Alten Rom, entschlossen, in ihren Häusern Selbstmord zu begehen, indem sie das auffrassen und versoffen, was von ihrem Vermögen noch übrig war, ehe dieses in fremde Hände fiel.

Das aufstrebende Bürgertum, die Leute aus Santa Cruz, die im Aufsichtsrat der County Metropolitan Bank neben den Herren aus dem Norden sassen, verboten ihren Kindern, zu diesen Parties zu gehen, denn sie waren überzeugt, dass das Blut, das durch die Entscheidung der Zuckerbarone, allem ein Ende zu machen, vergossen würde, eines Tages auf dem Haupt all jener niedergehen würde, die bei ihrem Opfer anwesend waren. Wütend verurteilten sie die Gruppentaufen in marmornen Badewannen, in die die Zuckerbarone zusammen hineinstiegen, um in der goldenen Flüssigkeit ihres Rums zu baden, wobei sich ihre Frauen und Töchter anschlossen und das Benehmen der Stadthuren nachahmten. Weiss vor Wut kommentierten sie die unanständigen Gewohnheiten der Barone, etwa die Art, sich in den griechischen Säulengängen ihrer Herrenhäuser zu begrüssen, indem sie sich gegenseitig den Penis unter ihren gestärkten Leinenhosen drückten, oder sie kommentierten ihre scherzhaften Einladungen zur Liebe in ihren kühlen, weissen Zuckerdepots, wo sie die riesigen Darrofen ihrer Lagerhäuser hinunterrutschten, oder ihre Gewohnheit, betrunken durch das Tor in die Kathedrale zu fahren und die Hupe ihrer alten, staubigen Packards und Hudsons bis vor den Altar zu betätigen, oder nackt in mondklaren Nächten in dem vielfarbigen Wasser zu schwimmen, das aus den Löwenrachen der Brunnen auf dem Marktplatz quoll. Aus diesen Gründen war es viele Jahre her, seit die Kinder der neuen Bourgeoisie die Häuser der Zuckerbarone besucht hatten, und auch die Kinder der Zuckerbarone blieben meist unter sich.

Die Familien der neuen Bourgeoisie machten sich Sorgen über die desintegrierende Wirkung eines solchen Benehmens auf die Zuckerbarone, sie redeten oft darüber und flüsterten dabei, als wäre es eine Familientragödie. Sie waren zu dem Schluss gekommen, dass der einzige Weg, die Stadt von diesem schlechten Beispiel zu befreien, darin bestand, mit ihren Partnern aus dem Norden eine Übereinkunft zu erzielen, nach der die Bankkredite der Barone langsam aber sicher eingestellt würden. Die öffentliche Meinung war schliesslich für das Image der Stadt von allergrösster Wichtigkeit, und die Frauen der Bankchefs wie auch der neuen jungen Rechtsanwälte und Kaufleute übten in dieser Hinsicht grossen Einfluss aus. Sie hatten es auf sich genommen, die Schiedsrichterinnen dessen zu sein, was in der Stadt gesellschaftlich schicklich war, und bei den wöchentlichen Zusammenkünften des Klubs Engagierter Frauen sowie bei den Bridge- und Nähparties diskutierten sie oft die Notwendigkeit moralisch einwandfreien Verhaltens bei der Kundschaft der Bank. So pflegten sie zu sagen: »Als wir mitten in unserer Hausarbeit waren, vielleicht als wir unserem Gatten am Morgen seinen Kaffee einschenkten, oder als wir uns im Wohnzimmer hinsetzten, um die Wäsche zu stopfen, da mussten wir die unwürdigen Erzählungen unserer Gatten anhören, etwa wie sie dem oder jenem eine Anleihe verweigern mussten, weil sie gehört hatten, dass er versucht hätte, Selbstmord zu begehen und jetzt bei einem Psychiater in Behandlung wäre, oder weil er seine Freundin in eine wohlbekanntes Restaurant mitgenommen und so alle Gesetze des Anstands verletzt hätte. Wir haben von all dem genug und glauben, dass es Zeit ist, neue Massstäbe zu setzen. Die Zuckerbarone mögen so aristokratisch sein, wie sie nur mögen, aber sie müssen sich fügen.« Ehrbarkeit, Integrität, Mass, ja sogar das Einhalten religiöser Pflichten wurden so zu Schlüsselworten, zur Voraussetzung für einen Kredit bei der Gründung eines Unternehmens in Santa Cruz. Scheidung, Ehebruch, Trunkenheit und sogar Selbstmord wurden in erstaunlicher Weise weniger häufig, und die Kirchen der Stadt waren sonntags ungewöhnlich gut besucht.

Don Augusto Arzuaga hatte zu all den Streitigkeiten in der Gesellschaft keine Stellung bezogen, vielleicht weil er es als unwürdig empfand, sich auf das Niveau der kleinstädtischen Verleumdung herabzulassen. Die Mitglieder des Aufsichtsrats der Bank und die

Zuckerbarone achteten ihn, er aber fraternisierte mit niemandem unter ihnen, denn er hatte Schwierigkeiten, ihnen zu vertrauen. Der unsichere Friede, der zwischen ihnen herrschte, basierte auf seinen schiedsrichterlichen Fähigkeiten in einer Angelegenheit, die bis anhin ausländische Investoren in Schach gehalten hatte. Im Gegensatz zu dem, was in der Hauptstadt der Insel geschehen war, wo die meisten der Industriezweige, deren Eigentümer vor Ort ansässig waren, bereits von ausländischem Kapital absorbiert worden waren, gehörte die Zementfabrik in Santa Cruz noch immer ihm.

Das Erstaunlichste an dieser ganzen Angelegenheit war, dass Don Augusto und die Zuckerbarone ihre Imperien ursprünglich mit Hilfe eben dieser Leute aus dem Norden errichtet hatten, die sich jetzt darin überboten, alles auf der Insel aufzukaufen. Im Jahre 1938, genau vor vierunddreissig Jahren, war Don Augusto der Besitzer einer kleinen Eisenfabrik, in der er eiserne Mahlwerke, Stahlräder und Winden für die Zuckerfabriken auf den Haciendas sowie Tragbalken für die Brücken goss, die die Flussbetten der Insel überspannten, als die Leute aus dem Norden anfingen, die Insel kreuz und quer mit modernen Strassen zu überziehen. Aber die Instabilität der Zuckerindustrie machte ihm Sorgen, zumal auf die Bestellungen, die er von den Fabriken erhielt, nicht immer Verlass war.

Eines Tages, im Dezember desselben Jahres, bekam er einen vertraulichen Besuch von Offizieren der Kommandantur der Marine aus dem Norden, die in der Stadt stationiert waren. Die Karibische See, sagten sie, wimmele von deutschen Unterseebooten, und sie müssten deshalb ihre Basen vergrössern, neue Strassen, Lagerhäuser und Flughäfen bauen. Es ginge ferner das Gerücht um, dass Hitler vorhabe, bald mit einer Invasion Englands zu beginnen, und es sei deshalb absolut notwendig, auf der Insel eine Reihe riesiger Schiffswerften zu bauen, die jederzeit der britischen Marine Schutz bieten könnten. Die Marineoffiziere hatten Roosevelt Roads zu diesem Zweck ausgesucht, da die Küste dieser Örtlichkeit durch die Navy von den naheliegenden Inseln Vieques und Culebra aus beschützt und so dieser Teil der Karibik in ein kleines *Mare Nostrum* verwandelt werden konnte.

»Ihre Insel wird schliesslich eine heldenhafte Rolle in diesem Krieg einnehmen«, sagten die Marineoffiziere in freundschaftlichem Ton zu ihm. »Vielleicht hatten wir wegen ihrer seltsamen geologischen Formation und ihrem Aussehen nie Vertrauen zu ihr. Wenn Sie sie von Westen ansehen, erinnert sie an einen Schäferhund, aber von Osten sieht sie wie ein Fisch aus. Man konnte nie sicher sein, ob sie ein Säugetier oder eine Amphibie war.«

Die Offiziere waren mit ihrem Vorschlag zu Don Augusto gekommen, weil seine Familie immer für die Aufnahme Puerto Ricos in den Bundesstaat der USA gewesen war. Sein Vater, Arnaldo Arzuaga, war aus Kuba eingewandert, von wo er während des Unabhängigkeitskriegs geflohen war und wo der Grossteil seiner Familie vor spanischen Gewehrläufen sein Leben verlor. Don Arnaldo hatte die Spanier gehasst, und er hatte gute Gründe dafür. Er hatte Ingenieurwissenschaft in Frankreich studiert, und nachdem er einmal nach Kuba zurückgekehrt war, fühlte er sich von der Rückständigkeit Spaniens und der hochmütigen spanischen Verachtung für alles, was Technik, Naturwissenschaften oder moderne Baumethoden betraf, stark behindert. Die Spanier waren zudem ein grausames Volk und hatten ihn mehrmals gefoltert, weil er sich für den Norden ausgesprochen hatte, wobei sie ihm die Nägel mit Zangen ausgerissen und gedroht hatten, ihn in einen Kessel mit kochendem, mit Kapern gewürztem Olivenöl zu werfen.

Zehn Jahre, nachdem Don Arnaldo heimlich auf der Insel angekommen war, erschien die Flotte General Miles' am Horizont der Bucht von Santa Cruz und richtete ihre Kanonen auf die Stadt. Eine amtliche Depesche an General Macías, den Befehlshaber der Gegend, liess ihn wissen, er habe vierundzwanzig Stunden, um sich zu ergeben, ehe General Miles die Stadt unter Feuer nähme. Macías war ursprünglich zum Widerstand entschlossen gewesen und hatte munter seine drei Kompanien Jäger aus dem Mutterland in den Aussenbezirken der Stadt in Position gebracht, aber es war alles umsonst gewesen. Die Kompanien waren schlecht ausgerüstet, da die Spanier erwogen, die Insel in naher Zukunft, sobald ihre kürzlich erlangte Autonomie zur militärischen Wirklichkeit geworden wäre, zu verlassen. Auch hatten die Einwohner von Santa Cruz selbst an dieser Angelegenheit einen entscheidenden Anteil. Sie stürmten die kaum zu verteidigenden spanischen Garnisonen und drohten, sie anzugreifen, wenn sie nicht die Stadt verliessen. Don Arnaldo hatte an der Spitze des Angriffs gestanden. Wie viele Einwohner von Santa Cruz war er überzeugt, dass die Leute aus dem Norden der Insel den Fortschritt bringen würden, und er sollte Recht behalten. Kaum waren die Spanier gegangen, da begannen die Leute aus dem Norden, Geld in die Insel zu pumpen, die Urwälder des Inneren zu vermessen, dringend benötigte Strassen, Aquädukte, Postämter und Krankenhäuser zu bauen und Telegraphenmasten aufzustellen, so dass die Inselbewohnerinnen und -bewohner im Norden zum ersten Mal in der Geschichte mit jenen sprechen konnten, die jenseits der steil abfallenden Berge lebten. Als die Leute aus dem Norden kamen, war der Enthusiasmus der Einwohnerinnen und Einwohner von Santa Cruz grenzenlos. Die Buchläden wurden mit Bestellungen von englischen Grammatiken überschwemmt, und sie fingen sofort an, über die Möglichkeiten einer Umbenennung der Insel in »Richland« zu diskutieren, da es niemandem mehr unter der Fahne des Nordens erlaubt wäre, weiterhin arm zu sein. Eine der radikalsten Neuerungen, die von Don Arnaldo, der seine Ausbildung an der Pariser Ecole des Ponts et des Chaussées erhalten hatte, gross gefeiert wurde, bestand darin, alle Orte auf der Insel auf die selbe Uhrzeit umzustellen. Am Tag ihrer Ankunft, morgens um sieben, begann das militärische Oberkommando, an alle Orte Botschaften per Telegraph zu schicken, in denen sie aufgefordert wurden, ihre Uhren auf die gleiche Zeit zu stellen, damit die Kirchenglocken am Mittag nicht alle zu verschiedenen Zeiten läuteten.

Don Arnaldo hatte durch all diese Reformen eine Menge profitiert, er wurde sofort zum engen Freund der Armeeingenieure der Sechsten Regimenter aus Massachusetts und aus Illinois und dachte, er sei endlich in Berührung mit der modernen Welt gekommen. Seine Eisenfabrik blühte auf, er erhielt eine Menge Aufträge durch den Bau von Strassen und die Planungen der Aquädukte und schickte seinen Sohn zum Studium der Ingenieurwissenschaft auf das Festland. Als also die Marineoffiziere Don Arnaldo und seinem Sohn Augusto viele Jahre später einen Besuch abstatteten und ihnen ihre Bedürfnisse erklärten, akzeptierten die Arzuagas ihr Angebot augenblicklich und stimmten zu, eine Zementfabrik zu bauen, weil dies die Bauten des Dockhafens an den Roosevelt Roads verlangten. Die Arzuagas waren die einzigen auf der ganzen Insel, die dies tun konnten, denn sie besassen die Kenntnisse, eine Zementfabrik aus dem Stand zu bauen, ohne auf Maschinen angewiesen zu sein, die aus Europa oder vom Festland transportiert werden mussten und die von den deutschen Unterseebooten mühelos versenkt werden konnten. So konnten sie jeden Kredit von den Banken aus dem Norden bekommen, der es ihnen erlaubte, die Grundstücke sowie die Ausrüstung und die Materialien zu kaufen, die sie benötigten.

Als der Zweite Weltkrieg seinem Ende zuging, war Don Augusto Arzuaga bereits ein reicher Mann. Er machte sich den Bauboom zunutze, der auf der Insel in den Fünfziger- und Sechzigerjahren stattfand, da er ein zivilisierter und friedliebender Mann war. Sein Traum war immer gewesen, ein Kunstmuseum für die Einwohner von Santa Cruz zu bauen, so dass sie nicht Hunderte von Kilometern reisen müssten, um Wunder an Gemälden und Skulpturen zu sehen, die ihn bei seiner ersten Reise nach Europa so sehr beeindruckt hatten. Er hatte sich seinen Traum erfüllt, und sein prächtiges Museum war Wirklichkeit geworden. Dessen Marmorsäulen erhoben sich in der Mitte von Santa Cruz wie ein zeitgenössischer griechischer Tempel, ein unleugbarer Beweis dafür, dass die geistigen Werte eines Menschen auf dem festen Boden von Wissenschaft und Technik errichtet werden konnten. Da drohte Unheil: der Ölmarkt gab nach, und die Kosten für Elektrizität auf der Insel, die alles, sogar das Öl, importieren musste, schnellten um das Dreifache in die Höhe. Don Augustos Vermögen, so gross es auch war, hatte angesichts der Kosten, die für das Betreiben der Zementfabrik anfielen, keine Chance, da Billigzement aus den anderen Karibikinseln den Markt zu überschwemmen begann.

Wegen der eben erwähnten Lage wurden von der Heirat Don Augusto Arzuagas mit Adriana Mercier, einer Nachtklubsängerin und Anfängerin als klassische Pianistin, furchteinflössende Folgen erwartet. Die Bürger von Santa Cruz, die auf dem felsigen Steilufer der Aussichtsplatte im kühlen Schatten der raschelnden Tintillo- und Honigbeerbäume sassen, schauten auf Don Augustos Zementfabrik hinab, wie sie unter einem blauen Himmel stand, kommentierten all diese Dinge und fragten sich, was sich wohl am Ende des Melodramas ereignen würde.

2.

Die Geschichte begann an dem Nachmittag, an welchem Adriana zum Flughafen fuhr, um Gabriel Lebewohl zu sagen. Sie stand am Eingang der Abflughalle und hielt die Rose in der Hand, die ihr Gabriel geschenkt hatte. Ein vages Gefühl der Erleichterung erfasste sie, das von ihren Fusssohlen ausging und in ihr aufzusteigen begann, als er sich entfernte und den engen, zum Flugzeug führenden Korridor hinunterging. In diesem Augenblick sprach Don Augusto sie zum ersten Mal an. Er war auch gekommen, um sich von seinem Sohn zu verabschieden und hatte sie angestarrt, seine grauen, matten Locken fielen über die Stirn und sein Gesicht, das Gesicht eines jungenhaften alten Mannes. Er beugte sich diskret nach vorne, als er seinen Hut aufsetzte.

»Ich muss Sie irgendwo schon einmal gesehen haben, aber ich glaube, wir sind einander nie vorgestellt worden«, sagte er mit einem Lächeln und trat schüchtern ein wenig in seinem untadelig geschneiderten Anzug zurück. »Ich heisse Don Augusto Arzuaga und wüsste gern Ihren Namen.« Adriana sagte geistesabwesend Hallo, sie war zu sehr mit sich beschäftigt, um dem Gruss des alten Mannes Aufmerksamkeit zu schenken.

»Adriana Mercier, schön, Sie kennenzulernen.«

Sie schaute dabei wieder den langen Korridor hinab, in dem Gabriel immer kleiner wurde. Er hatte sein Jackett über die Schultern geworfen, und der Wind blies aus den geöffneten Fenstern sein Haar in alle Richtungen. Sie schloss die Augen und versuchte zu lächeln, aber sie war drauf und dran, laut zu weinen. Um dies zu verbergen, blinzelte sie mehrmals rasch, als sei ihr etwas in die Augen geraten. Sie konnte sehen, wie Gabriel lachte, als er anhielt und sich umdrehte, um ihr ein letztes Mal zuzuwinken, ehe er in der offenen Tür des Flugzeugs verschwand. Sie redete sich ein, dass sie sich wegen des Benzingeruchs so schwach fühle, und hielt das Bücherpaket ganz fest, das Gabriel ihr in letzter Minute aufgedrängt hatte, weil es zu schwer war, und der Angestellte der Fluglinie, der sein Gepäck gewogen hatte, ihm wegen Übergewicht mit Extragebühren gedroht hatte.

Es war wahrscheinlich das Ende. Gabriel würde für lange Zeit nicht zur Insel zurückkehren, und sie würde nie mit ihm in Europa leben, was sie ihm versprochen hatte. Sie hatte es verstanden, ihre Rolle bis zuletzt zu spielen und beglückwünschte sich dazu. Es war besser so, vorzugeben, dass alles in Ordnung sei, zu lächeln, zärtlich zu sein, Melodramatisches und Anschuldigungen, die einen später verfolgen würden, zu vermeiden. Sie liess ihn mit seinem Traum ziehen, in dem sie ihm bis ans Ende der Welt folgen und ihn heiraten, ihre Karriere zugunsten einer Familie aufgeben würde. Sie wünschte ihm viel Glück und drehte sich um, um wegzugehen, als sie Don Augustos Hand auf ihrem Arm spürte.

»Sie sehen bleich aus«, sagte er leise. »Ich glaube, Sie sollten sich für einen Augenblick setzen.« Sie erlaubte es ihm, sie am Ellenbogen zu einer nahegelegenen Cafeteria zu führen, wo er eine Tasse Kaffee für sie bestellte. Sie sass vor ihrer dampfenden Tasse und fühlte sich plötzlich gebrechlich unter dem mitfühlenden Blick des alten Mannes, schwor sich aber, nicht zu weinen. Sie hatte dies kaum gedacht, als ihr zwei Tränen langsam die Wangen hinabrollten. Don Augusto war stumm. Er zog ein riesiges Leinentaschentuch aus seiner Hosentasche und reichte es ihr, wobei sich sein zitronenartiger Geruch ringsum verbreitete.

»Ich dachte, niemand benützte mehr solche Taschentücher«, sagte sie und versuchte zu lachen, als sie ihre Tränen damit abwischte.

Der alte Mann lächelte, ohne darauf zu antworten. Er sass ruhig vor ihr und nahm an, seine Anwesenheit sei wichtiger als alles, was er in diesem Augenblick sagen könnte. Als sie besser aussah, sagte er, »Wissen Sie, Sie erinnern mich an eine meiner Figuren in meinem Gemälde *Der Spiegel Isoldes*. Ich würde es Ihnen gern einmal zeigen.«

Als sie nicht vom Tisch aufsah, fügte er sanft hinzu: »Ich weiss nicht, was los ist, aber wenn ich so alt wäre wie Sie, würde ich es mir nicht so sehr zu Herzen nehmen.«

Seine Stimme war so traurig, dass Adriana plötzlich vermutete, dass er sie aus einem Gefühl von Solidarität heraus und nicht, wie sie ursprünglich angenommen hatte, aus schmutzigem Eigennutz angesprochen hatte. Sie hatte vor wenigen Augenblicken bemerkt, wie er neben Gabriel gestanden hatte und sie kaum ein Wort miteinander gewechselt hatten. Es war, als wäre er gegen den ausdrücklichen Willen seines Sohns gekommen, um ihm Lebewohl zu sagen. Sie schaute auf die Altersflecken auf seinen Händen und auf die Art und Weise, wie er sich auf seinem Stuhl nach vorn beugte, als wäre er unsicher, was seine Haltung betraf, und sie dachte, dass er wohl sehr alt sein müsse.

»Wissen Sie, warum Gabriel die Insel verlassen wollte?« fragte sie direkt und ohne Umschweife.

»Meinen Sie meinen Sohn? Ich wusste nicht, dass Sie seine Freundin waren. Er wird einige Jahre an der Sorbonne studieren. Hat er Ihnen das nicht gesagt?« Er war eine Minute stumm und fügte dann hinzu, »Es ist wirklich bemerkenswert, ich meine die Ähnlichkeit. Auf meinem Bild sitzt Isolde, genau wie Sie jetzt sitzen, mit einer Schale in ihrer rechten und einer Rose in ihrer linken Hand. Mein Kunstmuseum ist in Santa Cruz, wissen Sie, der Stadt, in der Gabriel zur Welt kam. Es ist die wichtigste Stadt im Süden der Insel.«

Adriana stand plötzlich auf, sie wollte keine Zeit damit verlieren, über ein Museum zu plaudern, das sie nicht beabsichtigte zu besuchen. Sie hatte Gabriel von dem Gebäude reden hören, das angeblich das achte Weltwunder war und zugleich die Obsession seines alten Vaters, aber sie empfand keinerlei Neugierde. Sie war gerade dabei zu gehen, als sie hörte, wie er mit einer Stimme, die so weich war, als wäre sie mit Mandelöl getränkt, hinzufügte, »Der einzige Unterschied besteht darin, dass Isoldes Schale vergiftet ist und die Rose ein Geschenk der Liebe. Sie ist unentschlossen, was sie tun soll, ob sie das Gift trinken oder an der Rose riechen soll.«

Sie schaute ihn überrascht an. Plötzlich fühlte sie sich aggressiv werden. Er dachte wahrscheinlich, sie sei ein dummes kleines Mädchen mit einem vor Enttäuschung gebrochenen Herzen. Er war wahrscheinlich insgeheim froh, dass Gabriel gegangen und alles zwischen ihnen vorüber war. Obwohl sie nicht wirklich sicher sein konnte, dass er wusste, dass sie seine Geliebte war. Gabriel war sehr diskret und hatte wahrscheinlich ihm gegenüber nie ihren Namen erwähnt. Er dachte, sie seien nur befreundet, was auch in Ordnung war. Sie hob die Schultern und wollte nicht mehr daran denken.

Sie hob die Tasse vom Tisch, um den letzten Rest Kaffee zu trinken, aber Don Augusto verhinderte das. Er nahm die Tasse weg, als enthielte sie wirklich Gift, und küsste zärtlich ihre Hand.

»Manchmal ist es notwendig, an Liebe zu glauben, auch wenn es sie gar nicht gibt«, sagte er mit einem sanften Lächeln. Adriana erinnerte sich lange an seine Worte.

3.

Viele Monate lang dachte sie nicht an Don Augusto, aber eines Morgens erhielt sie einen Strauss roter Rosen, der mit einer Postkarte ankam, auf der eine dunkelhaarige Frau abgebildet war, die eine Collier aus kirschgrossen Korallenperlen trug. Die Frau hielt eine goldene Schale in ihrer rechten und eine Rose in ihrer linken Hand, so dass sie sofort den Absender erriet. Auf der Rückseite stand in feiner Handschrift, »Wollen Sie sich nicht ein Wochenende frei nehmen und mich in meinem Museum besuchen? Ich hoffe noch immer, Sie eines Tages meiner Isolde vorzustellen.«

Sie stellte die Blumen in eine Vase und steckte die Postkarte in den Rahmen ihres Spiegels. Als sie ihr Haar, das wie ein schwarzer Wirbel aussah, rund um ihren Kopf bürstete, schaute sie ihr Spiegelbild an und stellte, obwohl sie das nicht gerne zugab, eine Ähnlichkeit zwischen sich und der Frau fest. Das Gemälde ärgerte sie, es war zu süsslich, fast widerlich mit seiner exotischen Atmosphäre. Sie fragte sich, warum Don Augusto darauf bestand, sie zu sehen, vielleicht wollte er einfach den Platz seines Sohnes einnehmen, war ein umgekehrter Ödipus und wollte seine Mannbarkeit beweisen. Sie glaubte das jedoch nicht wirklich. Mit seinen Millionen hatte er wahrscheinlich Hunderte von Frauen zu seinen Füssen, für die es kein Problem war, einen alten Mann zu heiraten. Sie drehte die Postkarte um und steckte sie zurück an den Spiegel, so als wollte sie sie nicht sehen, stand auf, verliess das Zimmer und schlug die Türe zu. Sie ging schnell nach unten, wo sie ihr Auto geparkt hatte.

Um fünf Uhr kam sie vom Konservatorium zurück und traf ihren Vater, der die mit Baumfarnen bestandene Einfahrt hinauffuhr. Die Farne hatte er gepflanzt, die Einfahrt hatte er von der Vegetation gesäubert, ehe er sie mit Asphalt befestigte. Sie öffnete ihre Handtasche und nahm die Schlüssel heraus, um die Tür aufzuschliessen, während ihr Vater aufhörte, mit den Hunden zu spielen, die zu seiner Begrüssung herbeigerannt waren.

»Ich helfe dir beim Abendessen, wenn du willst«, sagte er und küsste sie auf beide Wangen. So war ihr Vater immer, stets hilfsbereit, auch wenn er einen nie vergessen liess, dass alles, was man besass, das Haus, das Auto und die Möbel, die Frucht militärischer Disziplin war. Er stand jeden Morgen um fünf Uhr auf, wie er es seit seiner Zeit als Sergeant in der Armee getan hatte, um zehn Uhr abends schliefen er und ihre Mutter bereits fest, und die Hunde lagen wie schützende Wächter friedlich am Fussende des Bettes.

Adriana ging hinein und betrat die Küche. Vor seiner Krankheit hatte ihr Vater viele der Arbeiten am Haus selbst erledigt. Er hatte die Wände gestrichen, die Decke wasserdicht gemacht, die Möbel gelackt, den Garten und das Gemüsebeet eigenhändig gejätet. Er war immer fieberhaft in seinen Aktivitäten gewesen, als ob er die drohende Erinnerung an die Armut jede Minute brauchen würde. Zu schlafen, eine Siesta am Mittag zu machen, das Klavier aus Vergnügen zu spielen, all das waren für ihn unverzeihliche Sünden.

Sie nahm das Hackbrett von seinem Nagel an der Wand und hörte, wie ihr Vater hinter ihr in die Küche kam. »Bist du sicher, dass du keine Hilfe brauchst, Liebes?« fragte er. Adriana war unangenehm berührt, weil er Englisch sprach. Er bestand ab und zu darauf, als vermisse er sein Leben in den USA. Sie schüttelte den Kopf und starrte zum Fenster hinaus ins Tal, das mit dem Einbruch der Nacht vom Schimmer der erleuchteten Fenster in den Häusern, die an den dunklen Hügeln standen, erhellt war. Sie erinnerte sich daran, dass Gabriel sagte, diese Hügel seien wie ihre Schenkel, wenn sie sich liebten, mit einer warmen Haut, die von goldenen Schweisstropfen erhellt seien. Sie fühlte, wie ein plötzlicher Schwindel sie ergriff, als sie an ihn dachte. Ihre Beziehung zu Gabriel war immer so gewesen: wenn sie bei ihm war, dachte sie, dass sie ihn liebte, aber wenn sie weit weg von ihm war, hatte sie ein vages Gefühl, als hätte sie ihn nie geliebt. Sie fing an, die Zwiebel und den Knoblauch zu schälen, in einem grausamen Stakkato zu zerhacken, und zwinkerte rasch mit den Augen, um den beissenden Geruch, der plötzlich aufstieg, loszuwerden.

»Wir sind jetzt zuhause, Vater, du brauchst nicht mehr Englisch zu reden«, antwortete sie in ärgerlichem Ton, den sie sofort bedauerte. Seit seinem Herzinfarkt war ihr Vater an das Haus gebunden und konnte sehr wenig tun. Ihre Mutter ging jeden Tag zum nahegelegenen Kasernengelände, wo sie als Krankenschwester arbeitete, aber ihren Vater musste man beschäftigen. Er putzte ein bisschen im Haus, schuf Ordnung, wässerte die Pflanzen und wartete, bis die Familie am Nachmittag nach Hause kam. Sie hatten viele Jahre in Europa gelebt, wo ihre Mutter als Krankenschwester im amerikanischen Offiziersklub gearbeitet hatte und ihr Vater Militär am Konsulat gewesen war. Sie hatten Deutschland, Spanien und Italien bereist, auch wenn dies für Adriana alles mehr oder weniger dasselbe gewesen war. Die Schulen, die sie in den Militärbasen besucht hatte, waren einander alle ähnlich, und in allen wurde Englisch gesprochen.

Sie fing an, »Noche de Ronda« zu singen, öffnete den Mund immer weit, wenn sie an das »a« kam und machte die vulgäre, gutturale Intonation der »Goldenen Dicken« von der Tira y Tápate Show von Radio KBM nach. Glücklicherweise musste sie nicht zu viel Zeit zuhause verbringen. Sobald sie mit der Zubereitung des Abendessens für ihre Eltern fertig war, fuhr sie in die Stadt. Dort lebte sie ihr zweites Leben, das sie viel mehr genoss, und wo sie in verschiedenen Cafés und Bars des Condado Viertels sang. Heute abend würde sie in der Pianola arbeiten, wo ihr Auftritt gegen elf Uhr beginnen würde. Morgen würde sie in The Grotto, übermorgen im Easy Chair, und danach im Parakeet sein.

Sie mochte ihre Arbeit, die sie an seltsame Orte führte, in zerfallene Vororte wie das Hafenviertel, das immer mit Papierstreifen und Konfetti, das von den beleuchteten, in ihren rosa Docks liegenden Kreuzschiffen herabregnete, übersät war. Sie hatte bereits mehrere Einladungen erhalten, in wichtigen Hotels zu singen, und sie nahm die Angebote an, weil sie gutes Geld bedeuteten. Sie wusste, seit sie in den Vereinigten Staaten gelebt hatte, dass sie für die Leute aus dem Norden wegen ihrer rauchfarbenen Haut, ihren grünen Augen und ihren feinen Gesichtszügen anziehend war, so dass sie die Jobs wahrscheinlich auch bekommen würde. Ihr Lieblingshotel, in dem sie wirklich gern arbeiten würde, war natürlich das Condado Vanderbilt, das vor vielen Jahren von den Vanderbilts als Sommerpalast gebaut worden war. Sie mochte den Anblick seiner blau gekachelten Decken und seiner pariserischen Mansarden, die sich über der Landzunge erhoben, wo einmal blütenweisser Sand gewesen und jetzt eine palmenbestandene Promenade war und die ruhigen Gewässer der Lagune des Condado von den wilden Wellen des Atlantischen Ozeans trennte.

Sie spazierte gern die Bürgersteige des Condado entlang, an denen es viele schräge Läden mit batteriebetriebenen Penisen und rosaroten Gummititten, Sexkinos und Schwulenbars gab. Sie hatte gehört, dass dieser Teil der Stadt zur Zeit der Vanderbilts als »Die Goldene Schale« bekannt war, und dass andere elegante Herrenhäuser in der Nachbarschaft von Ortsansässigen gebaut worden waren, wie zum Beispiel das Haus der Gebrüder Ben, die von den Stadtbewohnern »Hermanos Brothers« genannt wurden und die Besitzer der Telephon- und Telegraphenfirmen waren. Damals spazierte das ortsansässige Grossbürgertum hautnah an den Roosevelts und den Fords die Ashford Avenue hinab, und seine Kinder spielten in weissen Leinenshorts Tennis, Bridge und Backgammon auf denselben Plätzen. Sie hatten in ihren Model T's gemeinsame Ausfahrten die Escambrón Strandpromenade entlang gemacht und waren zusammen in die aquamarinfarbene See getaucht, ehe sie merkten, dass ihre Erwartungen ohne Grundlage waren und sie nie zu deren Parties eingeladen werden würden. Die feine Gesellschaft von Newport mied sie nicht nur, sie bescherte ihnen das Schicksal von Aussätzigen. Sie schloss das Grossbürgertum der Stadt für immer von ihren fortschrittlichen Parties und ihren Wermuth-Champagner-Empfängen aus. Freundschaft mit den Eingeborenen konnte nie intimer sein als ein herzliches Winken mit einem Seidenschal oder einem Ziegenlederhandschuh aus den lichten Höhen eines Bentley oder Rolls Royce Kabrioletts. Die Leute aus dem Norden pflegten, wenn sie dank der Gebrüder Ben miteinander telephonierten, zu sagen und dabei zu lachen, »Wofür halten sich eigentlich diese in Fräcke gesteckten Affen?« Das alteingesessene Grossbürgertum fühlte sich in seinem Familienstolz, in der innersten Faser seines Gefühls für Abstammung tief verletzt, liess die Jalousien an den fest geschlossenen Fenstern seiner Herrenhäuser und Klubs herab, wanderte in die gesünderen Zonen von Gardenhills und Gardenville ab und überliess »Die Goldene Schale« den Leuten aus dem Norden.

Die Gegend kam schnell herunter. Die Häuser wurden dem teuflischen Rost überlassen, der wie ein feuriger Pilz dem Meer entstieg, und barsten an den Säumen ihrer Eisenverstrebungen, so dass sie wie umgedrehte Schirme im Wind des Atlantiks aussahen, ihre Türen schwangen nachts auf und zu, und ihre Fenster schlugen wie die Flügel betrunkener Seemöven. Dann kamen die Profiteure, mit Lastwagenladungen greller mexikanischer Ponchos und Ketten aus getrockneten Samen aus Nicaragua, um die Billigtouristen in Versuchung zu führen, die anfingen zur Insel zu reisen, die Schuhverkäufer mit den geschwollenen Füssen von B. Altman's und Lord & Taylor, die Kosmetikverkäufer von Woolworth, der Verkäufer von Fuller Bürsten aus dem Untergeschoss von Macy's. Diese neuen Unternehmer begannen, die schwankenden Herrenhäuser des alten Grossbürgertums aufzukaufen, in denen sie eine Kette Hurenhäuser mit Teenagern aus Santo Domingo und Haiti einrichteten. Diese letzte Neuerung war zu viel für die Vanderbilts, die schliesslich ihren Sommerpalast verkauften und die Insel verliessen. Die Profiteure machten daraus sofort ein »Ragtime Hotel«, und Adriana träumte davon, dort eines Tages singen zu dürfen.

Sie zerschnitt die Paprika und sang weiter »Noche de Ronda«, wobei sie ihre Stimme tiefer ansetzte und Ruth Fernández' erotisierende Tonlage imitierte. Sie schloss die Augen und sah sich, wie sie in einer pallettenbesetzten Robe die Treppe des Condado-Vanderbilt-Nachtklubs, El Patio del Fauno, in dem aus einem Brunnen die ganze Nacht rosa Champagner sprudelte, hinauf und hinunter schritt. Sie ging zum Mikrophon und begann zu singen: »Mond, der in den Nebeln meiner Einsamkeit zerbricht ...«

»Bitte sing nicht so laut! Ich schau das letzte Viertel der Footballmeisterschaft an!« Ihr Vater, der von ihrer Zurechtweisung von zuvor verletzt war, hatte im Wohnzimmer Zuflucht gesucht und den Fernseher aufgedreht, so laut es ging.

»Englisch, Englisch, Englisch! Warum musst du immer Englisch sprechen!« konterte sie, jetzt wütend geworden, und zerdrückte die süssen Chilepfefferschoten, die sich in ihrer Hand zu kleinen Bischofshüten rollten. »Man muss lernen, Englisch ohne Akzent zu sprechen, damit man nicht identifiziert werden kann, damit man sich nicht von den anderen unterscheidet!« Ihr Vater hatte wegen ihres Ausbruchs wahrscheinlich geglaubt, sie sei völlig verrückt geworden. Sie wischte sich die Tränen aus dem Gesicht, ging in das andere Zimmer und trat von hinten an seinen Stuhl. Sie legte ihre Arme um ihn und küsste ihn auf den Kopf.

Sie dachte an andere Dinge, es waren Erinnerungen, die sich von denen an die Militärbasen in Europa unterschieden. Sie konnte sich noch an ihr Haus im Armenviertel von Bajura Honda mit seinem schiefen Zinkdach und seiner wackeligen Veranda erinnern. Sie war in ihm geboren, ihr Vater war dorthin gekommen, um sie und ihre Mutter herauszuholen, als er endlich aus Korea zurückgekehrt war, und er hatte zum ersten Mal in seinem Leben regelmässig einen Monatssold, um sie zu ernähren. Auf dem Weg nach Europa hatte ihr Vater immer dasselbe wiederholt, als würde ihr Leben davon abhängen, im Flugzeug, am Flughafen, als sie auf dem Stützpunkt angekommen waren, wo alle Häuser wie in einem Monopolyspiel gleich aussahen: »Wir müssen lernen, Englisch ohne Akzent zu sprechen! Wir müssen lernen, Englisch ohne Akzent zu sprechen! Wir müssen lernen, Englisch ohne Akzent zu sprechen!« Er war nach eineinhalb Jahren erstaunlich erfolgreich, niemand in Deutschland oder Italien hätte vermutet, dass Englisch nicht seine Muttersprache war.

Ihr Vater war in die Küche zurückgegangen, sass neben ihr auf dem roten Schaukelstuhl und las den *San Juan Star*. Adriana fing an, die Zwiebel zu rösten, und die goldenen Häute der Zierde guter Küche umgab sie mit ihrer Duftwolke. Dieses Mal begann sie, eine Strophe aus »La Borinqueña« mit einem ironischen Unterton in der Stimme zu singen. »O Land von Boríinquen, Garten, in dem ich geboren!« Ihr Vater lächelte heimlich, ohne von seiner Zeitung aufzuschauen.

»Sie sagen, Tavares hat die Melodie von ›Der Schönen Peruanerin‹ geklaut«, sagte er schlau und gab ihr ein Sträusschen Koriander zum Zerkleinern. Adriana lachte laut und gab auf.

In jener Nacht, als sie sich im Spiegel anschaute, dachte sie, dass ihre Zukunft beängstigend unsicher sei. Ihr Vater und ihre Mutter waren auf die Insel zurückgekehrt und wollten dort bleiben, daran gab es keinen Zweifel. Aber es war eine Rückkehr mit gewissen Bedingungen: sie würden nie ganz zu der Welt gehören, die sie zurückgelassen hatten. Deswegen hatten sie ihr Haus auf einem Hügel, am Ende eines kurvenreichen Irrgartens von Strassen, gebaut, den zu durchfahren länger als eine Stunde dauerte. Das Haus selbst war ein gutes Abbild ihres Lebens. Halb rustikales Landhaus, halb koloniales Herrenhaus, hatte es eine alpenländische Holzveranda mit ausgesägten Herzen, eine Balkendecke im spanischen Stil, andalusische Keramikkacheln im Bad und deutsche Kacheln aus Gusseisen in der Küche. Ihr Vater verliess das Haus nie, und ihre Mutter ging nur den Hügel hinab, um zum Militärgelände zu gelangen. Sie lebten innerhalb einer Insel auf einer Insel. In Wirklichkeit hatten sie nirgendwo eine Heimat.

Sie wollte so nicht leben. Der Gedanke, ihr Leben damit zu verbringen, immer wieder eine undefinierte Grenze überschreiten zu müssen, flösste ihr Schrecken ein. Als sie mit ihren Klavierstunden am Konservatorium für Musik begann, rieten ihr ihre Lehrer, eine Karriere in Europa zu versuchen. Sie sei eine Starstudentin, und ihr Talent sei auf der Insel verloren. Aber nach Europa zu reisen war jetzt ausgeschlossen, da ihre Familie nur dank der Pension ihres Vaters aus seiner Zeit beim Militär überlebte. Was sie als Sängerin verdiente, war kaum ein Taschengeld. Sie wusste nicht einmal, ob sie ihr Studium am Konservatorium beenden würde. Sie benötigte dringend ein Stipendium, um für ihr letztes Jahr zu bezahlen.

Sie bürstete ihr Haar gründlich, wie jede Nacht bevor sie ins Bett ging. Als sie in den Spiegel schaute, sah sie, dass es in der Tat eine Ähnlichkeit zwischen ihr und der Frau auf Don Augustos Postkarte gab. Sie nahm sie aus dem Rahmen des Spiegels und legte sie vor sich. Es war irgendwie bedrohlich, wie sich Isoldes Haar in einem schwarzen Wirbel um ihr Gesicht drehte. Sie liess die Bürste auf dem Tisch liegen und zog ihr Haar wie ein schwankendes Leichentuch über ihr Gesicht. Wenn sie es nicht schaffte, vom Konservatorium mit einem Abschluss abzugehen, würde ihr Opfer umsonst gewesen sein. Sie hätte weder eine Karriere noch eine Ehe und würde zwischen allen Stühlen sitzen. Zu Hause bei ihren Eltern zu bleiben und ihnen beim Unterhalten ihrer Freunde aus der Militärzeit behilflich zu sein, vielleicht einen Ehemann unter ihnen zu finden, war nicht wirklich eine Alternative. Ich könnte das nie, sagte sie sich, ich würde eher in eine kleine Wohnung in der Stadt ziehen und aus meinen Auftritten in den Nachtklubs eine Karriere machen. Aber sie wusste, dass das auch keine Alternative war. Sie tat das als vorübergehendes Hobby, aber als Beruf wäre es Selbstmord.

Sie dachte wieder an Gabriel und dass sie nie mehr von ihm gehört hatte. Sie dachte an Don Augusto und sah ihn wieder, wie er am Flughafen gewesen war, wie schüchtern er an der Seite stand, wie er es fast nicht wagte, mit seinem Sohn zu sprechen, wie er ihn einfach anblickte und ihm Lebewohl winkte. Sie sah, wie sie fast in Ohnmacht fiel, wie Don Augusto sie aufforderte, sich zu setzen, wie er versuchte, sie mit seiner hirnrissigen Geschichte über Isolde, die Feenkönigin oder die Böse Hexe aus dem Osten, mit irgend etwas, das sie auf andere Gedanken brächte, aufzuheitern. Sie sah, wie Gabriel unter dem Staub, den die Motoren der DC 10 aufwirbelten, verblasste, sie sah all das im dunklen Wirbel ihres eigenen Haars, als sie in den Spiegel starrte. Das Wichtigste war, sich zu entscheiden, sagte sie sich, nicht wie Isolde zwischen der vergifteten Schale und der Rose zu zögern.

Sie ging an ihren Tisch und öffnete die Schublade. Sie nahm Füllfederhalter und Papier heraus, fing an, langsam, mit klaren, feinen Strichen, zu schreiben, ohne nachzudenken. Früh am nächsten Morgen warf sie den Brief in den Briefkasten. Sie hatte sich entschlossen, Don Augustos Einladung, sein Museum in der nächsten Woche zu besuchen, anzunehmen.

4.

Sie kam früh in Santa Cruz an. Am Marktplatz, unter den Mahagonibäumen, die so beschnitten waren, dass sie wie riesige Pilze aussahen, sprach sie eine Gruppe von Dominospielern an, die ihr den Weg zum Museum wies. Es war lange her, seit sie diese Stadt besucht hatte; sie war damals ein kleines Mädchen gewesen. Sie hatte vergessen, wie die Hitze die Silhouetten heraushob, wie die brutale Helle des Himmels, der über ihr wie ein Ofen kochte, alles, Gebäude, Bäume, Parkbänke und Menschen, langsam ihre Substanz verlieren liess und sie zu weissglühenden Umrissen versengte. Sie vermisste die kühle Brise des Atlantiks, die in der Hauptstadt gegen Haare und Röcke der Fussgängerinnen blies und den Kreislauf und die Gedanken beschleunigte, und sie dachte, dass die Leute hier einen mit dumpfen, trägen Augen anschauten, wie Eidechsen, die von der Anstrengung, durch den Staub der Strassen zu kriechen, erschöpft waren. Sie fuhr schneller und näherte sich der anderen Seite der Stadt, wo sich das Museum befand. Es war zweifellos das beeindruckendste Gebäude und übertraf an Pomp und Extravaganz alles, was in seiner Nähe gebaut worden war. Es sah aus wie ein Kompromiss zwischen einem mittelalterlichen Kreuzgang und einer karibischen Veranda mit monumentalen Ausmassen.

Sobald sie durch das Portal ging, spürte sie einen Hauch kalter Luft auf ihrem blossen Rücken, und sie ärgerte sich, weil sie ihr tief ausgeschnittenes Baumwollkleid mit den roten Mohnblumen aus Seidensiebdruck angezogen hatte, das jetzt durchgeschwitzt war. Sie sagte ihren Namen an der Pforte und setzte sich auf eine mittelalterliche Kirchenbank, in die spitze Engelsflügel geschnitzt waren, und wartete. Das Museum hatte so etwas wie eine religiöse Atmosphäre, es gab überall brennende rote Votivkerzen und riesige Blumenarrangements auf den Konsolen vor den Gemälden, was an eine Kirche erinnerte. Einige Minuten später sah sie, wie Don Augusto durch den gotischen Gang mit leichten, agilen Schritten, die sein Alter Lügen straften, auf sie zukam. Er trug einen tadellos geschneiderten englischen Gabardineanzug.

»Sie können sich nicht vorstellen, wie sehr ich es zu würdigen weiss, dass Sie gekommen sind. Jetzt werde ich endlich meine Isolde ihrer Zwillingsschwester gegenüberstellen und sehen können, welche von beiden die schönere ist«, sagte er mit Wärme. »Aber zuerst möchte ich Ihnen mein Museum zeigen.«

Er nahm ihre Reisetasche, reichte sie einem seiner Leibwächter weiter, nahm sie sanft beim Ellenbogen und schob sie zum nächsten Gang. Sie besichtigten mehrere Säle, die leicht nach Weihrauch rochen, in denen der alte Herr als Führer diente und auf die wertvolleren Ölgemälde, Skulpturen und Zeichnungen hinwies. Es gab besonders viele Frauenportraits, Frauen jeglicher Grösse und Farbe, jeglichen Alters, die die Wände von der Decke bis zum Boden bedeckten und aus prächtigen Rahmen blickten.

»Glauben Sie nicht, dass es zuviele sind?« fragte Adriana, der es etwas schwindlig wurde angesichts einer Wildnis von sich windenden Körpern, Nymphen, von Jägern mit bellenden Jagdhunden verfolgt, von Prinzessinnen, die vor spähenden Wüstlingen ins Bad stiegen, von Heiligen, die ihr Herz in blutigen Schalen ausdrückten oder in unbequemen Haltungen knieten, einen Sultan vor sich, der ihnen einen Dolch an die Kehle hielt. Die roten Votivkerzen, die das Licht um sie geheimnisvoll wabbern liess, trugen zu ihrem Unwohlsein bei. »Vielleicht sollten Sie einige von ihnen in den Keller stellen. Es würde den Ort friedlicher machen.«

»Das ist unmöglich, Adriana. Gemälde sind wie Menschen, sie brauchen Licht und Luft, um zu sehen und gesehen zu werden. Ohne das Tageslicht stirbt ein Bild den Erstickungstod, und die Damenportraits sind die empfindlichsten von allen. Sie bleichen aus, setzen Schuppen an, stossen ihren Firnis wie vitaminarme, sonnenverbrannte Haut ab. Das Auge des Besuchers nährt ihre Eitelkeit, gibt ihnen einen Grund weiterzuleben. Man muss sie ständig restaurieren, ihre Gesichter von jahrhundertealtem Staub mit Olivenölseife reinigen, sie auf Keilrahmen spannen, ihren Keil anziehen, sie firnissen und wachsen. Meine Damen sind wie Diven, sie mögen es, wenn man sie verwöhnt.«

Adriana schaute ihn mit Interesse an. Don Augusto hatte etwas, das zugleich blasiert und offen war, das ihn zu einem interessanten Menschen machte. Er war wahrscheinlich einsam, sie wusste, dass er nach dem Weggang Gabriels allein lebte, und dass er die Gesellschaft von Santa Cruz auf Distanz hielt. Sie gingen weiter, und er begann zu erzählen, wie er zu einem Kunstsammler wurde. Er war damals noch mit Margarita De la Valle verheiratet, die vor wenigen Jahren verstorben war. Am Anfang war auch sie eine eifrige Sammlerin gewesen, und nach dem Krieg waren sie zusammen nach Europa gereist, wo Kunstwerke noch immer für fast nichts erworben werden konnten. Sie waren nach Santa Cruz mit einer grossen Ladung von »objets d'art et de vertu« wie Jäger, die von einer erfolgreichen Safari heimkehrten, zurückgekommen. Zuerst hatten sie ihr Haus damit geschmückt, aber mit der Zeit, als Don Augusto mehr und mehr Gemälde kaufte, die meisten von ihnen mit nackten Frauen (aus dem spanischen siebzehnten Jahrhundert, dem französischen achtzehnten Jahrhundert und dem deutschen neunzehnten Jahrhundert, er hatte keine Vorurteile, was die Nationalität betraf), wurde Margarita allmählich eifersüchtig. Sie setzte es sich in den Kopf, dass Don Augusto mehr an seinen ausländischen Damen als an ihr gelegen war, und da ihre Schönheit den Verwüstungen der Zeit ausgeliefert war, war sie im Nachteil. Don Augusto konnte nicht glauben, dass sie wegen den harmlosen Schatten seiner Portraits, die mehrere Jahrhunderte alt waren, eifersüchtig war, oder dass diese ihre Ehe gefährden könnten. Schliesslich tat er aber, was sie verlangt hatte, und verlegte die Sammlung in das Museum. So wurde sein Harem, wie Margarita es genannt hatte, aus seinem offiziellen Wohnsitz verbannt. Nach

Margaritas Tod schlief Don Augusto zwar zuhause, verbrachte aber den grössten Teil des Tages im Museum.

Adriana hörte stumm Don Augustos Erzählung zu. Sie fand seine Stimme beruhigend und versuchte, an nichts zu denken. Sie lauschte den Brunnen im Museum wie in einem Traum, jeder Saal hatte einen Marmorbrunnen, und das ganze Museum hallte von ihrem Geplätscher wider. Ihre hochhackigen Schuhe knallten laut auf dem Boden, als sie plötzlich bemerkte, dass alle anderen auf den Zehenspitzen gingen. Eine Besuchergruppe, die nach ihnen gekommen war, huschte wie flüsternde Schatten vorbei, als wäre sie von dem Geschauten überwältigt.

Schliesslich kamen sie in den grössten Saal, in dem *Der Spiegel Isoldes* hing. Auch hier waren die Wände mit Portraits bedeckt, dieses Mal waren es elegante Damen aus England von Reynolds und Gainsborough, die auf Sofas aus Seidenstoffen mit Verzierungen aus Goldbronze lagen und aussahen, als seien sie über die gewöhnlichen Leiden dieser Welt erhaben. Adriana sass am Rande eines der Brunnen, als Don Augusto an das Bild trat und es mit einem Ausdruck der Verehrung ansah. »Das ist sie. Die einzige Frau auf der Welt, die mich ganz glücklich macht«, sagte er und lächelte. »Ich komme jeden Tag hierher und schaue sie an. Sie lässt mich alle Familienstreitigkeiten, alle misslungenen Investitionen, die Gebrechen und Schmerzen meines Alters vergessen. Sie ist vollkommen, sie gibt einem Schönheit und verlangt nichts dafür.«

Sie schämte sich, überhaupt gekommen zu sein. Sie würde nie den Mut haben, diesen sentimentalen alten Mann um das Geld zu bitten, das sie brauchte, um ihr letztes Schuljahr zu beenden. Sie begann, mit den weissen Lilien im Brunnen zu spielen, um ihn nicht ansehen zu müssen. »Und sie sieht genau wie Sie aus, glauben Sie nicht auch? Die gleiche rauchfarbene Haut, das gleiche kameeartige Profil und die selben störrischen Locken. Nur hätten Sie sich in Hyazinthenblau und nicht in Rot kleiden sollen, denn Blau ist die Farbe der Treue.« Adriana schaute das Bild aus der Nähe an. Isolde trug kunstvoll gearbeitete höfische Kleidung mit einem weiten, glockenartigen Rock, der mit Edelsteinen besetzt war, und eine Federkrone. Das Bild war in bester Verfassung, als wäre es gestern gemalt worden. Auf Isoldes rosaroter Wange waren einige wenige kleine Schweisstropfen zu erkennen. Neben dem Bild war eine gedruckte Erklärung der zugrundeliegenden Geschichte: Isolde war die Gemahlin König Markes, aber sie hatte sich in Tristan verliebt, nachdem sie versehentlich den Liebestrank getrunken hatte, den er ihr gereicht hatte.

»Sie haben mir aber eine andere Geschichte erzählt«, sagte sie und blickte ihn anklagend an. »Sie sagten, die goldene Schale sei vergiftet, was nicht stimmt. Obwohl ich annehme, das es auf dasselbe hinausläuft, denn der Liebestrank liess sie Marke verraten und verursachte ihren Tod.« Sie dachte dabei, sie würde sich nicht erniedrigen und ihn nach dem Geld fragen. »Auf jeden Fall mag ich sie nicht. Sie ist zu steif, zu sehr hergerichtet. Ihr Kopfschmuck sieht wie einer Ihrer Wasser speienden Brunnen aus.«

Der alte Mann lachte laut, und sie bemerkte, dass er vollkommene, perlenweisse und gleichmässige Zähne hatte. Er schaute sie bewundernd an. »Sie sind eine richtige Büchse der Pandora, voller Überraschungen!« sagte er und nahm sie wieder am Arm. »Eine Frau mit eigenem Kopf, bereit, sich zu behaupten. Ich gebe mich geschlagen. Von nun an werde ich nie mehr die Isolde in meinem Gemälde die klügste Frau der Welt nennen können.« Seine Augen leuchteten vor Begeisterung; als sie zur Tür gingen, konnte Adriana nicht anders, als seinen rosaroten Teint und die elegante Art, wie er sich in seinem modisch geschneiderten Anzug bewegte, zu bemerken. »Selbst wenn die Schale Gift und keinen Liebestrank enthält – wenn sie aus purem Gold ist, könnte ich trotz allem daraus trinken«, sagte sie sich, als sie an seiner Seite ging. Am Ende des Wochenendes nahm sie seine Einladung, in der folgenden Woche wieder zum Museum zu kommen, an.

5.

Sie kam am folgenden Samstag wieder früh an und setzte sich auf dieselbe Bank mit den Engelsflügeln. Sie hatte sich viel Mühe mit ihrer Garderobe gegeben. Sie trug einen breitrandigen Strohhut, der ihr gut stand, und sowohl ihr Rock als ihre Bluse waren hyazinthenblau. Sie hatte sogar ihr Haar mit einem Band der gleichen Farbe zurückgebunden. Schliesslich sah sie Don Augusto den Flur entlang kommen. Als er bei ihr war, küsste er ihr die Hand und murmelte mit einem Lächeln, »Und wie geht's Isolde heute? Wird sie treu bis zum Ende sein?« Adriana wusste, dass er auf die Farbe ihres Kleids anspielte, aber sie tat so, als hätte sie nichts bemerkt.

Sie gingen zusammen zu einer kleinen Tür, die sie vorher nicht bemerkt hatte, und die Don Augusto aufschloss. Sie betraten einen wunderschönen Kreuzgang mit Alabastersäulen. Ein Jasminstrauch wuchs an einer Wand, er war so gross, dass er an einen grünen Wasserfall erinnerte. In der Mitte des Gartens war ein Lilienteich, um den Teich stand eine Reihe von Statuen in Ruhestellung oder als Läufer, die sich der Schönheit ihrer nackten Körper zu freuen schienen. Wege, mit feinem Kies bestreut, umgaben den Brunnen, Adriana ging einen der Wege entlang, bis sie zu einer kleinen Loggia kam, in der ein Mittagstisch gedeckt war. Alles war mit unfehlbarem Geschmack arrangiert worden, von dem silberdurchwirkten Damasttischtuch bis zu dem halben Dutzend Silbermesser, -gabeln und -löffel, die an jeder Seite des Tellers wie eine Batterie Musikinstrumente lagen. Sie setzten sich in die vergoldeten Bambusstühle und stiessen darauf an, dass sie hier zusammen waren. Das Glas klang eindeutig wie Baccarat. Adriana konnte sich des Gedankens an Märchen, die sie als Kind gelesen hatte, nicht erwehren, in denen bei Tisch unsichtbare Hände bedienten und Tischtücher sich in die Luft hoben, sobald das Essen vorüber war.

»Don Augusto...«

»Bitte nennen Sie mich nicht Don; erinnern Sie mich nicht an meine Falten, an mein graues Haar. Ich werde schon so schnell genug alt.«

»Verzeihen Sie«, sagte sie in versöhnlichem Ton. »Aber können Sie mir nicht etwas darüber erzählen, weswegen Sie Ihr Museum erbaut haben?»

»Der Mensch lebt nicht vom Brot allein, Adriana. Kunst ist wie die Religion ein Mysterium, das manchmal lieber ohne Erklärung bleiben sollte, denn nur als Mysterium kann sie der Seele Nahrung geben. Die Armen unter den Einwohnern von Santa Cruz, die sich keine Reisen leisten können und oft wegen unserer betrügerischen Bourgeoisie Hunger leiden, können hierher kommen und sich inspirieren lassen, können ihre Leidenschaften durch Schönheit sublimieren. Ich baute das Museum für sie, um ihnen einen Sinn für das Weiterleben zu geben.«

Adriana schwieg. Sie wusste, dass Don Augusto seinen Arbeitern höhere Löhne als irgend jemand sonst in der Stadt bezahlte und dass er der einzige gewesen war, der gegen die Festschreibung des Mindestlohns gekämpft hatte. Er hatte immer argumentiert, dass man eines Tages ein Bundesstaat werden würde und es besser sei, sich daran zu gewöhnen, jedem seinen gerechten Lohn zu bezahlen, obwohl seine Entscheidung für sein Unternehmen zur Zeit ein Aderlass war. Er dachte, nun hätte sie endlich den Grund für die unheimlichen Votivkerzen und dafür, warum die Besucher sich flüsternd unterhielten und vor den Gemälden auf Zehenspitzen gingen, verstanden. Don Augusto war schliesslich nicht viel anders als die Männer und Frauen, die in die Nachtklubs der Hauptstadt kamen, um ihr zuzuhören. Sie brauchten Alkohol und Musik für ihre romantischen Träume, er brauchte seine Gemälde für seine Träume der Erlösung des Menschen. Sie trank einen grossen Schluck aus ihrem Baccaratglas und wählte ihre Worte mit Bedacht.

»Es erscheint mir schwierig, einen Grund zum Weiterleben einfach im Anschauen eines Gemäldes zu sehen, so schön dieses auch sein mag. Wäre es nicht besser, eine Akademie der Künste einzurichten, in der die Leute malen, Skulpturen schaffen, sogar das Klavier oder die Violine spielen lernen könnten? Wenn sie das tun würden, würde ich Sie öfter besuchen. Es fehlt mir nur noch ein Jahr auf der Musikakademie, aber es ist möglich, dass ich aufhören muss, da wir seit der Krankheit meines Vaters kaum genug Geld haben, um davon leben zu können.«

Sie war endlich damit herausgerückt. Sie sagte sich, es sei ihr gleich, sie würde sich viel schlechter fühlen, wenn sie es nicht gewagt hätte, es auszusprechen. Sie vermied es, ihm in die Augen zu sehen, als sie hinzufügte, »Ich habe die Regierung um finanzielle Hilfe gebeten, aber Sie wissen, wie es ist, sie geben einem so wenig, dass es kaum zu einem Fünftel der Ausgaben reicht.«

Don Augusto blickte sie erstaunt an. »Ich wusste nicht, dass Sie am Konservatorium studieren, Adrianita. Jetzt verstehe ich, warum Sie so klare Vorstellungen von Kunst haben. Sie brauchen sich nicht die geringsten Sorgen zu machen. Ich werde dafür sorgen, dass das Museum Ihnen ein Darlehen gibt, und zwar so lange, wie Sie es brauchen.«

Die Verwendung des Diminutivs ihres Namens rührte sie. Sie

fühlte, wie eine kleine Quelle des Glücks um ihre Füsse floss; aber kurz danach liess eine kühle Brise sie unter ihrem Hut erschauern. Sie war zu stolz, um Emotionen zu zeigen, aber sie dankte ihm offen. Sie hatte angefangen, sich hier heimisch zu fühlen, so als gehöre sie hierher. Don Augusto war ein grosszügiger Mensch, alle sagten das. Sie hatte gehört, dass er Tausende von Dollars der Universität, dem Blindenheim, dem städtischen Krankenhaus, allen karitativen Einrichtungen in der Stadt gab. Und er war ein gebildeter Mann mit sehr feinem Geschmack. Der Kreuzgang, die Brunnen, die Blumen überall, alles atmete eine Frische, einen leichten Duft, der dazu diente, die Kraft der Jugend zu bewahren. Vor ihnen krümmte sich rosafarben ein gegrillter Hummer, von gekräuselten Salatblättern umgeben, auf einer Porzellanplatte aus Sèvres wie ein Künder des Lebens.

Adriana schaute genau hin, als Don Augusto eine kleine, dreizackige Gabel vom Tisch nahm, und wollte gerade dasselbe tun, als ihr eine kleine schwarze Samtschachtel, die in ihrer Serviette versteckt war, in den Schoss fiel. Sie fühlte, wie sie errötete. Es war nicht möglich, dass sie so naiv und unerwarteten Gefühlen so schutzlos ausgeliefert war. »Vielen Dank, aber was immer es ist, ich kann es nicht annehmen«, sagte sie mit einer erstaunlich festen Stimme. Don Augusto schaute unschuldig von seinem Teller auf.

»Wenn Sie nicht der Isolde in meinem Gemälde so ähnlich sehen würden, hätte ich es nie gewagt«, sagte er dümmlich, »aber ich habe es mit mir herumgetragen, seit ich Sie zum ersten Mal sah und hoffte, gegen alle Hoffnung, dass ich vielleicht eines Tages sehen würde, wie Sie es tragen. Wenn Sie es nicht wollen, bin ich nicht böse, es ist nur ein Zeichen der Freundschaft.«

Adriana nahm den Ring aus der Schachtel und hielt ihn ehrfurchtsvoll mit ihren Fingerspitzen in die Höhe. »Mein Vater könnte nicht einmal die Fassung dieses Edelsteins bezahlen, wenn er alles verkaufen würde, was er besitzt«, sagte sie mit einem Ausdruck von Scheu. Sie steckte ihn an ihren Finger und schaute ihn aus der Nähe an. Der zwanzigkarätige Aquamarin hatte die Form eines Herzens und funkelte mit einem eisblauen Licht. »Ich würde denken, ich hätte einen Eisberg am Finger, ich könnte mich nie daran gewöhnen.« Aber der weiche Glanz des Edelsteins hypnotisierte sie so, dass sie ihn nicht abnahm, sondern ihn weiter von allen Seiten anschaute.

»Er ist wie dein Herz, Adrianita, ein reiner, blauer Himmelstropfen. Du kannst dir nicht vorstellen, wie sehr ich dich wegen deines Idealismus', wegen deines Glaubens, dass eine bessere Welt möglich ist, bewundere.«

Adriana begann ihren Hummer zu essen, ohne den Ring abzunehmen und zwinkerte mehrere Male, um die Tränen fernzuhalten. Sie wusste nicht, ob sie weinte, weil sie glücklich war, oder weil sie verärgert war, aber nun würde sie nicht zurückweichen. Sie hatte die ganze Woche nicht ein einziges Mal an Gabriel gedacht, was für sie neu war. Don Augusto tat ihr sehr gut, zum ersten Mal seit geraumer Zeit war sie nicht deprimiert. Sie assen stumm, bis es Zeit für den Nachtisch war und ein anderer Bediensteter zitronenfarbenes Sherbert auf den Tisch stellte. Dann brachte Don Augusto das zur Sprache, worauf sie den ganzen Nachmittag gewartet hatte.

»Heiraten wir, Adrianita, heiraten wir so bald wie möglich. Ich verspreche dir, dann wirst du alles studieren können, was du nur willst.«

6.

Der Termin für die Hochzeit wurde für zwei Monate später festgesetzt, und Adriana zog mit ihrer Familie nach Santa Cruz, um alles in die Wege zu leiten. Don Augustos Grosszügigkeit kannte keine Grenzen. Dank ihm wurde ihr Vater vom besten Herzspezialisten auf der Insel behandelt, und ihre Mutter gab ihre Arbeit auf, um sich ihm zu widmen. Er versprach, dass sie alle nach Europa ziehen würden, wo ihre Karriere als Musikerin endlich beginnen könne, sobald er eilige Geschäfte in Santa Cruz abgeschlossen hätte. Don Augusto betete sie an, alles, was sie wünschte, war ihm Gesetz. Wenn er in einer Welt der Illusionen lebte, in der die Kunst den Platz der Religion einnahm, ging das für sie in Ordnung. Schliesslich kann ich ihm dabei helfen, im Leben wie im Tod glücklich zu sein, dachte sie. Unsere Bedürfnisse ergänzen sich, und das ist als solide Grundlage für die Liebe so gut wie jede andere auch.

Don Augusto liess die Gärten um sein Haus für die Hochzeit erneuern. Er engagierte einen französischen Architekten für den Bau einer Aussichtsterrasse, die er seinen Tempel der Liebe nannte, weil sie eine Marmorstatue der Venus enthielt. Die Skulptur hatte einen klassischen, kalten Gesichtsausdruck, der zu jedem beliebigen schönen Modell gehören konnte, aber der Körper war genau wie der Adrianas. Als sie das bemerkte, war sie überrascht, nahm ihm das aber nicht übel. Sie nahm an, dass er dem Bildhauer eine Foto von ihr geschickt hatte und die nackte Statue als einen Witz zwischen ihnen beiden geniessen wollte. »Es ist die Venus der Treue, und ich möchte, dass sie einen Ehrenplatz bei unserer Hochzeit hat«, hatte er mit einem Augenzwinkern zu ihr gesagt und den Gärtner angewiesen, um die Statue blaue Hyazinthen zu pflanzen. Adriana bewunderte die kühne Fantasie ihres zukünftigen Gatten.

Einige Wochen nach ihrer Ankunft in Santa Cruz bat Don Augusto sie, mit ihm in sein Büro zu gehen. Sie fuhren mit dem Aufzug bis in den zwanzigsten Stock, dann setzte sie sich und wartete, während er einige Geschäftsbriefe diktierte und Paris anrief, um bei der Versteigerung eines Gemäldes mitzubieten. Während er telephonierte, trat Adriana ans Fenster und schaute hinaus. Der Anblick von Santa Cruz war deprimierend. Die Strassen der Stadt sahen traurig aus, sie waren mit mehreren Lagen weissen Staubs bedeckt, der in Wolken über den Bäumen wirbelte. Sie hatte dies vorher nicht bemerkt, aber jetzt sah sie, dass der Staub ständig aus den nahegelegenen Schornsteinen auf die Stadt niederging.

»Das ist der Staub des Fortschritts, Adrianita«, hörte sie ihn sagen, als hätte er ihre Gedanken gelesen. »Er ernährt halb Santa Cruz. Dieser Staub ist es wert, in Gold aufgewogen zu werden; weil es ihn gibt, leben wir in der modernen Zeit.«

Don Augusto hatte ein Notizbuch herausgeholt und ging langsam die Gästeliste für die Hochzeit durch. »Ich wollte etwas mit dir besprechen«, sagte er. »Ich weiss, wie du darüber denkst, aber es ist sehr wichtig, dass wir die Wall-Street-Partner der County-Metropolitan-Bank zu unserer Hochzeitsfeier einladen.« Sie hatten die Frage der einzuladenden Gäste schon einmal besprochen, und Adriana hatte gesagt, sie zöge es vor, nur die Familie und enge Freunde nach der Trauung in der Kirche nach Hause einzuladen. Vor allem wollte sie nicht bei ihrer Hochzeit Englisch sprechen müssen.

Sie schaute ihn überrascht an. »Ich kann ja verstehen, dass du darauf bestehst, die Zuckerbarone einzuladen, da sie die Verwandten deiner ersten Frau und Gabriels Tanten und Onkel sind, und ich kann auch noch verstehen, dass du die Geschäftsleute und Industriellen von Santa Cruz einlädst, aber warum musst du Leute einladen, die nicht einmal auf der Insel leben? Ich wünschte, du würdest es nicht tun. Ich habe mein ganzes Leben lang im Haus meines Vaters für die Leute aus dem Norden Gastgeberin gespielt.«

Don Augusto schloss die Augen, seufzte und lehnte den Kopf auf dem Stuhl zurück. Als er wieder sprach, schien seine Stimme tief aus seiner Brust zu kommen. Er klang müde und verwundbar; noch nie hatte sie ihn so sprechen gehört. »Es tut mir leid, Liebling, aber es ist absolut notwendig, dass sie kommen. Unsere Heirat ist in der Stadt sehr kontrovers aufgenommen worden, und ich brauche jede Unterstützung, die ich bekommen kann. Die Bankiers von der Wall Street sind immer meine Freunde gewesen, und es ist wichtig, dass sie dich mögen. Sonst könnte die County-Metropolitan-Bank die Kredite für unsere Fabrik stornieren.«

»Es klingt unglaublich, aber ich versichere dir, dass es wahr ist«, fügte er traurig hinzu. »Die Hautevolée dieser Stadt ist ein Schlangennest, aber meine Freunde aus dem Norden werden mich nicht im Stich lassen.«

7.

An ihrem Hochzeitstag ging Adriana in den Garten, um sicher zu sein, dass alles so war, wie es für das Fest sein sollte. Die zu diesem Anlass gebaute hölzerne Tanzfläche um das Schwimmbecken war bereits fertiggestellt, mit dem Podium für das Orchester an seinem Ende. Sie sass auf einer kleinen Bank am Schwimmbecken und betrachtete ihr Spiegelbild im Wasser. Sie beugte sich ein wenig nach vorne und dachte an den Tag, an dem sie Don Augustos Postkarte in ihrer Post fand, als ihre Ähnlichkeit mit Isolde in dem Gemälde ihr als verrückter Zufall vorgekommen war. Sie glaubte, dass alles, was jetzt geschah, ihr damals von ihrem Spiegel vorausgesagt worden sei. Die frappierende Enthüllung Isoldes wird heute bestens passen, dachte sie und freute sich. Ich werde den Einwohnern von Santa Cruz eine Überraschung bescheren, die sie für den Rest ihres Lebens nicht vergessen werden.

Vor wenigen Wochen war die Antwort der Wall-Street-Bankiers eingetroffen. Sie würden extra wegen der Hochzeit zur Insel fliegen, sie würden sehr gerne kommen. Don Augusto stiess einen Seufzer der Erleichterung aus, als er ihr die Karte beim Frühstück zeigte. »Wie du siehst, ist auf meine Freunde Verlass. Sie werden nicht nur zur Feier kommen, sie werden sich auch für mich bei der Bank einsetzen.«

Die Bankiers von Santa Cruz hatten ebenfalls geantwortet, dass sie kommen würden. Sie hatten Don Augustos Einladung nach einer stürmischen Sitzung angenommen, bei der ihre Frauen laut protestiert und die Hochzeit als eine Unverschämtheit bezeichnet hatten, die gegen den erst vor kurzem in der Stadt verwirklichten höheren Moralkodex verstiesse. Schliesslich stimmten sie ab, mit dem Ergebnis, dass die Bank eine Abordnung ihrer Teilhaber schicken werde, da Santa Cruz durch den Streit der Zuckerbarone schon schmerzlich entzweit sei. Es wurde ihnen aufgetragen, bei der Feier sich äusserste moralische Strenge aufzuerlegen, die jeden Klatsch, der aus der Tatsache entstünde, dass sie bei der Hochzeit anwesend waren und diese somit billigten, zum Verstummen brächte.

Adriana entfernte sich vom Schwimmbecken und begann, um die Tische und satingepolsterten Stühle herumzugehen, um sicherzustellen, dass alles in Ordnung war. Ein blauweiss gestreiftes Zelt war im einen Teil des Gartens aufgestellt worden, in dem die Gäste sitzen würden. Sie arrangierte die Orchideen um die Silberkandelaber auf dem Tisch in der Mitte und prüfte nach, ob Mister Harvey, Mister Wheeler und Mister Stanley nahe bei Don Augusto und ihr am Kopfende des Tisches sassen. Die Zuckerbarone sollten alle auf der linken Seite sitzen und die Bankiers aus Santa Cruz auf der rechten. Nachdem sie mit dem Stand der Vorbereitungen zufrieden war, ging sie zur Aussichtsterrasse in der Mitte der Tanzfläche, wo die Venus der Treue stand. Eine kühle Brise kam auf, als würde es bald regnen, und sie ging ins Haus zurück, um sich umzuziehen.

Sie öffnete langsam die Tür ihres Zimmers und versicherte sich, dass sie allein war, ehe sie hinter sich abschloss. Sie seufzte vor Erleichterung; sie wollte nicht, dass jemand ihr Hochzeitskleid vor der Trauung sah. Sie zog ihre Schuhe aus ohne das Licht anzumachen; sie war so aufgeregt, dass sie kaum atmen konnte. Sie zog sich aus, nahm eine Schachtel mit schwerem Puder, Marke »Alabastertönung«, aus ihrem Kosmetikschrank und begann, ihren Körper von Kopf bis Fuss einzupudern. Nachdem sie damit fertig war, zog sie schnell einige Reifröcke an, die sie insgeheim von einer Näherin in der Stadt hatte machen lassen und drehte mit grossem Schwung einige Tanzschritte. Dann streifte sie sich ihr hyazinthenblaues Satinkleid über, das wie eine Glocke über die Petticoats fiel. Als nächstes setzte sie sich einen kostbaren Kopfschmuck auf, ein Gedicht aus Kristallglas in Tropfenform und blauen Pailletten, das meisterhaft Isoldes mittelalterlichen Kopfschmuck nachahmte. Als sie mit dem Anziehen fertig war, machte sie Licht und schaute sich im Spiegel an. Dann stellte sie das Tonband an und probte den Walzer. Sie hörte der Musik einige Minuten zu und begann zu lachen, ehe sie allein tanzte.

8.

Die Trauung fand in der mittelalterlichen Kapelle des Museums statt. Adriana schritt zum Altar unter den Klängen von Monteverdis »Beata Virgine«, die von einem Mönch an der Orgel der Kapelle gespielt wurde. Don Augusto war von ihrem Isoldekostüm begeistert und bat sie, sich mehrmals vor dem Gemälde im Kreis zu drehen, ehe sie in die Kapelle gingen. »Du siehst grossartig aus, Adrianita. Du lässt den Rest der Damen, die ursprüngliche Isolde eingeschlossen, wie ausgeblasene Kerzen aussehen«, sagte er und küsste sie auf die Wangen, ehe sie zusammen zum Altar schritten.

Nachdem die Trauungszeremonie vorüber war, fuhren die Neuvermählten und die Gäste in ihren Limousinen zu Don Augustos Haus. Als die Schlange der Gratulanten endlich zu Ende ging, versicherte sich Adriana, dass die Leute aus dem Norden neben ihr und Don Augusto sassen. Sie vermutete, dass sie die einzigen waren, die unbewaffnet zur Hochzeit erschienen waren. Wie es in

Santa Cruz Sitte war, hatten sich sowohl die Zuckerbarone als auch die Bankiers aus Santa Cruz heimlich mit Cobras, Magnums und 45-Kaliber-Pistolen versehen, die sie, versteckt unter ihren tadellos geschnittenen Fräcken und Dinnerjacketts an Halftern in der Achselhöhle oder auf dem Rücken trugen.

Die Bankiers aus Santa Cruz sassen unbequem und stumm neben ihren Frauen, die eine lästige Wolke von Mosquitos anzogen, die um ihr Köpfe wirbelte, da sie sich alle in modisches Schwarz gehüllt hatten. Sie weigerten sich strikt, etwas Alkoholisches zu trinken, und wiesen immer wieder die Kellner, die Tabletts auf den Schultern trugen und Drinks anboten, zurück. Die Frauen der Zuckerbarone hingegen, die sich mit verblichenen Straussenfederboas und altmodischen Chiffonkleidern, mit über die Schultern fallender Seide oder tief ausgeschnittenen Roben aus Tüll aufgetakelt hatten, tranken und rauchten wie die Kosaken und redeten lebhaft miteinander. Als das Diner serviert wurde, fand ein Minimum an Konversation zwischen beiden Seiten des Tisches statt. Das Gespräch bewegte sich, wie üblich, auf die Politik zu, und die Meinungen waren eindeutig geteilt. Die Zuckerbarone waren meistens für die Unabhängigkeit, aber es herrschte keine Übereinstimmung, wie diese erlangt werden sollte. Einige redeten von einer »Karibisierung« der Insel, womit sie meinten, dass die Karibik wirklich ein Land sein sollte und die Inseln sich untereinander besser kennenlernen sollten. Einige weigerten sich, diesen Gedanken zu akzeptieren und erklärten, dass sie die Nachfahren spanischer Hidalgos seien und nichts mit den »Niggers« der Französisch oder Englisch sprechenden Inseln, die in Wahrheit weder korrektes Englisch noch korrektes Französisch sprachen, zu tun hatten. Andere, die Erregtesten unter ihnen, sprachen darüber, wie man an Fidel Castro herantreten sollte, um die politische Eigenständigkeit zu erlangen. Die Bankiers aus Santa Cruz waren dagegen überwiegend Autonomisten und verteidigten nachdrücklich den gegenwärtigen Status des mit den USA assoziierten Freistaats und die Partei, die zur Zeit an der Macht war. Obwohl niemand auch nur entfernt daran dachte, sie zu fragen, waren alle die Kellner, die Küchenhilfen und Dienstmädchen, die bedienten und um sie herum liefen, waren auch der Pianist, die Trompeter, Geiger und sogar der Dirigent auf dem Podium für die Eingliederung der Insel in den Staatenbund der USA, so dass man sagen konnte, dass

Don Augustos Hochzeit ein durch und durch demokratisches Bild der politischen Strömungen der Insel darstellte.

Die Gespräche bei Tisch wurden bald heftig, die Atmosphäre wurde gespannt. Jeder schaute aus den Augenwinkeln zu Don Augusto, Adriana und ihren Gästen von der Wall Street, die sich angeregt unterhielten. Das Gerücht zirkulierte, dass die Leute aus dem Norden Adriana um den Eröffnungwalzer gebeten hätten und der Bank deshalb keine andere Wahl blieb, als die neuen Darlehen an Don Augusto zu bewilligen. Der Ärger der Ehefrauen der Bankiers von Santa Cruz wuchs mit jeder Minute, nachdem offenkundig war, dass Adriana und die Leute aus dem Norden sich sehr gut verstanden. Don Augusto sass aufrecht am Tischende, seine Frackschösse sorgfältig über seine Knie geschlagen, so dass sie nicht knitterten, und toastete seinen Gästen begeistert zu. Er war sicher, dass der Charme seiner Frau und der Einfluss seiner Freunde aus dem Norden alle seine Probleme an diesem Abend lösen würden.

Der Dirigent kündigte am Mikrophon an, dass die Zeit für den ersten Walzer gekommen sei. Die Zuckerbarone und ihre Frauen gingen auf die Tanzfläche, lachten, nahmen Krawatten und goldbestickte Abendstolen ab, denn der Champagner hatte ihnen die Abendhitze unerträglich gemacht. Don Augusto wollte gerade Adrianas Hand nehmen, als Mister Harvey dazwischentrat; er wollte der Erste sein, der mit der Braut tanzte. Ein Murmeln der Überraschung stieg von der Menge auf, und alle Gäste erhoben sich, um dem Paar beim Tanzen zuzusehen. Die Musiker hoben ihre Trompeten und Posaunen in die Luft, und Adriana wurde von der Musik getragen. Erst nach der fünften Runde um die Tanzfläche, als der Rhythmus ihrer Seidenschuhe dem ihres Herzens entsprach, begann sich ihr juwelenbesetzter Rock, auf die Reifen ihrer Petticoats gestützt, wie eine Glocke zu heben, sich immer höher zu schrauben, über ihre Knie, bis zu den Schenkeln und schliesslich bis zu ihren Brüsten. Adriana konnte nicht aufhören zu lachen, ihr Lachen liess die Glasperlen in ihrem absurden Kopfschmuck noch lauter klingeln. Plötzlich stiessen die Zuckerbarone und ihre Frauen einen Freudenschrei aus, rannten wie auf ein Zeichen zusammen auf die Tanzfläche, rissen sich die Kleider vom Leib und übergossen sich mit jeder Flasche Champagner, Whisky, Rum oder Sodawasser, deren sie von den vorbeigetragenen Tabletts habhaft werden konnten. Die Bankiers aus Santa Cruz beteiligten sich, weiss vor Wut, an dem Streit, so dass das elegante Publikum bald zu einem Mob wurde, zu einem Inferno zuschlagender Fäuste, geschwungener Täschchen und böse zutretender spitzer Absätze, wie dies nie zuvor in Santa Cruz gesehen worden war. Als Kugeln in alle Richtungen flogen, wurde Adrianas Überraschung endlich offenkundig, jenes skandalöse Schauspiel, das nicht nur den Ruin der Bank bedeutete, da die Investoren aus dem Norden beschlossen, ihre Aktien zu verkaufen und Santa Cruz zu verlassen. Offenkundig wurde nämlich auch die Überraschung ihres Gatten: der Blick auf ihren nackten Körper, auf eine exakte Kopie der Venus der Treue im Tempel der Liebe, unter Isoldes Kleid. Als der Walzer vorüber war, bemerkte Adriana, dass sie weinte, aber sie wusste nicht warum.

HAUPTMANN CANDELARIOS HELDENHAFTE LETZTE SCHLACHT

Die Ereignisse, die wir nun berichten werden, trugen sich zu, als die Metropole begann, sich vom Blut des Lamms des Heiligen Johannes, das sanftmütig und zahm in der Flagge unseres Landes sass, reinzuwaschen. Die Senatoren und Abgeordneten des Repräsentantenhauses waren mit ihrem Gewissen im reinen und versuchten nie, ihre Entscheidung, von der Insel abzuziehen, zu rechtfertigen: in den jüngsten Sitzungen hatten sie sich einstimmig dafür ausgesprochen, der Insel die Unabhängigkeit zu gewähren. Wir wollten, bei Lichte betrachtet, immer frei sein ohne dies wirklich zu wagen, und jetzt halfen sie uns dabei. Wie das biblische Lamm der Psalmen ruhig neben den stillen Wassern gelegen hatte, so hatten wir mehr als ein Jahrhundert lang unter der Fahne der Metropole gelegen, und es war verständlich, dass wir nun schreckliche Angst davor hatten, allein in die wilde, brüllende See hinauszuschwimmen.

Wir wären das erste Land in Lateinamerika, dem man die Unabhängigkeit zu einem beträchtlichen Teil gegen seinen Willen verlieh. Trotz unseres Zögerns konnte es nicht so weitergehen wie bisher, da die Metropole es leid war, im Forum der Vereinten Nationen, in dem man häufig einen blutigen Lammkadaver aus den Rängen, auf denen Besucher aus der Dritten Welt sassen, auf sie herabwarf, des Imperialismus' angeklagt zu werden. Jedenfalls sagten uns die Senatoren und Abgeordneten, wir sollten dankbar dafür sein, dass wir die Privilegien des Paradieses über ein Jahrhundert lang geniessen durften, währenddessen wir von den Wohltaten der Metropole profitierten. Und, so sagten sie, es sei alles unser Fehler gewesen, denn während jenes Jahrhunderts seien wir Opfer eines falschen Nationalstolzes, einer wahnsinnigen Hybris gewesen, die uns nun wie eine nutzlose Nabelschnur stranguliere und dazu zwänge, für alle Zeiten ein totgeborener Staat zu sein. Wie sonst könnte man die königliche Verachtung und die grenzenlose Raffgier erklären, die uns einerseits einstimmig, und solange es möglich war, nicht die Eingliederung in die Vereinigten Staaten verlangen und statt dessen vor den entsetzten Augen der Weltöffentlichkeit einen lebensgefährlichen Seiltanz aufführen liess, und wir andererseits davon überzeugt waren, dass wir ein untrennbarer Teil von Gottes auserwähltem Volk seien und ein unleugbares Recht auf Freiheit und Glück besässen?

Die traurige Wahrheit lautete, dass die Insel Johannes' des Täufers die Metropole über mehrere Jahrzehnte mehr als zwei Milliarden Dollar im Sozial- und Fürsorgewesen gekostet hatte, die nie mehr in die Kassen der Nation zurückfliessen würden. In der Vergangenheit hatte die Lage dies gerechtfertigt, da der Reichtum der Metropole so gross war, dass sie es sich leisten konnte, die Insel in ein »Schaufenster der Karibik« zu verwandeln, als Geste ihres guten Willens gegenüber den armen Ländern dieser Region. Zugegeben, als sie vor hundert Jahren, im Jahre 1898, die Macht auf der Insel übernommen hatte, war die Metropole noch nicht die industrielle Supermacht, zu der sie im nächsten Jahrhundert wurde. Sie hatte gerade den Sezessionskrieg hinter sich und schaute sich um, um die fürchterlichen Wunden zu heilen, die sie sich selbst zugefügt hatte, und der Feldzug auf der Insel war ein sehr wirkungsvolles Mittel dafür gewesen. Unsere Inselbewohnerinnen und Inselbewohner hatten sie mit offenen Armen aufgenommen, die Euphorie, unsere Strassen voller Menschen zu sehen, die die Fahne der Metropole schwangen und die Balkone zu ihrer Ehre mit Blumen geschmückt hatten, war Balsam für die Freiwilligen aus dem Norden und dem Süden, die nun fühlten, dass das Opfer des Krieges, das die Erhaltung der Union zum Ziel hatte, nicht umsonst gewesen war. Der wiedergefundene Stolz und das wiedergefundene Vertrauen in die Zukunft der Nation liessen die Soldaten mit Entsetzen die erbärmliche Armut der meisten unserer Bewohnerinnen und Bewohner wahrnehmen. Es entstand in ihnen ein messianisches Sendungsbewusstsein und der hochherzige Wunsch, so viele wie möglich vor Hunger und Krankheit zu retten. So hörte die Welt bei Besuchen international bekannter Grössen wie dem Gewerkschaftsführer Vito Marcantonio und Eleanor Roosevelt einige Jahre später vom traurigen Zustand unseres Volks, und ihre Bemerkungen taten ein weiteres, um die Sache unseres Landes unter den ökonomischen Prämissen des New Deal zu fördern. Als Ergebnis strömten Millionen Dollar auf die Insel, so dass ein tiefgreifender Wandel nicht nur in unserer äusseren Erscheinung, sondern auch in unserer Seele einsetzte. Wir wussten nicht mehr, ob wir reich waren, weil wir so arm gewesen waren, oder ob wir ärmer wurden, während wir reich wurden, unfähig, der unausweichlichen Tatsache ins Gesicht zu sehen, dass es Gott gefallen hatte, uns als einziges Erbe auf dem Gesicht der Erde eine Fläche von hundert auf dreissig Meilen Sandsteinboden zuzuweisen. Tief im Herzen wussten wir jedoch, dass der Tag des Jüngsten Gerichts kommen würde; während dieses ganzen wunderbaren Jahrhunderts hatte das Lamm des Heiligen Johannes, verschreckt aber wohlgenährt, unter dem furchterregenden Schatten der grosszügigen Metropole gekauert. Das Jahr 1998, als sich Candelarios Geschichte ereignete, erlebte, wie dieser Albtraum Wirklichkeit wurde. Damals hatte die Verschuldung als Ergebnis unkluger Beteiligung im Wettrennen bei der Weltraumrüstung mammutartige Proportionen erreicht, und die Metropole konnte es sich einfach nicht mehr leisten, an den Rändern ihres Territoriums Wohltätigkeit zu üben; sie musste zuhause damit beginnen.

Ein anderer, weniger altruistischer Grund für das drastische Kürzen der Gelder aus der Metropole, das in jenem Jahr absolut notwendig geworden war, war die strategische Lage der Insel nahe beim Panamakanal. Früher war die Insel ein unschätzbarer Trumpf beim Schutz der Handelsmarine, die diese Region durchquerte, gewesen. Mehr als ein Jahrhundert lang hielt das Johanneslamm, bis zu den Zähnen bewaffnet wie Zerberus am Eingang der Hölle, mitten in den kriegerischen Wassern der Karibik Wache und achtete darauf, dass die Öltanker aus Venezuela und Tabasco, die Bananenboote aus Costa Rica und Yucatán alle in Frieden in die Häfen von San Francisco, Baltimore und New York gelangten. Aber in den letzten Jahren waren die Kriege in Mittelamerika in solchem Mass eskaliert, dass der Schutz der Kanalzone zu Land oder zur See militärisch eine Unmöglichkeit geworden war. Die Lage veranlasste die Metropole, eine Kommission einzusetzen, die die Situation untersuchen sollte, und diese hatte die Idee, dass ein Satellit über der Region in Umlauf gebracht werden sollte, der sie mit einem Minimum an Ausgaben überwachen könnte. Die geringste taktische Massnahme gegen eine der Schiffahrtslinien der Metropole würde die sofortige atomare Vernichtung des karibischen oder mittelamerikanischen Landes zur Folge haben, von dem sie ausgegangen war. Nachdem das Problem der Überwachung der Region gelöst war, benötigte die Metropole den Heiligen Johannes nicht mehr und beschloss, uns unserem lange verzögerten Schicksal zu überlassen.

Die Geschichte Hauptmann Candelarios trug sich einige Jahre vor der Unabhängigkeit zu, als unsere Feinde, die Partei, die damals an der Macht war, noch nicht geächtet waren und wir den Krieg noch nicht gewonnen hatten. Heute haben wir nur eine Partei, und wegen der Krise, die wir durchmachen, ist die Verfassung zeitweise ausser Kraft gesetzt worden, aber wir sind endlich ein unabhängiges Land. Das sollte genügen, um uns glücklich zu machen, aber leider ist dem nicht so. Einige von uns (die, die es noch immer nicht geschafft haben, sich anzupassen) bestehen darauf, dass unabhängig sein nicht notwendigerweise frei sein bedeutet. Das überrascht uns nicht. Wie Plato nur zu gut wusste, existiert der vollkommene Staat nirgendwo auf der Welt, und die, die das glauben, sind in der Regel die Dichter und Träumer, die entweder vernichtet oder ins Exil geschickt werden sollten. Hauptmann Candelario De la Valle war einer von ihnen. Er vergeudete sein Leben, indem er von einem vollkommenen Land träumte, in dem die Menschen vernünftig und liebevoll miteinander umgehen würden. Dabei nahm er nicht zur Kenntnis, dass die Vernunft und die Liebe entgegengesetzte Pole der Seele sind und nie miteinander in Einklang gebracht werden können.

Die Führer unserer Partei haben ein reines Gewissen, was den Tod Candelarios anbelangt. Er starb, wie er es sich gewünscht hätte, und er hatte das rasche, tapfere Ende eines Helden anstatt einer langen, entehrenden Existenz. Sein nackter Körper wurde auf dem Gehsteig der Wasserbrücke am Morgen, nachdem der Krieg zwischen den Salsafans und den Rockfans ausgebrochen war, gefunden, als die erste amtliche Bekanntmachung der bevorstehenden Unabhängigkeit im Radio kam. Man hatte ihn mit einem Eispickel so oft durchbohrt, dass sein Körper einem Mohnblumenfeld glich, das in der Sonne trocknet. Neben ihm auf dem Asphalt lagen Leichen von Tänzerinnen, Musikern und Agenten der Mission, ihre Eingeweide fielen aus ihren Bäuchen wie dunkle Sträusse verblühender Hibiskusblüten.

Es gab Gerüchte, wonach der Hauptmann verraten worden sei, aber sie wurden nie bestätigt. Als in der Nacht die gewalttätigen Auseinandersetzungen ausbrachen, schlugen die Rockfans nicht zurück, sondern blieben paralysiert auf der Brücke stehen, vielleicht hypnotisiert vom Schlagen der afrikanischen Kriegstrommeln und den monotonen Liedern der Salsafans, als hätten sie nie den Befehl des Hauptmanns, zum Angriff überzugehen, gehört. So wurden die Rockfans in einen blutigen Hinterhalt gelockt, und die Verschwörung der Salsafans erwies sich als erstaunlich erfolgreich. Sie bewiesen unerwartete strategische Fähigkeiten und hatten die Rockfans zwischen den Stützmauern der Apartmenthäuser und dem Meer eingekesselt, so dass diese alle im Feuer der Maschinengewehre umkamen. Wie die Salsafans das raffinierte militärische Wissen erworben hatten, das zu dem Angriff führte, war noch immer ein Geheimnis, zumal der Hauptmann stets von seinen vertrauenswürdigsten Leuten umgeben war.

Bei den folgenden Gerichtsverhandlungen gab es einen Zeugen, der das ehrenvolle Verhalten Hauptmann Candelarios bezeugte. Leutnant Pedro Fernández, ein Agent der Mission und einer der wenigen Überlebenden des Massakers, gab eine eidesstattliche Erklärung ab, wonach er gehört habe, wie Hauptmann Candelario das Zeichen zum Angriff gab und er ihn mitten in einem mutigen Angriff auf die feindlichen Stellungen umkommen sah. Aufgrund seiner Zeugenaussage hatte der Gouverneur angeordnet, dass die sterblichen Reste Hauptmann Candelarios mit einer staatlichen Totenwache unter der Kuppel des Kapitols geehrt würden, und dass er mit allen Ehren, die einem Helden des höchsten Grades zustanden, mit seinen Auszeichnungen auf der Brust begraben werden sollte. Trotzdem hielten sich Gerüchte, dass das ganze prächtige Begräbnis Hauptmann Candelarios ein betrügerischer Witz der Regierung war.

Candelario De la Valle war erst vor sechs Monaten von der Partei als Oberbefehlshaber einer Spezialeinheit, die die Missionare genannt wurde und die durch die Strassen der Stadt in Zeiten ernster Schwierigkeiten patrouillieren sollten, angeworben worden. Er hatte ein Jahr zuvor an der North Point Militärakademie als bester Kadett seines Jahrgangs und als der Einzige, dem man den Rang eines Hauptmanns mit dem Ende des Studiums verlieh, abgeschlossen. Was er am meisten an der Akademie mochte, waren die Kurse über Militärstrategie und Geschichte, die Fechtturniere und die Paraden über das smaragdgrüne Marsfeld, wo er stolz in seiner Galauniform, mit einem blitzenden Säbel an der Hüfte, mit der blauen Seidenschärpe über der Brust und der Feder an seiner lackledernen Mütze, die weisse Wellen über seine Stirn warf, zum Rhythmus von Trommeln, Tubas und Trompeten marschierte. Er war soeben zweiundzwanzig geworden und martialische Strammheit lag ihm im Blut. Beide Urgrossväter waren Militärs gewesen, mütterlicherseits ein englischer Oberst, väterlicherseits ein spanischer Brigadier. Hauptmann Candelario war überhaupt nicht an Geld interessiert, sondern lebte nur für Ehre, Würde und leidenschaftlich erworbenen Ruhm. Mit seiner zerbrechlichen Gestalt, seiner im Winde flatternden Feder auf der Mütze und seinem Säbel, an dessen Innenseite *»Per Aspera Ad Astra«* eingraviert war, erinnerte er mehr an eine der Ölminiaturen des Malers José Campeche als an einen Mann des Militärs, der für blutige Schlachten auf anderen Kontinenten ausgebildet worden war.

Candelario war ein kultivierter, sehr belesener Mann mit feinem Geschmack. Er hatte genaue Vorstellungen, wie wichtig Liebe und Krieg im Leben waren; er hielt den Krieg für die heldenhafteste Berufung eines Mannes und die Liebe für seine sublimste, aber Liebe und Krieg konnten nur für eine vollkommene Frau und ein vollkommenes Land gewagt werden. Er hoffte noch immer, die erstere eines Tages zu treffen, glaubte aber, dass ein grausames Schicksal ihn um das letztere betrogen hatte. Beim Eintritt in North Point war Candelarios am meisten verehrter Held Simón Bolívar gewesen, aber ein nagender Zweifel wegen der Verzagtheit seines Landes liess ihn vom Gedanken Abstand nehmen, in seine Fussstapfen zu treten. Bolívar stammte aus Venezuela, einem reichen, mächtigen Land mit endlosen Ebenen und Steppen, und so konnte er auf dessen tellurische Kräfte bei der schliesslichen Befreiung von spanischer Herrschaft setzen. Die Insel aber, die das Schicksal ihm zugeteilt hatte, war klein und arm, und Candelario konnte sie sich gross und mächtig vorstellen, so sehr er es auch liebte. Deshalb hatte die Erinnerung an seine Urgrossmutter, Doña Elvira De la Valle, die auch eine unheilbare romantische Liebe zu ihrer Insel hatte, in seinem Herzen einen besonderen Platz, und er fühlte sich Schriftstellern wie José Gautier Benítez und Pachín Marín verbunden. In der englischen Literatur war sein Lieblingsschriftsteller Lord Byron, der vor 174 Jahren bei der Befreiung des unsterblichen Griechenlands von der Umarmung durch die ungläubigen Türken gestorben war.

Hauptmann Candelarios schmerzliche Überzeugung, was den Kleinmut seines Landes anbelangte, war nicht nur das Ergebnis seiner täglichen Beobachtungen, sondern wurde ihm auch seit seiner Kindheit von seinen Eltern, von Freunden und Lehrern anerzogen. Sie wiederholten tagtäglich dieselben Argumente, damit er nie vergässe, dass seine winzige, schwache Insel nie unabhängig werden könnte. Ihre Antilleninsel, die kleinste der grösseren und die grössere der kleineren, war nichts weiter als ein Stück malerische Ziegenscheisse, ein moosbewachsenes Taubenei, ein mythischer Nasendreck der Hesperiden, der auf magische Weise seit Jahrhunderten zwischen den schneeweissen Brechern der Korallenriffe schwamm und nicht versank. Ihre Insel war ein Puppenparadies: es besass Taschentuchtäler, gemalte Bäche als Flüsse, Papiermachéberge, braune Einkaufstütenminen und lag, als wäre das nicht genug, über dem Rand eines der tiefsten Unterwassergräben der Erde, dem Milwaukeegraben, und die geringste Erschütterung einer Rebellion würde es zwanzigtausend Meilen tief in einen Abgrund hinabstürzen.

Candelario hatte nach viel Nachdenken schliesslich den vernünftigen Rat seiner Umgebung angenommen. Von da an las er Gautier Benítez' Gedichte mit noch grösserer Leidenschaft, aber mit einer traurigeren Färbung. Wie seine Grossmutter, Doña Laura, liebte er besonders die Verse Gautiers, die lauteten: »Alles an dir ist Licht und Wollust, / Süsse, Verheissung und Zärtlichkeit, / Und dein Inneres schuldet seinen Zauber / Der süssen Lieblichkeit deines Äusseren.« Candelario war überzeugt, dass dies die prophetischsten Verse waren, die je über sein Land geschrieben wurden. Er sagte sich, dass seine Landsleute wegen ihrer zarten Konstitution erregende Taten der Tapferkeit und die Freude nicht kannten, die aus Schiesspulver herrühren konnte, wenn Kugeln die Stirn streiften, dass sie das freudige Zittern der Kriegsfahnen im Wind nicht kannten, wenn man tapfer hinter ihnen her marschierte. Für ihn war klar, dass dies der Grund gewesen war, weshalb ihnen auf prophetische Weise das Lamm Johannes' des Täufers durch Isabella die Erste, der Katholischen Königin von Spanien, verliehen worden war, damit sie ihr Nationalwappen damit schmückten, und das auf einem blauen Seidenband eingravierte Motto *»Semper fides Agnus Dei«* schlang sich Jahrhunderte lang friedlich um seine zarten Hufe. Das war der Grund, sagte sich Candelario traurig, dass die Partei, die an der Macht war, die friedliebende Natur der Inselbewohner klug einschätzte und befahl, dass das Lamm des Heiligen Johannes', das bis dahin nur im Staatswappen erschienen war, in die Fahne des Landes aufgenommen werden würde.

Die Mandatsträger der Partei hatten schliesslich recht behalten. Wie konnte ein Land, das bei jedem auftretenden Problem immer »Ach, Gott, hilf« blökte, je zu einer verantwortlichen, eigenständigen Nation werden? Der Gedanke plagte den Hauptmann in seinen schlaflosen Nächten, und nie fand er eine Antwort auf die Frage. Kurz und gut, Candelario war voller Träume und grosser Ideale, aber er war ein trauriger junger Mann, und selbst der Himmel über ihm schien erdrückend, weniger blau und weniger durchsichtig zu sein, als der über Menschen in anderen Ländern.

Die Partei hatte Candelario in der Annahme eingestellt, dass die modernen Kampftechniken, die er in der Akademie gelernt hatte, von den Missionaren dringend benötigt würden, aber sie begingen den Fehler, nicht klarzustellen, wie seine Pflichten letztlich aussähen. Sie nahmen einfach an, dass er stillschweigend die Philosophie verstehen würde, die der Staat hinter der neuen Strategie verfolgte, die das Motto »Gebete für Gott, aber den Menschen den Knüppel« so passend ausdrückte. So hatte er angenommen, dass die Pflicht seiner Missionarsbrigade darin bestünde, durch die Strassen der Hauptstadt zu patrouillieren, damit die öffentliche Ordnung und die Ruhe wiederhergestellt würden.

Gewalt und Chaos wachsen in Zeiten unsicherer politischer Verhältnisse, und die Insel machte keine Ausnahme. Die Entscheidung des amerikanischen Kongresses benötigte noch die Zustimmung des Präsidenten, um rechtskräftig zu werden, so dass die Unabhängigkeit noch kein *fait accompli* war, und es konnte Monate dauern, bis die Angelegenheit endgültig entschieden war. In der Zwischenzeit war das Land zum Opfer eines namenlosen Terrors geworden, der begonnen hatte, es zu strangulieren. Über ein Jahr lang wurde kein Grund und Boden mehr gekauft, die Aktien der örtlichen Firmen fielen dramatisch, und alle Löhne waren eingefroren worden. Bei seinen nächtlichen Runden um das Kapitol wurde Candelario ständig Zeuge des Chaos: die Geschäftsleute, Bankiers, Kaufleute und Akademiker suchten nämlich nachts, wenn angeblich alles schlief, ihre Bankfächer auf, um ihre Wertpapiere und ihre Juwelen herauszunehmen, die sie dann heimlich auf ihre Yachten und in ihre privaten Flugzeuge brachten, die bereitstanden, um sie sofort in sicherere Häfen und an sicherere Orte zu transportieren. Die Demontage der riesigen Thunfischkonservenfabrik, vieler chemischer Fabriken und Elektronikfirmen, die die Rüstungsindustrie der Metropole belieferten, all dies fand nachts statt. Alles, was sich bewegen liess, wurde auseinandergenommen und auf riesige Frachtschiffe gebracht, die im Hafen vor Anker lagen, so dass Candelario die nutzlosen Schornsteine, die losen Dreh- und Hebekräne wie gespenstische Orgeln im Abendwind ächzen hörte, wenn er in seinem Missionarsjeep durch die fast leere Industriezone fuhr.

Die Senatoren und Abgeordneten der Partei, die an der Macht war, hatten einschneidende Massnahmen ergriffen, um die Kapitalflucht von der Insel zu beenden, aber ohne Erfolg. Sie hatten nicht die Macht, die unsere Partei später haben würde, um die Banken zu verstaatlichen und zu verhindern, dass man ausreisen konnte, und so sassen sie in den Sesseln des Kapitols unter der Kuppel, die eine genaue Kopie der Kuppel von Jeffersons Monticello war, und sahen zu, wie das Land zu ihren Füssen verblutete. Die Furcht, dass jegliche wirtschaftliche Hilfe von der Metropole schliesslich eingestellt werden würde, war eine noch grössere Bedrohung, die über ihren gebeugten Häuptern hing. Sogar in unseren Kreisen erschien der Stolz, den wir zuerst empfunden hatten, als wir von der Unabhängigkeit hörten, als etwas Banales, als eine fruchtlose Anstrengung vor einem möglichen wirtschaftlichen Ruin; und wenn die Unabhängigkeit nicht auch absolute Macht für die Mandatsträger bedeutet hätte, wären wir vielleicht in unserer patriotischen Gesinnung schwankend geworden. Sozialfürsorgegelder, Mittel für das Bauen von Strassen und Häusern sowie Subsidien für Krankenhäuser und öffentliche Schulen würden sich alle in Luft auflösen. Die Partei, die an der Macht war, hatte in ständigen amtlichen Mitteilungen in Radio Rock und Radio Reloj erfolglos versucht, dieses Problem anzusprechen und die Panik in der Bevölkerung zu mindern, indem sie betonte, dass diese spartanischen Massnahmen nie ganz verwirklicht würden, da gerade sie bewirken würden, dass die Metropole uns unsere Unabhängigkeit nicht gewähren würde. »Wir müssen unseren klaren Verstand bewahren und vernünftig sein«, sagten sie immer wieder ihren entsetzten Zuhörern. »Denken sie daran, dass unser Land in der Vergangenheit schon schlimmeren Katastrophen standgehalten hat, etwa den Wirbelstürmen San Ciriaco und San Felipe, und dass es uns immer gelungen ist, mit erhobenem Haupt aus ihnen hervorzugehen.« Aber die Partei, die an der Macht war, wusste, dass ihr letztes Stündlein geschlagen hatte und dass die Unabhängigkeit ihren politischen Untergang bedeuten würde.

Die Partei brauchte jemanden wie Candelario dringend, um die Strategie in die Tat umzusetzen, die sie schliesslich ersonnen hatte, um der Krise zu begegnen. Sie glaubte, dass der Weg, die Metropole davon abzuhalten, uns aufzugeben, darin bestünde, sie davon zu überzeugen, dass wir den Gürtel enger schnallen und ohne die wirtschaftlichen Privilegien, die wir bis dahin genossen hatten, auskommen konnten, wenn nur unsere Staatsbürgerschaft und so wesentliche Vorteile wie Sozialversicherung, Verteidigung und Postwesen intakt blieben. Finanzielle Zuteilungen würden links und rechts gestrichen, so dass die Ausgaben der Metropole halbiert und Wahlkämpfe, die eine Eingliederung der Insel in die Vereinigten Staaten zum Ziel hätten, für alle Zeiten verboten würden. In einer solchen Lage war es entscheidend, dass Recht und Gesetz in der Hauptstadt herrschten, denn dies würde den Senatoren und Abgeordneten des Repräsentantenhauses beweisen, dass wir willens waren, der Herausforderung zu begegnen, dass wir reif genug waren zu akzeptieren, dass wir ein armes Volk waren und entsprechend zu leben hatten. Die Rolle Candelarios würde darin bestehen sicherzustellen, dass der von der Partei verordnete neue Verhaltenscodex einer eisernen Disziplin von allen Bürgern respektiert würde, so dass die Metropole, von unserem guten Benehmen beeindruckt, hoffentlich ihre furchterregende Massnahme revidieren würde.

Candelario hatte Gerüchte gehört, dass Streit die Regierung entzweite, und es deshalb bald grosses Blutvergiessen geben würde, aber er glaubte nicht, was er hörte. Er hatte seinen Auftrag nach zehn Jahren schmerzlicher Abwesenheit von der Insel, in denen er an mehreren Privatschulen der Metropole eingeschrieben war, frohen Herzens angenommen. Nun konnte er sich beweisen, wie sehr er sein Land liebte, und so warf er sich mit Leib und Seele auf seine Arbeit als Oberkommandant der Missionsbrigade. Am ersten Tag seines Auftrags bemerkte er eine gewisse Schwere des Verstands und des Körpers bei seinen Untergebenen, die ihm Sorgen bereiteten. Sie hatten alle stechende Augen und die Arme und Schultern von Metzgern, so dass er entschied, sie müssten ihren Sinn für das Heldenhafte verstärken, damit sie den Krieg als eine sublime Berufung und nicht als Schlächterberuf verstünden. Nahezu alle ihm untergebenen Agenten kamen aus sehr bescheidenen Verhältnissen, sie hatten es nur dank ihrer besonderen körperlichen Konstitution in jenen militärischen Aktivitäten, in denen rohe Gewalt nötig war, geschafft, den stinkenden Abwässern ihrer Elendsquartiere zu entkommen. Deshalb hatte ihre Umgebung nie versucht, ihnen irgend etwas anderes beizubringen, so dass sie die geistigeren Aspekte der Kriegskunst nie kennenlernten. Candelario war über die Unzulänglichkeit der geistigen Erziehung seiner Männer entsetzt, für die sie überhaupt nicht verantwortlich waren, und er beschloss, dem augenblicklich abzuhelfen. Er glaubte, ein wirklich grosser Krieger müsse ein Renaissancemensch sein, dessen Verstand und Gefühl genauso ausgebildet seien wie sein Körper, und er bestellte eine ganze Schiffsladung mit Büchern über Philosophie, Soziologie und die Ethik der Kriegskunst, die er aus seiner eigenen Tasche bezahlte. Er verteilte die Bücher an seine Untergebenen und zwang sie, sich in Plato, Aristoteles, Hölderlin und Clausewitz zu vertiefen und die Feldzüge des Leonidas, Julius Cäsars und Alexanders des Grossen auswendigzulernen. Was die physische Seite ihrer Ausbildung anbelangte, so verbot ihnen Candelario den Einsatz von Schlagringen, Rasierklingen, Knüppeln und Maschinengewehren, von denen er glaubte, dass sie die natürlichen Verteidigungsreflexe des Menschen nur verstümmelten. Er führte ihnen das Beispiel des Perikles vor Augen und erinnerte sie an die Wirksamkeit der athenischen Überzeugungskraft während der Peleponnesischen Kriege und riet ihnen, den Feind zuerst mithilfe der intelligenten Rede zu besiegen zu versuchen und zu wohldosierter Anwendung von Gewalt nur im äussersten Fall Zuflucht zu nehmen, da eine geschickte Strategie immer die erfolgreichere sei. Er liess für sie in der alten spanischen Befestigungsanlage San Cristobal eine Turnhalle bauen und drängte sie, die Kunst des Boxens und Ringens sowie des Diskus- und Speerwerfens und anregende Gespräche auf den Turnierplätzen zu erlernen, da der Sport immer ein gesundes Konkurrenzdenken fördere.

Candelario hielt sich für vom Glück begünstigt, weil er in der ersten Woche seines neuen Auftrags Freundschaft mit Leutnant Pedro Fernández geschlossen hatte, dem Militär, der von den Missionaren am meisten geachtet wurde. »Geben wir uns die Hand«, sagte Candelario zu ihm, als sie sich begegneten, und liess das militärische Protokoll ausser acht. »Ich bin sicher, dass wir, wenn wir zusammenarbeiten, eine erstklassige Truppe ausbilden können.« Leutnant Fernández war ein hochgewachsener, breitschultriger, dunkelhäutiger Mann, dessen Familie in der im Westen der Insel gelegenen Stadt Guamaní ansässig war, aus der auch Hauptmann Candelarios Familie stammte.

Beide empfanden grenzenlose Achtung gegenüber der Geschichte, wie auch für Mut und Ehre, die sie für die obersten Mannestugenden hielten. Candelario war ein Liebhaber der Geschichte, er konnte die dreihundertundfünfundneunzig Namen der spanischen Gouverneure auswendig und beschrieb sie, zweifellos mit zuviel Idealismus, als grossherzige Ritter, deren Hauptbeschäftigung darin bestanden hatte, Bildung und Zivilisation zu verbreiten. Pedro, der Candelarios pädagogische Sicht der Geschichte nicht teilte, empfand seinerseits grössere Bewunderung für die Caribe-Indianer der Insel, die sich mit Haaren und Zähnen gegen die Spanier gewehrt hatten und die fast alle von jenen umgebracht worden waren. »Sie waren wirkliche Krieger, Meister in der Kriegskunst sowie Meister in der Kunst der Skulptur«, pflegte er mit einem Lachen Candelario gegenüber zu sagen. »Als der Krieg gegen die Spanier ausbrach, banden sie ihre spanischen Gefangenen an einen Holzpflock, gossen mit einem Trichter geschmolzenes Gold in ihre Münder und verwandelten sie in Goldstatuen.«

Die Tatsache, dass Candelarios Vorfahren alle vermögend gewesen waren und zur Oberschicht gehört hatten, während Pedros Vorfahren vor hundert Jahren noch Sklaven gewesen waren, berührte nicht im mindesten ihre junge Freundschaft. Candelario war der Enkel Don Ubaldino De la Valles, desselben Mannes, dessen Haus in der Nacht auf geheimnisvolle Weise abbrannte, als Candelarios Grossmutter, Doña Laura, starb. Sein Vater, Arístides De la Valle, hatte seine Anteile der Diamond Dust Zuckerfabrik an die Snow White Zuckerfabrik verkauft, und mit dem Geld war er in das alte koloniale Viertel der Hauptstadt gezogen, wo er ein elegantes Herrenhaus aus dem achtzehnten Jahrhundert mit zehn Veranden mit holzgeschnitzten Ballustraden und einer Garage für den Wagen kaufte und restaurierte. Candelario wurde in diesem Haus geboren; da er das einzige Kind war, wurde er verwöhnt und wie ein Prinz aufgezogen. Obwohl sie fast zwanzig Jahre lang in der Hauptstadt gelebt hatte, betrachtete sich die Familie stets als eine Familie aus Guamaní, und Candelario machte da keine Ausnahme. Wann immer er Guamaní besuchte, fühlte er sich wie neugeboren, so glücklich war er, die eleganten, mit Eichen gesäumten Strassen entlangzugehen.

Pedro hingegen wurde in Finibusterre, dem schrecklichsten Elendsviertel Guamanís, geboren, wo die zum Überleben auf der Strasse notwendigen Künste des Judo und des Augenausstechens im richtigen Moment so wesentlich wie das Essen und das Atmen waren. Das Elendsviertel war einmal, zu Zeiten der spanischen Herrschaft, das Versteck für Taschendiebe, Ladendiebe und Übeltäter, war der Albtraum der spanischen Guardia Civil gewesen. Später wurde es die bevorzugte Wohngegend jener Veteranen, die ohne Arme und Beine aus den Kriegen der Metropole in Asien und Mittelamerika zurückkamen und den traurigen Anblick ihrer verstümmelten Körper vor den neugierigen Augen der Welt verbergen wollten.

Sobald die Veteranen begannen, sich in der Gegend niederzulassen, gaben sie dem Elendsviertel den Namen Villa Cañona, jenen Soldaten zu Ehren, die an der Front wie niedergemetzelte Mutterlämmer gefallen waren. Die ursprünglichen Siedler des Slums, die fröhlichen Taschendiebe unachtsam aufbewahrter Geldbeutel und die Profiteure lukrativer Hurerei, nahmen den neuen Namen übel. Die ständig wachsende Zahl geschlagener Helden, die mit gesenktem Kopf in der Sonne sassen und ihre einst so belebten Strassen mit Kriegsliedern traurig stimmten, war nicht nach ihrem Geschmack. Wegen der zunehmenden Feindseligkeiten zwischen Verbrechern und Veteranen wurde pro Tag mindestens ein halbes Dutzend Mal in Villa Cañona geschossen, wobei sich die Beteiligten mit ihren Maschinengewehren und automatischen Handfeuerwaffen hinter den dicken Zementveranden ihrer Häuser verschanzten.

Pedro Fernández wurde in einem jener Häuser geboren, die typisch für das Elendsviertel waren. Es war aus Pappkartons, Coca-Cola-Kisten, verrostetem Wellblech und Palmenstämmen gebaut, besass aber eine über einen Meter dicke umlaufende Zementveranda, die es zu einer kaum einnehmbaren Festung machte. Wie Candelario stammte auch er aus einer Familie mit militärischer Tradition, die aber an Militäraktionen jüngeren Datums beteiligt war. Sein Onkel, Monchín Fernández, hatte ein Auge auf Pork Chop Hill verloren, nachdem er ein halbes Dutzend Koreaner mit seinem automatischen Gewehr von einer Palme heruntergeholt hatte, und seine beiden Brüder waren in Vietnam gefallen. Sein Vater war nur durch einen Zufall am Leben. Er war ein zweifach ausgezeichneter Vietnamveterane, stolzer Empfänger des Verdienstordens. Während der Tet-Offensive hatte er sich mit einer gezündeten Handgranate in der Hand in einen Schützengraben geworfen, nachdem er zu einer besonderen Mission hinter die feindlichen Linien geschickt worden war. Die Regierung erklärte ihn zu einem Helden, und jeden Monat erhielt er den höchsten Veteranenscheck im ganzen Viertel, aber seine Frau, Marcelina Fernández, hielt nichts davon, und hätte gern auf das Geld verzichtet, wenn sie dafür ihren Mann zurückerhalten würde. Juan, vor dem Krieg ein witziger, gutmütiger Mann, war jetzt ein Klumpen formlosen, stummen Fleisches, der in einem Rollstuhl im Haus umhergeschoben werden musste.

Seit seiner frühen Kindheit wollte Pedro der unglückseligen militärischen Familientradition entkommen und beschloss früh, Sportler zu werden. Er träumte davon, Villa Cañonas Korbballstar zu werden, da ihm dies erlauben würde, das Elendsviertel zu verlassen, den Albtraum der täglichen Schiessereien zwischen Ganoven und Angehörigen seiner Familie hinter sich zu lassen. Er war ohne Frage gut dafür gerüstet: er war grösser als alle seine Freunde, und seine stützmauerartigen Schultern hatten ihm mehrere Spitznamen eingetragen wie Der Watussi oder Die Wand, als er in der Hauptstadt spielte. In Villa Cañona war er jedoch wegen der phantastischen Geschwindigkeit seiner Füsse, die auf dem Spielfeld zu Flügeln zu werden schienen, unter dem Kosenamen Der Blitz bekannt.

Pedro kam der Verwirklichung seines Traums sehr nahe. Er war ein hervorragender Schüler, der bald das Vertrauen seiner Lehrer gewann. Als er achtzehn wurde, gewann er den Roberto Clemente Baseball Preis, für den sich über zehntausend Schüler der öffentlichen Schulen auf der Insel beworben hatten. Als er schliesslich von allen vielversprechenden Sportlern seines Alters für die Korbball-Olympiamannschaft ausgewählt worden war, wurde er zum unbestrittenen Helden von Villa Cañona, und in jener Nacht feierte das ganze Elendsviertel mit einer Kerze auf jedem Wellblechdach. Sein Vater, sein Onkel Monchín und seine vielen Vettern waren alle überaus stolz auf ihn.

Die zunehmend schwierigere politische Lage der Insel hatte jedoch der Olympiamannschaft schwere Zeiten beschert. Seit vor fast einem Jahr Gespräche über eine mögliche Unabhängigkeit begonnen hatten, hatte die Partei, die an der Macht war, die Olympiamannschaft schief angesehen. Die Olympiamannschaft erlaubte es der Insel, als unabhängiges Land bei den Karibischen und Mittelamerikanischen Spielen mit der Dominikanischen Republik, Haiti, Kuba, Costa Rica, Honduras und Mexiko zu wetteifern, und die Partei, die an der Macht war, befürchtete, dass eine solche Teilnahme von den Mitgliedern des Kongresses der Metropole als unpatriotisch betrachtet würde. Das war überhaupt nicht der Fall, die Mitglieder des Kongresses freuten sich, dass ihr Land dank des »assoziierten Status'« indirekt an den Spielen teilnehmen konnte, aber wie immer war die Partei, die an der Macht war, päpstlicher als der Papst. Ihre Mandatsträger begannen, öffentlich zu behaupten, dass das Olympiateam der Insel abgeschafft werden müsse, und wenn Roberto Clemente so viele Jahre lang mit den Pittburgh Pirates spielen konnte und für sie über zweitausend Mal ins Schwarze getroffen hatte, sei es unvorstellbar, dass jüngere Sportler von der Insel nicht auch in Mannschaften der Metropole spielten. Aus diesem Grund erhielt Pedro einige Tage, nachdem er für die Mannschaft aufgestellt worden war, ein offizielles Schreiben von der Partei, in dem ihm zu der Ehre gratuliert, aber auch vorgebracht wurde, dass solche Auszeichnungen dem Wohlergehen des Landes geopfert werden sollten. Er sollte deshalb auf seine Aufstellung verzichten und sich so schnell wie möglich nach der Möglichkeit erkundigen, sich einer Mannschaft der Metropole anzuschliessen, sie würde ihm dafür die besten Empfehlungen liefern. Pedro wies jedoch ihr Angebot zurück und gab vor, er reise ungern nach Norden, wo es immer zu kalt sei, und er zöge es vor, eine lokale Grösse als Villa Cañonas Blitz zu sein, anstatt internationalen Ruhm als Mitglied in der Oberliga der Metropole zu erlangen.

Als die Partei von seiner Ablehnung erfuhr, beschloss sie, zur Tat zu schreiten. Pedro wurde eines Tages, als er vom Sportzentrum der Olympiamannschaft nach Hause ging, von der Missionarsbrigade angegriffen. Sie schlugen ihn so mit ihren Knüppeln, dass sie ihm beide Beine sowie mehrere Rippen und sein Halsbein brachen. Bevor sie weggingen, schauten sie sich ihn an, wie er regungslos am Boden lag. »Dich werden sie in Villa Cañona nicht mehr Blitz nennen«, sagten sie und lachten, »aber vielleicht werden sie dich ›Den vom Blitz Getroffenen‹ nennen.« Pedro trug seinen Trainingsanzug aus himmelblauem Rayon und Star-Trek-Tennisschuhe, auf die er immer so stolz gewesen war. Wie er so gelähmt dalag, blickte er die Missionare mit all dem Hass, dessen er fähig war, an. Er versuchte nicht einmal, dem letzten Tritt auszuweichen, statt dessen prägte er sich das Gesicht jedes Einzelnen ein.

Seine Verwandten fanden ihn mehrere Stunden später bewusstlos auf der Strasse liegend und trugen ihn nach Hause, aber Pedro weigerte sich, irgend jemandem zu sagen, was vorgefallen war. Er sagte nie, wer ihn geschlagen hatte, wurde wortkarg und still und sprach kaum mehr mit seinen Eltern. Als er im Bett lag und sich allmählich erholte, weigerte er sich, seine alten Freunde zu sehen; seine jetzt nutzlosen Tennisschuhe, die er früher immer stolz an einen der Bettpfosten geknüpft hatte, warf er weg. Das einzige, das er den ganzen Tag tat, war die Zeitungen zu lesen, und so erfuhr er von der hektischen Kampagne der Partei, die an der Macht war, den katastrophalen Prozess, der zur Unabhängigkeit führte, rückgängig zu machen. »Die Partei hat recht«, sagte er zu seiner Mutter, als sie geduldig seine Bandagen wechselte oder ihm beim Bewegen seiner Beine, die in dicken Gipssäulen staken, half. »Wir müssen alles in unserer Macht stehende tun, damit die Metropole nicht die Insel aufgibt. Gewalt ist wie das Feuer, sie kann nur durch noch grössere Gewalt besiegt werden. Wenn die Partei beschliesst, einzeln die Mitglieder der Olympiamannschaft zu eliminieren, werde ich selbst meine Hilfe anbieten.«

Pedro konnte erst nach mehreren Wochen das Bett verlassen, und als er es konnte, spielte er nie mehr Korbball, weder in der Olympiamannschaft noch in irgendeiner der Mannschaften der Metropole. Obwohl er es schaffte, beim Gehen nur ein wenig das linke Bein nachzuziehen, kam Laufen überhaupt nicht mehr in Frage. Als er sich über sein Schicksal im klaren war, entschloss er sich, sich der Missionarsbrigade anzuschliessen, um so seiner Familie bei ihren wirtschaftlichen Schwierigkeiten etwas zu helfen. Deshalb war Pedro nicht mit Candelarios Idee einer humaneren militärischen Ausbildung, die Aktivitäten wie Lesen und Sport betonte, einverstanden, da er selbst nach seinem Unfall nach dem

Gesetz des Landes gelebt hatte und überzeugt war, dass der, der zuerst zuschlägt, dreimal zuschlagen sollte.

Candelario und Pedro blieben trotz ihrer Meinungsverschiedenheiten gute Freunde. Der Hauptmann hatte völliges Vertrauen in Pedro und fragte immer um seinen Rat, bevor er eine wichtige Entscheidung traf. Pedro war seinerseits ein loyaler, verlässlicher und einfallsreicher Freund, der Candelario bei der Bewältigung aller möglicher praktischer Probleme half. Er war sein persönlicher Chauffeur, wachte darüber, dass seine Speisen richtig zubereitet wurden, liess seine Kleider und Schuhe regelmässig reinigen, er trug sogar seine Aktentasche, da er ihm wie ein dienstbarer Geist überallhin folgte.

Candelario patrouillierte täglich durch die Strassen der Hauptstadt in seinem offenen Jeep, der von Pedro gefahren wurde. Candelario sass aufrecht und zufrieden auf dem Rücksitz, trug stolz die Insignien des goldenen Lamms an seiner goldverzierten, marineblauen Uniform, aber er betrachtete die Stadt immer sorgenvoller. Die Strassen hallten wider von den Schreien und Klagen jener, die man an jeder Ecke überfallen, geschlagen, ausgeraubt und dann in der Strasse wie Tote liegengelassen hatte. Seit Beginn der Krise wurden selbst die elementarsten Gesetze ständig gebrochen, man zahlte keine Steuern mehr, die Postzustellung war eingestellt worden, und man musste in die Büros der staatlichen Verwaltung gehen und die Rechnungen für Telefon, Wasser und Elektrizität persönlich bezahlen. Zusätzlich zu diesen Übeln war die Stadt von einer wahren Horde von Taschendieben, Zuhältern und Drogenhändlern heimgesucht worden, die sich benahmen, als seien sie deren rechtmässige Besitzer. Candelario hatte sich vorgenommen, die Stadt von ihnen zu befreien, hatte aber seinen Missionaren verboten, die Gefangenen zu schlagen, wie dies früher üblich war, wenn ihre Aktionen erfolgreich verlaufen waren. Er bestand darauf, indem er die Einsätze persönlich überwachte, dass die Gefangenen zivilisiert behandelt würden. Jedes Mal, wenn eine Verhaftung vorgenommen wurde, sprang er in der glühenden Hitze aus seinem Jeep, die Insignien auf den Umschlägen seines Uniformjacketts zerschmolzen fast auf seiner Brust, und er sprach leise mit den unglücklichen Bösewichten. Er blickte traurig unter dem lackledernen Schirm seiner Mütze hervor, tadelte sie streng aber in verbindlichem Ton für ihre Handlungen, sagte, sie sollten ihren

Einfallsreichtum und ihren Mut bei würdigeren Gelegenheiten einsetzen, wies sie darauf hin, dass sie nie ihre Furcht vor der Unabhängigkeit verlören, indem sie Ketten aufbrachen, Geldbeutel stahlen oder Apotheken ausraubten, sondern dass sie so nur zum Chaos im Land beitrügen und sich selbst erniedrigten. Bei diesen Gelegenheiten ereilte jedoch die Missetäter stets dasselbe Schicksal. Kaum waren Candelario und Pedro in ihrem offenen Jeep weggefahren, liessen die Missionare einen Hagel von Schlägen, Hieben und Stössen über ihre Opfer niedergehen, bis sie bewusstlos auf dem Pflaster zusammenbrachen. Sie zogen dabei über die herausgeputzte Primadonna her, die ihnen den Gebrauch von Schlagringen, Bleirohren und Knüppeln untersagt hatte, so dass sie jetzt ihre Fäuste gebrauchen mussten, um ihren Landsleuten das Sprichwort, »Das Gesetz wird am ehesten befolgt, wenn es in Blut geschrieben wird«, einzubläuen und sie dann an Füssen und Schultern hochzuheben und sie ohne Umstände in die Polizeiwagen zu werfen.

Candelario und Pedro fuhren mit ihrem Jeep auch durch die vornehmen Vororte der Hauptstadt wie Gardenville, La Rambla und El Alcázar. Das Schaupiel, das sich ihnen bot, war gleichermassen chaotisch: Schilder mit der Aufschrift ZU VERKAUFEN waren überall aufgestellt, und Herrenhäuser mit Schwimmbädern, Tennis- und Squashplätzen waren für ein paar Cents zu haben. Man sah, wie Leute überall auszogen, ihre Ölgemälde, antiken Möbel und Perserteppiche in Lastwagen schafften; die Hälfte der Häuser war bereits verlassen. Candelario beugte sich zum Fahrersitz vor, sein Gesicht bleich vor kaum beherrschter Wut, und flüsterte Pedro zu, dass er sich manchmal für seine Landsleute schäme. Ob nun die Gerüchte einer bevorstehenden Unabhängigkeit wahr seien oder nicht, aus seinem Vaterland im Augenblick der Wahrheit wegzulaufen, sei gleichbedeutend mit Verrat. Aus diesem Grund fühlte er sich besser in Gegenwart von Menschen, die wie Pedro aus bescheidenen Verhältnissen kamen, als bei denen, die aus seiner Klasse stammten. Jeffersons gültigster Spruch sei gewesen: »Kaufleute kennen kein Vaterland.« Da Pedro ihm nicht antwortete, sondern stur nach vorn blickte und weiterfuhr, nahm Candelario an, dass er seiner Meinung sei.

Die Missionare wurden als militärische Elitetruppe betrachtet, die täglich ihr Leben für ihr Land riskierte, und deshalb wurden sie zu allen wichtigen gesellschaftlichen Ereignissen der Partei, die an der Macht war, eingeladen. Candelario und Pedro nahmen an diesen Feiern, bei denen viele gutaussehende Mädchen anwesend waren, und wo man sie wie Helden behandelte und ihnen schmeichelte, gemeinsam teil. Beide jungen Männer fielen bei den zahlreichen Galaabenden auf, die damals in den Regierungsgebäuden La Fortaleza, Casa Blanca und dem ehemaligen Arsenal stattfanden. Candelario war gross und schlank, mit einer störrischen blonden Locke in der Stirn, Pedro war ebenso gross, aber etwas breiter und zog seine Schultern, die so mächtig wie ein Mahagonibaum waren, immer ein wenig nach vorne, um sein Hinken zu verbergen; aber er war stolz und hielt sich immer aufrecht, als umgäbe ihn der flammenfarbene Kriegsmantel seiner Watussi-Ahnen. Gemeinsam boten sie ein auffallendes Bild, das sich deutlich vom Rest der Missionare abhob, die alle muskulöse Männer mit kugelförmigen Bizeps und riesigen Waden waren, die zwischen den eleganten Möbeln in den Herrenhäusern der Parteioberen wie Elefanten in einem Porzellanladen umherliefen. Sie erfreuten sich bei den anwesenden Frauen allergrösster Beliebtheit.

Statt sich seiner Eroberungen bei diesen Parties zu erfreuen, fand Candelario diese Anlässe deprimierend. Er unterschied sich von Pedro, für den die Liebe nichts weiter als ein angenehmer Zeitvertreib war, ein vorübergehendes Spiel, dessen er sich zu Recht erfreuen durfte, nachdem er sein Leben für sein Land riskierte. Candelario nahm die Liebe ernst und konnte einfach keinem Mädchen in dieser Gesellschaft Avancen machen, ohne an die Folgen zu denken. Seine Ausbildung als Militär war so gründlich gewesen, dass er mit den ursprünglichen Wurzeln seines Körpers, mit jenem uralten Trieb, der es dem Fleisch ermöglichte, mit der Natur eins zu bleiben, den Kontakt verloren hatte. Er hatte so oft von der vollkommenen Frau geträumt, hatte ihr Gesicht so viele Male gezeichnet, wenn er schlaflos auf seinem Eisengestell lag, dass er glaubte, ihre Gesichtszüge hätten sich in der Dunkelheit seiner Augenlider verflüchtigt. Das Muster für seine Geliebte war so anspruchsvoll, und er war so schmerzlich schüchtern, dass seine Liebesabenteuer gewöhnlich in Katastrophen endeten. Jeden Morgen, wenn er die Waschungen eines feinen Herrn vornahm, schaute er sich in einem kleinen Spiegel an, bewunderte sein gutgeschnittenes Profil, die klassische Form seines Kopfes und seinen feinen Schnurrbart und war sicher, dass er am selben Abend das ideale Mädchen finden und sie für sich einnehmen würde, aber wenn sich Gelegenheit dazu bot, war er benommen und schüchtern. Wenn er sich gegen Ende der Party schliesslich dazu entschloss, ein Mädchen in seine Wohnung hinaufzubitten, musste sie ihn küssen und umarmen, während er deprimiert in ihren Armen lag und sich wie eine hohle Bronzestatue fühlte. Nachdem die platonische Angelegenheit vorüber war, stand das Mädchen vom Bett auf, zog sich an, kämmte sich und ging, ohne sich zu verabschieden, wie jemand, der zum Abendessen eingeladen und dann zu fasten gezwungen worden war. Deshalb wollten die Mädchen von Candelario nie ein zweites Mal eingeladen werden, und er wurde bei den Parties der Regierung weniger beliebt. Pedros Fall lag völlig anders, er hatte immer Dutzende von Mädchen, von denen er eines auswählen konnte, da seine Verunstaltung von ihnen als exotisches Detail betrachtet wurde.

Eine Begebenheit, die sich zu jener Zeit ereignete, bewirkte, dass die Freunde sich vorübergehend nicht mehr ihren amurösen Beschäftigungen widmen konnten. Die Salsamusik war seit kurzem in der Hauptstadt beliebt geworden, wurde dies immer mehr, so dass ihre Anhänger in die Hunderttausende gingen. Sie waren so zahlreich geworden, dass gemunkelt wurde, dass sie sich kürzlich in einer Partei, oder, wie es andere ausdrückten, in einer Sekte organisiert hatten, die ihre Zeremonien und Kongresse nachts an verschiedenen Örtlichkeiten der Stadt abhielten. Es gab in Wirklichkeit keine Grundlage zu glauben, dass diese Gerüchte stimmten, aber die Beliebtheit der Salsafans war unleugbar. Es war, als ob das Volk das wirtschaftliche Chaos, das das Land bedrohte, ignorierte und sich in ein fieberhaftes Fest mit Stammesmusik geworfen hätte, so dass nachts die Strassen der Stadt vom Klang der afrikanischen Trommeln widerhallten. Die Salsafans lebten in den Elendsvierteln und waren hauptsächlich eine Bevölkerungsschicht, die von Ort zu Ort zog. Sie hatten sich ursprünglich in den Vierteln Barrio Obrero, La Cantera und Los Bravos de Boston niedergelassen, als sie vom Landesinneren eintrafen, wohin sie nach dem Ruin der Zucker-, Tabak- und Kaffeeplantagen Ende der Dreissiger- und während der Vierzigerjahre geflohen waren. Im Jahr 1950 wurde ihnen klar, dass eine zweite Migration für ein Überleben notwendig geworden war, und so strömten sie zu Tausenden auf das Festland. Die Insel war in ihren Augen immer ein Paradies geblieben, und sie kehrten in Abständen zu ihr zurück, mit einem Afrohaarkamm in ihrem rotgefärbten Haar, in flammend roten T-Shirts, Polyesterhosen und Champion-Tennisschuhen, die sie in der Bronx gekauft hatten. Sie gingen mit ihren voll aufgedrehten monströsen Radios oder Kassettenrecordern, auf denen sie Nonstop-Salsasender wie Zeta 93 hörten, in die feinen Vororte der Hauptstadt. Jetzt, bei dem drohenden Verlust der Möglichkeit, zum Festland und zurück zu reisen, das ihnen gestattet hatte, ein Auskommen zu haben, ohne ihr Vaterland zu verlieren, erhoben sie ihre Stimme, und ihre Musik äusserte ihren Unmut indem sie zunehmend politische Texte verwendete. Das Interessante an dem Phänomen war, dass Salsa in den eleganten Bars und Discos der Stadt immer beliebter wurde und auch in den Häusern der oberen Mittelschicht, in denen Rock bis dahin ganz oben rangiert hatte, gespielt wurde, obwohl Salsa mit den Bewohnern der Elendsviertel in Verbindung gebracht und als Musik des Pöbels betrachtet wurde. Die Rockfans hingegen hatten ihre eigenen Gruppen, aber sie waren mit ihren Liedern weitgehend apolitisch geblieben. Sie waren in der Regel Teenager, die Jeans, schöne Playero T-Shirts und Designersandalen anzogen, ihr Haar lang und zerzaust trugen und tagsüber beim Surfen in der Bucht von Isla Verde beim Hören von Sendern wie Alpha Rock 105 in ihren Kabriolets zu beobachten waren. Trotz seiner Beliebtheit hatte jedoch der Rock in letzter Zeit gegenüber der Salsamusik an Boden verloren, und dies bereitete der Partei, die an der Macht war, Sorgen, da sie Lieder politischen Inhalts missbilligte.

Bei ihren täglichen Patrouillen von Polvorín bis Fondoseco, von Altoelcabro bis Altoelcerdo wurden Candelario und Pedro Zeugen, wie der Mob massenweise mit voll aufgedrehten Radios und Rubén Blades' Liedern auf den Lippen aus den Elendsvierteln in die wohlhabenden Gegenden der Stadt quoll. »Das Leben ist voller Überraschungen«, sang Ray Barreto, während er die Congas den ganzen Weg von Tanca bis Tetuan schlug. »Die Nachtigallen singen's schon, ein neuer Tag kündigt sich an«, sangen Ismael Riveras kriegerische Sänger, als sie ihre Kesselpauken mit aller Kraft die ganze Avenida Ponce de León hinab schlugen. »Du tust mir leid, wirklich, du tust mir leid«, sang die Band der Celia Cruz, deren Grosseltern von Mozambique gekommen waren, und ihre flammend roten Afros waren die ganze Cruz-Strasse hinauf zu sehen.

Candelario fand die Salsamusik scheusslich, aber er bewunderte den Mut der Salsafans, ihr Missachten des deutlich ausgesprochenen Befehls der Partei, dass Popmusik apolitisch zu sein habe. Und da er und Pedro nichts tun konnten, um die Lawine von singendem Pöbel, der an ihnen vorbeiging, zum Halten zu bringen, war er insgeheim froh, dass seine Landsleute, wenn sie schon nicht den Mut hatten, für ihre Unabhängigkeit zu kämpfen, wenigstens davon singen konnten. Pedro hatte hingegen keine ästhetischen Vorbehalte gegen die Salsamusik und hörte sie gern. Er war der Überzeugung, dass es durchaus ehrenwert war, Popmusik zu machen, dass diese Beschäftigung so gut wie jede andere dazu diente, Geld zu verdienen. Salsa war in letzter Zeit sogar zu einer sehr gewinnbringenden Beschäftigung geworden, da Konzerte beachtliche Summen erbrachten. Hinzu kam, dass die Salsamusiker eine riesige Menge Platten, Kassetten und Videos verkauften, und auf der ganzen Insel als Helden betrachtet wurden.

Eines Tages erhielt Candelario einen vertraulichen Anruf, der mit Salsakonzerten zu tun hatte. Mehrere hohe Mandatsträger der Partei machten sich ernste Sorgen, dass die Konzerte ausser Kontrolle geraten könnten. »Wir haben gehört, dass mehrere politisch motivierte Terroristen die Salsabands unterwandert haben«, sagte eine kalte, unpersönliche Stimme durch das Telefon. »Können Sie mich hören, Candelario? Verstehen Sie, was ich sage? Und da es unmöglich ist zu wissen, welche Bands unterwandert sind, wird es von nun an Ihre Pflicht als Kommandant der Missionarsbrigade sein, alle Salsakonzerte zu verhindern.« Da Candelario schwieg, fügte die Stimme hinzu: »Sie tun gut daran, die Salsafans in den Griff zu bekommen, Candelario, wenn Sie Ihren Job behalten wollen.«

Candelario hängte auf und war wütend. Zugegeben, Salsa war ordinär und verdiente kaum den Namen Musik, aber viele Leute verdienten ihren Lebensunterhalt mit ihr, und es war fast unmöglich, die Konzerte zu verbieten; im übrigen wäre das auch ungerecht. Seine Gefühle des Mitleids verschwanden jedoch bald, als er sich die Folgen einer Missachtung des soeben erteilten Befehls überlegte. Er war schliesslich ein De la Valle, und seine Familie sowie sein Freundeskreis würden es als skandalös betrachten, wenn er aus der Missionarsbrigade unehrenhaft entlassen würde. Er selbst konnte sich seine Karriere nur beim Militär vorstellen. Der blosse Gedanke, in einem Käfig aus Glas und Stahl im zwanzigsten Stockwerk eines Bankgebäudes von Hato Rey eingesperrt zu sein, in dem die meisten seiner Freunde arbeiteten, jagte ihm Schrecken ein. Er weigerte sich, ein weiterer kleiner Geschäftsmann zu werden, mit keinem anderen Ziel im Leben als mit dem Kaufen und Verkaufen von Aktien und Obligationen an der Wall Street Geld zu verdienen, da er selbst kein eigenes Unternehmen besass. Die Büros der Bankgebäude von Hato Rey waren voll von den Kindern reicher Inselbewohner, die, wie Candelarios Grossvater, ihre Zuckerrohrplantagen, Tabak- oder Rumfabriken, ihre Baufirmen sowie andere Unternehmen, die in Familienbesitz waren, an ausländische Investoren verkauft hatten, so dass sie jetzt wirklich sehr wenig zur Privatwirtschaft ihres Landes beisteuern konnten. In jedem Fall war das Unglück bereits vor langer Zeit geschehen, als die Gelder, die von der Metropole ins Land gepumpt wurden, die Menschen an einen Lebensstandard gewöhnt hatten, den sie sich in Wahrheit nicht leisten konnten. Zugegeben, es war grausam, wenn man einem etwas wegnahm, das er zu erwarten gewohnt war, und darauf lief die gegenwärtige Kürzung der Bundesmittel hinaus, aber in einer potenziell explosiven Lage musste die öffentliche Ordnung aufrechterhalten werden, und vielleicht konnte man die Dinge später in Ordnung bringen, wenn alles wieder im Lot war. Die Lieder der Salsamusiker drückten diese besorgniserregende Lage mit unerwarteter Schärfe aus.

Nach diesen Überlegungen nahm es Candelario auf sich, den unangenehmen Befehl, den er erhalten hatte, auszuführen, und am nächsten Tag leitete er mehrere Strafexpeditionen in La Perla in die Wege, einem Elendsviertel, das unter den alten spanischen Befestigungen lag, die die Viertel der Altstadt umgaben. Einige Salsamusiker wurden verhaftet und in die Kasernen der Missionare im Fort von San Cristobal gebracht. Dort wurden sie in den schlecht erleuchteten mittelalterlichen Verliessen barbarischen Strafmassnahmen unterworfen, die von derselben Art waren, wie sie Candelario verboten hatte, als er zuerst die Brigade übernommen hatte. Die Massnahmen waren als Lektion für alle Salsafans auf der ganzen Insel gedacht. Als die Missetäter mit blutenden Köpfen und gebrochenen Rippen nach Hause zurückgekehrt waren, wurden mehrere Wochen lang keine Salsakonzerte mehr gegeben. Es herrschte Ruhe im Elendsviertel von La Perla, das an die vom Meer umspülten Klippen der Altstadt gebaut war. Vielleicht war es diese Ruhe, die bewirkte, dass sich Candelario zunehmend wie ein Henker fühlte, und er sich in ein noch gefährlicheres, wenn auch ganz anderes Abenteuer stürzte.

Jeden Samstagabend besuchten Candelario und seine Brigade die feinsten Nachtklubs der Hauptstadt, um sicherzustellen, dass keine Salsamusik mehr gespielt würde. In jener Nacht betrat Candelario Susana's, eine aussergewöhnliche Diskothek, in der Stalaktiten aus Glas von der Decke hingen und Bassins mit trägen Fischen an den Wänden standen. Er schaute eine Weile den Paaren auf der Tanzfläche zu, die sich zum Rhythmus von Mick Jagger und den Rolling Stones verrenkten, und setzte sich dann allein an die Rückwand. Wie dies seit kurzem seine Gewohnheit war, zog Pedro es vor, am Tisch der Missionare Platz zu nehmen. Zwischen den beiden hatte es vor einer Woche einen ernsten Streit gegeben: während einer Strafexpedition in Guamaní hatten sich die Missionare einen Spass daraus gemacht, die Salsafans über die Wellblechdächer der Hütten von Villa Cañona zu jagen, und als man sie als Gefangene anbrachte, hatte Pedro ihn um ihre Freilassung gebeten. Es waren mehrere seiner Verwandten unter den Festgenommenen: sein Onkel Monchín und drei Vettern, die seit kurzem in der Salsaband des Elendsviertels die Trompete, die Congas und das Schlagzeug spielten. »Die sind aus unserer Heimatstadt, Hauptmann«, sagte er und glaubte, dass Candelario Milde walten lassen würde. »Ich versichere dir, dass sie sich nicht der Band angeschlossen haben, weil sie Terroristen sind, sondern weil es heute schwierig ist, Arbeit zu finden, und sie auch leben müssen.«

Candelario weigerte sich jedoch, zuzuhören. Es war eine schwierige Entscheidung gewesen, den Salsafans eine Lektion zu erteilen, und er hatte deswegen schlaflose Nächte gehabt. Aber wenn er wegen Pedros Verwandten Ausnahmen machen würde, würde es ihm noch schlechter gehen. »Es tut mir leid, Kamerad«, sagte er zu ihm und schüttelte ihm mitfühlend die Hand. »Aber in North Point hat man uns gelehrt, dass das Gesetz keine Ausnahmen kennt.« Er bat ihn, sich keine Sorgen zu machen, denn nachdem die Männer bestraft worden waren, würde er sich um sie kümmern: es würde ihnen erlaubt, in die Militärkapelle der Missionare einzutreten, wo sie die gewöhnliche Salsatrompete gegen eine aristokratische Tuba, und die barbarischen Congas gegen eine richtige Trommel eintauschen könnten. Pedro war auf seinen Freund wütend und erinnerte ihn daran, dass er erst vor wenigen Wochen Reden über die humanitären Tugenden des Dialogs und der Achtung der Meinung der Mitmenschen geschwungen hätte, klagte ihn der Heuchelei an, da man »nur ein wenig am Lack der Zivilisation kratzen müsse und schon käme der Wilde in ihm zum Vorschein.« Nach diesem Vorfall hatte Candelario versucht, wieder Boden gutzumachen, indem er Pedros verprügelte Verwandte im Krankenhaus besuchte und für alle Kosten aufkam, aber das Verhältnis zwischen den beiden Männern hatte sich unweigerlich verschlechtert.

Candelario bestellte Whisky mit Eiswürfeln bei einem der Kellner, die in Schmetterlingskostümen vorbeiflitzten. Ein Mob Punk-Teenager, die Anne-Klein-Jeans und Paco-Rabanne-Hemden trugen, drehten sich auf der Tanzfläche zur Musik Elvis Presleys. Eine Gruppe Rockmusiker, die sich über ihre elektrischen Gitarren beugten als wären sie Maschinengewehre, schrien ihre Texte den Tanzenden zu und stampften mit ihren Cowboystiefeln auf den Fussboden. Plötzlich hörte er, wie jemand hinter ihm sagte: »Was ist deine Lieblingsmusik, Salsa oder Rock?« Er drehte sich um, zur Dunkelheit hin, und blickte neugierig auf das Mädchen. Obwohl es halb im Schatten stand, konnte er feststellen, dass es eine Schönheit war.

»Entschuldige, aber ich habe nicht verstanden, was du gesagt hast.«

»Natürlich hast du das. Du willst es nur nicht zugeben. Auf jeden Fall gefällt dir wahrscheinlich Rock. Ich weiss mit Sicherheit, dass du keine Salsamusik magst.«

»Ich glaube, es wäre besser, du würdest das Thema wechseln«, antwortete Candelario streng, zündete sich eine Zigarette an und blies eine Wand aus Rauch vor sein Gesicht.

Das Mädchen lachte kurz und spöttisch und glitt auf den Stuhl an seiner Seite. Candelario konnte nicht umhin, es zu bewundern. Es hatte rote Locken, die von einem Afrokamm aus seinem Gesicht gehalten wurden, seine Brüste waren nackt unter dem T-Shirt. Nach seinem Aussehen zu urteilen, dachte er zuerst, würde es zu einer Salsaband gehören, aber er änderte bald seine Meinung.

Es war zu hellhäutig, und seine Diktion war zu korrekt, um aus einem Elendsviertel zu stammen. Es war wahrscheinlich nur eines der vielen reichen kleinen Mädchen, die ihrem Elternhaus entwachsen wollten und als Salsafan posierten, um ihre Eltern wütend zu machen.

»Ich bin ein Salsafan. Das macht dich lebendig und bringt dich deinen Wurzeln näher.«

Candelario schüttelte den Kopf und lächelte es traurig an. »Das wundert mich nicht. Heutzutage sind selbst die Kultiviertesten unter uns von barbarischem Benehmen angesteckt worden. Unsere bevorstehende Unabhängigkeit bedroht uns mit einer weiteren Invasion der Hunnen, und wir könnten, wie das alte Rom, bald ihrer Geissel erliegen.«

»Nun, da ich Barbara heisse, wäre das gar nicht so schlecht. Die Heilige Barbara ist, wie du weisst, die Schutzheilige der Missionare, und ihre Statue hält vor deren Munitionsdepot im Fort von San Cristobal Wache. Sie war es, die im Jahr 1595 Sir Francis Drakes und Sir John Hawkins' vierundzwanzig Fregatten aus dem Hafen der Stadt vertrieben hat. Die Offiziere waren beim Abendessen im Schiff des Kapitäns und wollten gerade aus ihren Bierhumpen trinken, als eine der Kanonenkugeln von Santa Barbara in den Raum raste und sie alle in kleine Stücke zerriss, alle ausser Sir Francis Drake, dessen hoher, mit rotem Samt überzogener Stuhl ihm auf wunderbare Weise das Leben rettete.«

Candelario schaute sie bewundernd an. Er empfand hohe Achtung vor Leuten, die die Geschichte der Insel so gut kannten wie das Mädchen, da offenbar heutzutage fast jede Erinnerung an die Vergangenheit verloren gegangen war. »Alles, was du gesagt hast, stimmt, aber heisst du wirklich Barbara?« fragte er und bot ihr eine Zigarette an.

»Nein, danke«, sagte sie und holte einen Joint aus ihrer Handtasche. »Ich zieh' mein eigenes Kraut vor, wie das Lamm auf unserer Fahne. Ich heisse vielleicht nicht Barbara, aber wenigstens ist mein Haar nicht gefärbt. Es ist wirklich rot, wie das der Heiligen.«

Barbara nippte an seinem Drink, schaute ihn mit zurückgeworfenem Kopf neugierig an, und fuhr mit dem Zeigefinger leicht über die kleinen goldenen Insignien, die Candelario auf den Revers seiner Uniform trug. »Glaubst du nicht auch, dass es eine Schande ist, dass wir ein Lamm als Wappentier haben? Mir wäre ein Löwe lieber.« Candelario wurde rot, er nahm ihr den Drink weg. Er leerte ihn in einem Zug.

»Das Lamm ist ein Symbol des Friedens. Unser Land ist immer eine friedliebende Nation gewesen. Deshalb haben wir nie eine Armee gebraucht, deshalb haben wir nie einen einzigen Krieg geführt. Wir haben unsere Probleme immer im verfassungskonformen Dialog und dank unserer Achtung vor dem Gesetz gelöst. Im Jahr 1898 erreichten wir unsere Autonomie von Spanien durch den Dialog, und wir werden unsere gegenwärtigen Schwierigkeiten auf dieselbe Weise lösen. Gewalt löst kein Problem, Barbara, und bis heute sind Armut und Hilflosigkeit unsere besten Alliierten geblieben. Niemand, nicht einmal die Metropole, würde es wagen, gegen uns Krieg zu führen, weil die internationale öffentliche Meinung uns zu Hilfe eilen würde. Wir gehen nur unter, wenn die Gewalt von innen kommt.«

Er wunderte sich, dass er sich so lange mit einer ihm völlig unbekannten Person über Dinge unterhielt, die er vor sich selbst kaum zugab. Aber plötzlich fühlte er sich besser, er hatte etwas über sich selbst gelernt: dass Frieden für ihn sehr wichtig war. Er wurde sich auch darüber klar, dass er zu lange allein gewesen war und jemanden brauchte, mit dem er reden konnte. Er spürte, wie sich das warme Knie des Mädchens flüchtig an seinem rieb und zog seinen Geldbeutel, um zu bezahlen. Er liess einen Zwanzigdollarschein neben seinem leeren Glas und stand auf. »Gehen wir ein wenig spazieren«, sagte er. »Draussen können wir besser miteinander reden.«

Candelario ging rasch am Tisch der Missionare vorbei, ohne hinzuschauen, und das Mädchen folgte ihm gehorsam aus der Discothek. Als sie auf der Strasse waren, nahm er es am Arm und seufzte tief. Der frische Meereswind, der von den alten kolonialen Befestigungen her blies, bewirkte, dass er sich besser fühlte. In letzter Zeit hatte er vieles einstecken müssen: den brutalen Befehl seines Vorgesetzten, die Salsafans niederzuhalten, Pedros wütende Vorhaltungen, dass er ihn und den neuen menschlicheren Verhaltenscodex, den er zu etablieren versucht hatte, verraten hätte, die hinterhältigen Kommentare der Missionare bezüglich der Inkonsequenz seiner Methoden, all dies versetzte ihn in äusserst schlechte Stimmung. Er spürte, wie Gewalttätigkeit um ihn herum kochte, und plötzlich wünschte er sich, er hätte jemanden, an dem er seine schlechte Stimmung auslassen konnte, er wünschte sich, er könnte jemanden herumschubsen, wie er herumgeschubst wurde. Als er die Strasse überquerte, merkte er, dass er den Arm des Mädchens zu sehr drückte, und dass es versuchte, sich ihm zu entwinden. »Ich wollte da drinnen nicht mit dir reden, weil ich Angst hatte, man könnte uns belauschen«, sagte er in versöhnlichem Ton zu ihm, »aber du solltest nicht so daherreden, wie sehr du Salsamusik magst. Die Regierung hat sie verboten, und du kannst ins Gefängnis kommen, wenn du sie bloss erwähnst.«

Das Mädchen blickte ihn angsterfüllt an, als es sich langsam den Arm rieb. Er hatte vorgehabt, es auf ein Glas in seine Wohnung zu bitten, aber er fühlte sich nun schrecklich schlecht und beschloss, allein nach Hause zu gehen. Es hatte zu regnen begonnen, und es fehlten noch mehrere Strassenzüge bis zum Gebäude, in dem seine Wohnung lag, so dass er eilig und mit gesenktem Kopf unter dem fluoreszierenden Licht ging. Auf jeder Strassenseite lagen riesige Haufen mit Müll, den man in schwarze Plastiksäcke gepackt hatte, welche verwilderte Hunde aufgerissen hatten, so dass die Pflastersteine mit Stücken vom Huhn, mit Reis, Brot, leeren Suppenkonserven übersät waren. Ratten huschten vorüber, als sie seine Schritte im Dunkeln hörten. Candelario dachte, dass durchaus die Pest wieder in der alten befestigten Stadt ausbrechen könnte, wie dies im sechzehnten und siebzehnten Jahrhundert der Fall gewesen war, wenn die Dinge weiter so liefen und die Krise weiterhin die Müllabfuhr der Stadt lahmlegte. Dann hätte die Partei, die an der Macht war, wirklich ein schweres Problem zu lösen. Er hätte alles daran gegeben, die Uhr zurückstellen zu können und wieder auf dem smaragdgrünen Marsfeld der Akademie an der Spitze seiner Kadetten zu marschieren. Wenn irgend jemand ihn fragen würde, was der Sinn seiner Laufbahn zum jetzigen Zeitpunkt wäre, hätte er nichts antworten können. Er glaubte, dass seine Rückkehr auf die Insel ein Fehler gewesen war, da sie nur den Wunsch nach brutaler Gewalt in ihm geweckt hatte, und er hatte nie an die Gewalt um der Gewalt willen geglaubt.

Er stellte den Kragen seiner Uniform auf, bevor er um die Ecke ging, um in seine Strasse zu kommen, und als er das tat, sah er, dass das Mädchen zwanzig Schritte hinter ihm ging. Es hatte sich in einen bunten, mit Blumen bedruckten Schal eingewickelt und ging vornübergebeugt unter dem jetzt einsetzenden niederprasselnden Regen, der gegen die Holzveranden der Häuser schlug. Als er sah, dass es von Kopf bis Fuss durchnässt war, blieb er stehen. Er fühlte, wie der Regen sie irgendwie zusammengeführt hatte, da es sich wahrscheinlich ebenso erbärmlich fühlte wie er. »Würdest du gern eine Minute raufkommen, um dich abzutrocknen?« fragte er höflich. »Ich verspreche dir, dass du nichts zu befürchten hast.«

Das Mädchen lächelte unter seinem vom Regen zusammengebackenen Haar. »Das ist wirklich nicht nötig«, antwortete es. »Du hast in der Discothek so traurig ausgesehen, deshalb bin ich dir gefolgt.« Aber er bestand darauf, und so ging es schliesslich das enge Treppenhaus drei Stockwerke mit hinauf bis zu seiner Wohnung. Sein Zimmer war gross aber spartanisch in seiner Einfachheit. Unter der hohen Balkendecke gab es fast keine Möbel, das einzige, was an der Wand hing, waren grosse Plakate mit Johann Sebastian Bach und Ludwig Van Beethoven, die an den Seiten der schmalen oberen Fenster angebracht waren. Candelarios Abschlusszeugnis hing in einem Goldrahmen über dem Bett.

»Du hast einen guten Geschmack«, sagte Barbara und schaute zustimmend umher. »Auf der rechten Seite ist der grösste Neoklassiker der Musik und auf der linken der leidenschaftlichste Romantiker der Musik.«

Candelario lachte und reichte ihr ein Handtuch zum Abtrocknen, trocknete sich selbst ab und trat hinter eine provisorische spanische Wand, um sein nasses Hemd gegen ein trockenes zu wechseln. Dann ging er zu einem Kassettenrecorder und begann, Haydens *Schöpfung* zu spielen, bevor er zwei kleine Gläser Brandy einschenkte und auf einem Tablett servierte. Er hatte in diesem Augenblick keine romantischen Absichten und wollte einfach dasitzen und eine Weile mit ihr reden. Da er vermutete, dass sie nicht seiner Meinung war, wollte er ihr alles so deutlich wie möglich machen; vielleicht würde er sich dabei selbst besser verstehen lernen. Aber als er sich mit den Gläsern umdrehte, sah er voller Überraschung, wie sie ihre Kleider ausgezogen hatte und auf sein Bett zuging. Er hatte ihren Körper in der Ecke der Discothek halb erahnt, war aber völlig unvorbereitet für das, was er sah: für die beiden riesigen Monde, die über den bleichen Dünen ihres Fleisches leuchteten, das dunkle Dreieck der Begierde, das an ihrem vollkommen abgerundeten Torso wie ein abgeschnittener Stern befestigt war. Es war so lange her gewesen, seitdem er mit jemandem im Bett gewesen war, dass er von ihrer Schönheit hypnotisiert wurde, und er begann wie in Trance, fast ohne nachzudenken, seine Kleider auszuziehen. Als er an ihrer Seite lag, begann er sich schüchtern und unzulänglich zu fühlen und hatte Angst, das Schicksal würde ihm einmal mehr die Freuden des Körpers versagen, einfach weil er nicht die Frau seiner Träume gefunden hatte, aber er merkte bald, dass er sich getäuscht hatte. Die klugen Liebkosungen Barbaras liessen ihn militärische Disziplin vergessen, und er fühlte, als ob ein Panzer aus Eis in seinem Innern geschmolzen wäre. Nach einer Weile sah er, wie sich sein Penis wie der Mast eines geheimnisvollen Segelschiffs erhob, und zum ersten Mal in seinem Leben war er völlig sicher, wer das Kommando innehatte. Nachdem sie sich geliebt hatten, lag er erschöpft auf dem Bett und seufzte. Er fühlte sich, als ob sein Körper aus endlosen Tiefen aufgetaucht sei.

Candelario traf sich in der folgenden Woche fast jede Nacht mit dem Mädchen, das er Barbara nannte, da es sich weigerte, ihm seinen wirklichen Namen zu nennen. Sie kam, in ihren blumenbedruckten Schal gewickelt, rauchte einen Joint im Bett und machte ihn dann fast zwei Stunden lang absolut glücklich. Nachdem sie sich geliebt hatten, stand sie auf, als wäre nichts gewesen, begann zu lachen, während sie sich anzog und, immer noch lachend, aus der Wohnung ging. »Staub zu Staub und Diamanten zu Diamanten«, pflegte sie scherzhaft zu ihm zu sagen, da Candelario zu der Familie der De la Valles gehörte, den alten Besitzern der Diamond Dust Zuckerfabrik, von der ihr Candelario erzählt hatte. Sie wusste, dass er vor allem an seinen Ruf denken musste und sie wahrscheinlich nie heiraten würde, sondern sie zur Freundin haben wollte. Sie hatte ihm ihrerseits über ihre Familie, die der Mittelschicht angehörte, erzählt, und wie ihr Vater, ein Schuhverkäufer in der Fortaleza Strasse, sein ganzes Leben kämpfen musste, um das Nötigste zu besitzen.

Sobald Barbara gegangen war, begann Candelario, sich deprimiert zu fühlen. Er sah sich als Verräter an seinen heldenhaften Idealen, weil er seinen militärischen Pflichten treu war. Er liess die Missionare immer noch die Kurse nehmen, die er in den Kasernen von San Cristobal organisiert hatte, in denen sie jede Woche mehrere Bücher über die Grosstaten antiker Helden lesen mussten, und in denen er ihnen Vorträge über die Überlegenheit der Tugenden von Mut, Ausdauer und Dialog gegenüber übertriebener Gewalt hielt. Aber sobald der Unterricht vorüber war, musste er sie zu ihren blutrünstigen Expeditionen, bei denen sie in den Elendsvierteln Salsafans jagen mussten, treiben, was ihn zunehmend demoralisierte. Einige Wochen nachdem er Barbara zum ersten Mal getroffen hatte, schaute er wieder einmal morgens in seinen kleinen Taschenspiegel, vielleicht weil er wie Dorian Gray Angst davor hatte, in seine eigene Seele zu blicken.

Barbara gab ihm eines Tages, nachdem sie sich geliebt hatten, einen klugen Rat. Sie stimmte mit ihm darin überein, dass die Insel nie unabhängig werden dürfe, weil das ihren wirtschaftlichen Ruin bedeuten würde, und dass deshalb alles getan werden müsse, um die Metropole daran zu hindern, eine endgültige Entscheidung zu treffen. Aber gerade deshalb war die Verfolgung des Salsamusiker etwas Gefährliches. »Es ist einfach nicht wahr, dass Terroristen sie unterwandert haben«, sagte sie. »In ihren Liedern exorzieren sie die Gewalt mit friedlichen Mitteln, und deshalb werden sie von den Fans verehrt. Du weisst genau so gut wie ich, dass unsere Landsleute friedliche Menschen sind. Sie mögen ergeben daneben stehen, wenn man ihnen ihre Sprache, ihre Fahne und sogar ihr Essen nimmt, aber ihnen die Salsamusik zu verbieten, ist eine andere Sache. Sie ist der einzige Weg, auf dem sie ihren Frustrationen Luft machen können, und wenn du sie zum Schweigen bringst, ist es möglich, dass sie explodieren.« Candelario dachte, dass Barbara sich über ihn Sorgen machte und war gerührt. Er glaubte, sie sei aufrichtig gewesen, als sie betont hatte, die Partei, die an der Macht war, sei dabei, einen schweren politischen Fehler zu machen. Die Partei, hatte sie hinzugefügt, würde nicht für alle Zeiten an der Macht sein, und wenn sie einmal ohne Macht sei, würde er für die ungerechte Verfolgung der Bands verantwortlich gemacht werden.

Einige Tage nach dieser Unterhaltung kursierten Gerüchte, dass ein riesiges Salsakonzert geplant sei, das trotz des strikten Erlasses der Regierung stattfinden würde. Zahlreiche Rockfans wurden auch erwartet, und die Orchester aus beiden Gruppierungen würden in einem musikalischen Duell aufeinandertreffen, das die ganze Nacht dauern würde. Musiker der ganzen Insel wurden erwartet. Die Idee war, so viele Leute an dem Fest zu beteiligen, dass keine Gefangenen gemacht werden konnten und die Freiheit eines jeden, die Musik seiner Wahl zu spielen oder zu hören, den Sieg davontragen würde. Das Konzert sollte an der breiten, mit Königspalmen bestandenen Promenade in der Lagune des Condado Viertels, neben den neuen Apartmenthäusern aus Glas und Stahl, die sich am Rand des Wassers erhoben, stattfinden.

Einige Tage vor dem Konzert erhielt Candelario einen zweiten amtlichen Anruf, der seine Nerven auf das Äusserste strapazierte. »Die Zeit ist für Sie gekommen, uns die Wirksamkeit der modernen Kriegsführung, die Ihnen in der Militärakademie beigebracht worden ist, zu beweisen«, sagte dieselbe kalte, heisere Stimme zu ihm. »Man hat uns vertraulich darüber informiert, dass die Salsafans bewaffnet zum Konzert kommen wollen und dass sie die Rockfans bei der ersten sich bietenden Gelegenheit angreifen werden. Verstehen Sie, was ich Ihnen sage, Candelario? Es ist absolut notwendig, dass die Missionare die Rockfans bewaffnen und dass sie als erste angreifen und die Gegner ausradieren.«

Candelario musste sich anstrengen, damit seine Stimme nicht zitterte. »Ja, mein Herr«, antwortete er kurz, »ich verstehe vollkommen.«

In dieser Nacht erwähnte er Barbara gegenüber den Anruf. »Du musst das Konzert stattfinden lassen«, sagte sie zu ihm. »Es werden Tausende dort sein, und wenn es Gewalttätigkeiten gibt, werden sie unkontrollierbar sein. Die Missionare werden von Anfang an zahlenmässig unterlegen sein. Wenn aber das Konzert ganz normal stattfindet, kann es sein, dass nichts passiert.« Candelario dachte etwas nach und beschloss schliesslich, auf ihren Rat zu hören. Es wäre das erste Mal in seinem Leben, dass er einen Befehl missachtete, aber er spürte, dass es moralisch von Anfang an falsch gewesen war, die Salsafans zu verfolgen.

»Ich werde tun, was du sagst«, sagte er ihr. »Auf diese Weise wird niemand in der Zukunft sagen können, dass unsere Landsleute sich das, was sie Musik nennen, wegnehmen liessen.«

Die Nacht vor dem Konzert erzählte Candelario Pedro von seinem Entschluss, den Befehl zu missachten und war sicher, dass er ihn gutheissen würde. »Gib mir die Hand und vergiss, was zwischen uns gewesen ist. Morgen werden wir das Konzert zusammen geniessen, und dann sehen wir, was die Zukunft bringt.« Pedro war bei diesem Gespräch am Schiessplatz der Missionare gestanden, wo er die Zielübungen überwachte und die Taktik, die am nächsten Tag angewandt werden sollte, mit der Truppe einübte. Er humpelte langsam heran und bat seinen Freund, den Befehl zu wiederholen. Er fürchtete, ihn nicht verstanden zu haben, und als er seinen 45er Revolver wieder in sein Halfter steckte, schaute er ihm direkt in die Augen.

»Ich weiss nicht, ob Sie sich über den Ernst Ihrer Entscheidung im Klaren sind, Hauptmann. Ich rate Ihnen, sich das nochmal zu überlegen.«

Candelario fand Pedros ernste Förmlichkeit übertrieben und lachte, um die Spannung zu lösen. »Ich erteilte den Befehl, die Salsafans morgen nacht so viel singen und tanzen zu lassen wie sie nur wollen. Es werden so viele Leute dort sein, dass die Parteioberen nie wissen werden, wer mit den Gewalttätigkeiten angefangen hat, wenn es welche gibt. Wenn sie nur kommen, um sich einen schönen Abend zu machen, wird das Konzert ein Erfolg sein.«

Pedro schaute ihn ungläubig an. »Sie hat dich dahin gebracht, nicht wahr?« fragte er. »Die Rothaarige von Susana's. Die hat dich fest im Griff. Ich kenne die Symptome. Ich warne dich: wenn du die Salsamusiker morgen nacht ihre Musik spielen lässt, kannst du dich ihnen genau so gut anschliessen. Ich habe die Männer auf sie angesetzt, und sie sind sich sicher, dass sie ein Salsafan ist. Sie wurde im Elendsviertel geboren wie ich.«

Candelario wandte sich wütend gegen ihn. Er vergass, wer er war, nahm sein Jackett ab und forderte Pedro vor der Schiessbahn der Missionare zu einem Boxkampf heraus, doch hielten mehrere Männer ihn zurück. »Barbara hat damit absolut nichts zu tun«, schrie er, »und wenn du sie nochmal einen Salsafan nennst, schlage ich dein Gesicht zu Brei.« Und um zu beweisen, dass seine Entscheidung endgültig war, befahl er den Missionaren, in der folgenden Nacht ihre Waffen in den Kasernen zu lassen und unbewaffnet zum Konzert zu kommen.

Als die Menschenmenge begann, in die Promenade der Lagune im Condado zu strömen, hatte sich jedoch alles anders entwickelt. Die jüngsten Begebenheiten hatten die Missionare jegliches Vertrauen zu Candelario verlieren lassen, sie hatten sich statt dessen Pedros Befehl unterstellt. Nachdem sie die Rockfans so wirkungsvoll wie möglich bewaffnet hatten, machten es sich die Missionare zur Aufgabe, die Salsafans in der Menge zu orten. Sie hatten sich auf beiden Seiten der palmenbestandenen Fusswege der Wasserbrücke oder unter den bunten Schirmen der Strassenverkäuferinnen postiert, wo sie Gebackenes vom Kabeljau, Reisgebäck und Blutwürste mit gekühltem Bier oder Kokosnusswasser hinunterspülten. Sie versteckten ihre Feuerwaffen in Halftern unter ihren Achselhöhlen oder im Gürtel, waren von der Nähe ihrer Opfer erregt und hielten nach links und rechts Ausschau.

Candelario ging betont unbekümmert an den Tanzpaaren vorbei, grüsste alle und lächelte offen unter seiner lackledernen Kappe hervor. Er war überhaupt nicht um seine Sicherheit besorgt; er wollte, dass alle wussten, dass das Rock- und Salsa-Festival dank seiner Anstrengungen gelungen war und dass er das Gefühl des Nationalstolzes teilte, das die Salsamusiker in ihren Liedern verbreiteten. Ein Meer von flammend roten Afros und zottigen Mähnen bewegte sich wild um ihn, als die Menge gleichzeitig zu den Rhythmen beider Orchester, die an den entgegengesetzten Enden der Promenade plaziert worden waren, tanzte. Nach einer Weile begann er nach Pedro und Barbara zu suchen, denn er hatte beide aus den Augen verloren. Sie schienen von den Hunderten von Körpern, die sich um ihn herum wanden und drehten, verschluckt zu sein. Er hatte von dem Schwenken der Ärsche und vom Fäusterecken genug, und so ging er über den breiten Asphaltstreifen auf die Wasserbrücke zu, wo nur wenige Menschen zu sehen waren. Er seufzte tief, als er sich mit seinen Ellenbogen auf die Ballustrade der Brücke stützte, und war dankbar für das Geräusch der Wellen, die sich sanft in der Dunkelheit unter ihm brachen. Da hörte er eine vertraute Stimme an seiner Seite.

»Nun, Hauptmann, haben Sie sich endlich entschieden, welche Musik Sie lieber mögen, Salsa oder Rock?»

Er drehte sich um, erleichtert, dass sie ihn gefunden hatte, war aber erstaunt, dass sie nicht allein war. Eine Gruppe Männer mit Eispickeln in der Hand stand neben ihr, unter der sich Pedro, sein Onkel Monchín und seine drei Vettern befanden. Sie schoben einen Rollstuhl vor sich her, in dem die beeindruckendste Gestalt sass, die Candelario je gesehen hatte, ein armloser und beinloser Mann, der ein rotes T-Shirt trug, auf das jemand mehrere Reihen mit Tapferkeitsorden, die er in Vietnam erhalten hatte, gesteckt hatte.

»Er hat meine Frage nicht beantwortet«, sagte Barbara, lachte, sah Pedro an und legte ihren Arm um seine Hüfte. »Ich fürchte, wir werden's nie erfahren.«

Candelario hatte endlich verstanden, was ihm geschehen war. Er schaute sie stumm und fast ohne Vorwurf an. »Es tut mir wirklich leid, Kamerad«, sagte Pedro leise zu ihm, »aber du kannst dich offenbar nie entscheiden. Wenigstens hat du jetzt die Genugtuung zu wissen, dass nicht alle deine Landsleute so ängstlich sind, wie sie dir vorkamen.«

Er sah mehrere Missionare in der Nähe, so dass er sich vielleicht hätte retten können, wenn er um Hilfe geschrien hätte, aber er schwieg. Er bemerkte das Blitzen des Eispickels in Pedros Hand, wusste also, woher er den ersten Hieb zu erwarten hatte, kehrte Barbara mit so viel Verachtung den Rücken zu, dass man hätte meinen können, er fühle sich gedemütigt. Zum ersten Mal seit Monaten fühlte er sich wie ein Soldat, seine Seele war wieder in Stahl gegossen.

»Welche von beiden ich mag?« sagte er und blickte trotzig aufs Meer hinaus. »Weder Salsa noch Rock. Ich ziehe klassische Musik vor.«

NACHWORT
ZU AUTORIN UND WERK

VON
WOLFGANG BINDER

Die Puertoricanerin Rosario Ferré, Jahrgang 1942, gehört zu den relevanten Autorinnen Lateinamerikas und des karibischen Raums. Sie wurde in der zweitgrössten Stadt Puerto Ricos, in Ponce, als Tochter einer prominenten Familie geboren und verbrachte ihre Jugend im Süden der Insel. Ponce und das umliegende, bis in die Fünfzigerjahre hinein vorwiegend agrarisch genutzte Land ist Ferrés literarisches Territorium geblieben. Sie studierte englische, französische und lateinamerikanische Literatur an der Universität von Puerto Rico in Río Piedras und an nordamerikanischen Universitäten. In Río Piedras traf sie in den turbulenten Jahren 1968/69 den grossen peruanischen Schriftsteller Mario Vargas Llosa und den uruguayischen Starkritiker Angel Rama, die sie in ihrer Neigung, selbst zu schreiben, bestätigten. Parallel zu ihrem Wagnis, sich mit der Literatur einzulassen, ist Ende der Sechzigerjahre ihr auf die Unabhängigkeit der Karibikinsel von den USA gerichtetes politisches Engagement festzuhalten.
Rosario Ferré gehört zu den Autorinnen und Autoren, dank deren Mut Puerto Rico Anfang der Siebzigerjahre Anschluss an die zeitgenössische lateinamerikanische Literatur fand. Dies bedeutete zum Beispiel ein Aufbrechen tradierter Formen und das Infragestellen von gesellschaftlichen und ästhetischen Tabus. Ferré gelang diese nicht hoch genug einzuschätzende Leistung, indem sie die avantgardistische Zeitschrift *Zona de carga y descarga* (1970–1972) gründete und zusammen mit der Lyrikerin Olga Nolla edierte. Zum ersten Mal seit den Dreissigerjahren erschienen in einer anspruchsvoll, bilderstürmerisch aufgemachten Zeitschrift Artikel, die »radikale« Positionen, etwa feministischer, soziokultureller, anarchischer oder homosexueller Richtung zu Wort kommen liessen. Die meisten der heute geschätzten und etablierten puertoricanischen Autoren, wie Luis Rafael Sánchez, der 1990 allzu früh verstorbene Manuel Ramos Otero und Iván Silén hatten in der experimentellen, skandalumwitterten Zeitschrift die erste Möglichkeit, sich frei zu äussern.
Die Autorin veröffentlichte 1976 mit dem Band *Papeles de Pandora* eine Sammlung von vierzehn Kurzgeschichten und sechs Gedichten, die 1991 von der University of Nebraska Press in englischer Fassung mit dem Titel *The Youngest Doll* herauskamen. Mit *El medio pollito* (1978), *La mona que le pisaron la cola* (1980) und *Los cuentos de Juan Pobo* (1981) schrieb Rosario Ferré Märchen und

Fabeln, die zwar einen folkloristischen Hintergrund haben, deren Ziel und Sinn sich aber keineswegs in der Rubrik Kinder- und Jugendliteratur erschöpften. Es sind Texte, die deutliche politische und ethische Dimensionen besitzen und von Erwachsenen mit Gewinn gelesen werden. Die einer Literatur der Kritik und Befreiung eignenden Themen von Gewalt, von Täuschung und List, des Fressens und Gefressenwerdens sind auf dem Hintergrund einer langen kollektiven kolonialen Erfahrung zu sehen und tauchen in allen ihren Werken auf. Eine Auswahl dieser Fabeln ist seit 1990 für die deutschsprachigen Leserinnen und Leser zugänglich: *Das halbe Hühnchen auf dem Weg zum Palast* (Verlag der Lutherisch-Evangelischen Mission, Erlangen).

Mit *Fábulas de la garza desangrada* (1982) legte die Autorin einen Lyrikband vor, in dem sie, meist aus feministischer Sicht, tradierte, klassisch gewordene Themen und Motive aus Literatur und Kunst »befreiend« verändert, unterläuft, uminterpretiert. Ihr essayistisches Oeuvre umfasst bisher vier Bände: *Sitio de Eros* (1980), *El acomodor. Una lectura fantástica de Felisberto Hernández* (1976), *El árbol y la sombra* (1989) und *El coloquio de las perras* (1990). Ferré interessiert sich durchgängig für von Frauen geschriebene Literatur, auch für alles Groteske, Phantastische, Parodistische und Subversive. In einem Interview, das sie mir anlässlich ihres Aufenthalts in Erlangen im September 1988 als Autorin des Schriftstellerkongresses mit Autorinnen und Autoren aus der sogenannten Dritten Welt, Interlit II, gewährte und das in *La Torre*, der literaturkritischen Zeitschrift der Universität von Puerto Rico, erscheinen wird, führte sie neben der Bibel die Kurzprosa Julio Cortázars, Jane Austins, Juan Carlos Onettis und Edgar Allan Poes als frühe, sie prägende literarische Einflüsse an.

Rosario Ferré publiziert seit den Siebzigerjahren in Zeitschriften und Zeitungen in Puerto Rico, Lateinamerika und den USA. Für den mexikanischen Verlag Fondo de Cultura Económica übersetzte sie im Jahr 1979 Lillian Hellmans Autobiographie *Scoundrel Time* ins Spanische.

Ihren bisher einzigen Roman schrieb sie mit *Maldito Amor* (1986), der nun unter dem Titel *Kristallzucker* in einer deutschen Fassung vorliegt, die auf einem Vergleich mit dem spanischen Text und der von der Autorin selbst vorgenommenen Übertragung ins Englische *(Diamond Dust*, 1988) basiert. Die Autorin markiert zwar einen aus acht Kapiteln bestehenden Hauptteil mehrfach als Roman und führt dann die folgenden Teile »Das Geschenk«, »Der Spiegel Isoldes« und »Hauptmann Candelarios heldenhafte letzte Schlacht« als drei Kurzgeschichten auf; später, auch in dem erwähnten Interview, hat sie darauf bestanden, alle Teile zusammen als einen romanhaften Text zu sehen.

Ferré hat sich in einem Vorwort, das sich in der revidierten spanischen Fassung von *Maldito Amor* von 1988 befindet, zu Intention und Kontext des Romans geäussert. Sie stellt den Roman, der vom Süden Puerto Ricos in die Hauptstadt San Juan führt, in die Tradition der lateinamerikanischen und puertoricanischen »novela de la tierra«, in der das Schicksal des ganzen Landes mit dem Land, seinem Mythos, seiner Wirklichkeit und seinen Besitzern unauflösbar verbunden wird. In der puertoricanischen Literatur gehören etwa Manuel Zeno Gandias *La charca* (1894), Enrique Laguerre mit *La Llamarada* (1935) und *Solar Montoya* (1941) und René Marqués mit seinem Drama *La carreta* (1951) zu dieser Untergattung, die auf dem südamerikanischen Kontinent bis ins 19. Jahrhundert zurückreicht: man denke an Klassiker wie *Doña Bárbara* des Venezolaners Rómulo Gallegos oder *Don Segundo Sombra* des Argentiniers Domingo F. Sarmiento.

Ein Einreihen von *Kristallzucker* in diese Tradition würde eine »direkte«, realistische Leseart nahelegen, was symbolische Überhöhungen nicht ausschliesst. In der Tat kann das Werk so gelesen werden. Für manche mitteleuropäische Leserinnen und Leser mag die Sprache subtropisch luxuriös, mögen Details preziös, neobarock erscheinen. Es möge jedoch bei einer Lektüre auch daran gedacht werden, dass die Menschen in der gesamten Karibik in hohem Masse Augenmenschen sind, dass Aussehen, Kleidung, die Paraphernalia des Luxus' (oder die ernsten Realitäten der Armut) zuerst und geradezu wollüstig mit dem Auge erfasst werden. Hinzu kommen eine üppige Natur, strahlende Farben, extrem helles Licht sowie, bei einer multirassischen Gesellschaft unvermeidlich, die Notwendigkeit eines genauen Hinsehens zwecks subtil und unerbittlich vorgenommener rassischer und gesellschaftskritischer Einstufung.

Rosario Ferré war jedoch beim Schreiben von *Maldito Amor* nicht nur an einer Schilderung im Sinne des Realismus' des moralischen und ökonomischen Niedergangs der puertoricanischen Pflanzerkaste, verkörpert in vier Generationen der De la Valle, und dem damit einhergehenden Ausverkauf an die Interessen der übermächtigen USA gelegen. Sie wollte auch, mit den Mitteln der karnevalesken, spöttisch-spielerischen Überzeichnung, der Groteske und der Satire, eine verlogene romantisierende Version der geschilderten Abläufe als solche entlarven. Der Text sollte neben einer Interpretation des tragischen Schicksals der wohl ältesten Kolonie der Welt – Puerto Rico war eine Besitzung Spaniens, bis es die USA im Spanisch-Amerikanischen Krieg von 1898 besetzten – auch eine Parodie bestehender Versionen dieser Fakten sein. Gemeint sind nicht nur romantisch-verklärende Texte der Empfindsamkeit aus dem 19. Jahrhundert wie Jorge Isaacs Roman *Maria* von 1867, sondern auch die kitschigen »Fortsetzungsromane« des Fernsehens, die in ganz Lateinamerika präsenten »telenovelas«, in denen Tränen, Blut, Rum und Körpersäfte reichlich fliessen. So gesehen, wird *Maldito Amor* nicht nur zur Kritik an einer das Land repräsentierenden Klasse, sondern auch an (literarischen und mass media) Genres der Repräsentation.

Die zahlreichen verschiedenen Versionen dessen, was sich nun bei den De la Valle wirklich zugetragen hat, haben eine in der puertoricanischen Leidenschaft des Fabulierens, des »chisme«, des Klatschs, der »guachafita«, der spielerischen Spottlust, wirkliche, psychologisch einsichtige Basis. Zugleich zeigt es die Brüchigkeit dessen auf, was Wirklichkeit und Wahrheit genannt wird, und es entblösst dick aufgetragene Sentimentalität in den populären Medien.

Wie kaum ein Land kämpft Puerto Rico noch immer, nach nahezu fünfhundert Jahren ununterbrochenen Kolonialismus', um den politischen Konsens bei einer Umsetzung der Vorstellung, dass ein Nationalstaat die übergreifende politische Norm für ein Volk sei. Als die USA die Insel eroberten, fanden sie ein von Spanien vernachlässigtes, verarmtes Volk vor, das ihren Truppen, mit Ausnahme der kreolischen Oberschicht, zujubelte. Ein zweijähriges Militärgouvernement, folgende anhaltende Pressionen einer massiven (Nord-)Amerikanisierung, die systematische Beschneidung all dessen, was nach Souveränität aussehen könnte, belehrten die politisch Interessierten bald eines Besseren.

Nach dem delikaten Balanceakt, den der in vieler Hinsicht erfolgreiche Luis Muñoz Marín, langjähriger Chef des Partido Popular

(der auch heute den Gouverneur stellt), mit dem noch immer bestehenden Estado Libre Asociado von 1952, einem assoziierten Territorium, dessen Bewohner den US-amerikanischen Pass besitzen, aber keine Repräsentanten in den Kongress nach Washington schicken oder den Präsidenten wählen können, gewagt hatte, existiert auf Puerto Rico kein Thema, das so als Dauerbrenner funktioniert wie das des zukünftigen Status'.
Die USA pumpen beträchtliche Summen auf die kleinste der Grossen Antillen, auf der heute vier Millionen Menschen leben – weitere gut drei Millionen PuertoricanerInnen leben auf dem Festland –, und sei es nur aus Furcht vor einem zweiten castristischen Kuba. Die Funktion Puerto Ricos aber, und das ist ein Stück bitterer Wahrheit, ist seit den Zeiten Ponce de Léons, des ersten spanischen Gouverneurs, für seine Herren dieselbe geblieben: es war und ist vor allem eine Militärbasis, ein Objekt strategischer Begierde.
Die Parteien, die in den letzten fünfundzwanzig Jahren auf Puerto Rico in eindeutiger Weise die Unabhängigkeit des Landes forderten (das heisst der Partido Independentista Puertoriqueño und der Partido Socialista Puertoriqueño), haben es bei den Wahlen nie auf mehr als sechs Prozent der Stimmen gebracht. Dass Rosario Ferré ihren Roman orwellhaft in die nahe Zukunft projiziert, dabei auf die (durchaus vorhandenen) schichtenspezifischen Kulturkampf-Lager von Salsafans bzw. Rockfans rekurriert, den jungen Nachfahren der De la Valle, einen in den USA ausgebildeten Militär in Diensten der puertoricanischen, USA-hörigen Staatspartei, ebenso edel gesinnt wie wirklichkeitsfern zeichnet, ihn Verrat erleiden und einen grausamen Tod sterben lässt, zeugt nicht vom Optimismus der Autorin.

Inhaltsverzeichnis